KB118925

하품은
맛있다

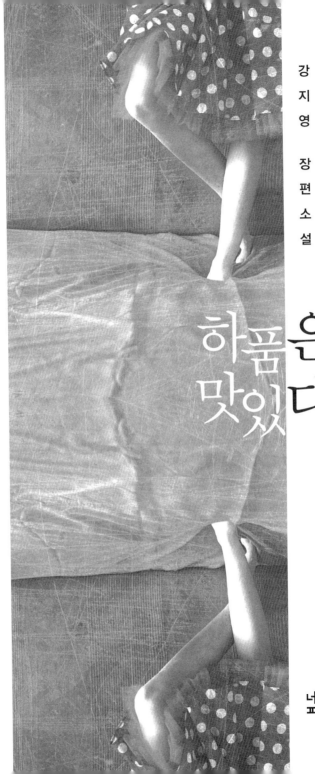

강지영 장편소설

하품은
맛있다

네오
픽션

목 차

현관문을 열자 손톱을 세운 악취가 사납게 달려들었다. 고개를 조금 틀어 숨을 길게 뱉어내곤 다시 집 안을 들여다보았다. 흔해빠진 원룸이었다. 현관 오른쪽에 욕실이, 왼쪽으로는 한 칸짜리 싱크대와 조리대가, 반쯤 열린 미닫이문 너머로 침대와 화장대 일부가 보였다. 현관 신발장 앞에 놓인 핑크색 플랫슈즈와 프릴 장식의 도트 무늬 우산으로 미루어 사망자는 여자인 것 같았다. 열흘 전 사망했다는 사실 외에 그녀에 대한 정보는 없었다.

"일동, 묵념."

남 사장이 말굽을 내려 문을 지쳐놓고 고개를 숙였다. 나와 임 대리, 곽 아저씨도 턱을 당겼다. 작업은 고인에 대한 예를 갖추는 것으로 시작되었다.

"제가 욕실 맡을게요."

임 대리가 소매로 코를 틀어막으며 청소용구가 담긴 플라스틱 상자를 열었다.

"그럼 나랑 곽씨가 안방하고 베란다 맡고, 이경이는 우리 보조하면서 처분할 만한 유품 수집한다. 이상."

상자에서 일회용 부직포 작업복을 꺼내 옷 위에 걸치고 목장갑과 마스크를 착용했다. 공기가 한 겹 걸러졌지만 악취는 수그러들지 않았다.

"우리 경이 참말로 용타. 요새 누가 이래 더러븐 알바를 한다꼬 덤비겠노? 긋도 꽃띠 아가씬데 싫다 좋다 군말 한마디 없다 아이가. 사장님, 안 그랍니껴?"

경험 많은 곽씨가 마스크도 없이 코를 훌쩍거리며 미닫이문을 열었다.

"원래 돈 없는 놈이 입도 없는 거 아닙니까."

남 사장이 코웃음을 치며 대꾸했다.

나라고 커피숍이나 편의점 같은 편한 아르바이트가 싫을 리 없었다. 하지만 간신히 150센티미터가 넘는 키에 작은 눈, 큰 코, 작은 입, 큰 하관의 불균형한 얼굴은 사장 면접이라는 다분히 형식적인 문턱에서조차 나를 번번이 좌절시켰다. 졸업을 한 학기 남겨둔 지금, 학자금대출은 이미 삼천을 넘어섰다. 돈을 마련하지 않으면 졸업과 동시에 신용불량자가 될 터였다.

아빠는 내가 초등학교에 입학할 무렵 삼천만 원짜리 주택복권에 당첨됐다. 그걸 종잣돈 삼아 신문보급소를 차렸는데, 제법 수입이 좋았단다. 하지만 몇 년 지나지 않아 우리 가족은 빈털터리가 됐다. 대박의 짜릿한 쾌감을 잊지 못한 아빠가 매주 수백 장의 복권을 사들여 줄기차게 긁어낸 탓이었다. 물론 복권도 인생도 꽝이었다. 살림만 하던 엄마는 요구르트 배달원이 되었고, 아빠는 복권 살 돈을 충당하러 특수청소를 다녔다. 그나마도 지난가을 뇌경색으로 쓰러져 재활병원에 들어가기 전까지였다. 보험료 체납으로 수급 대상자에서 누락된 지 오래였으므로 누군가는 돈을 벌어 병원비와 생활비를 감당해야 했다. 지난달 간병인 교육을 수료한 엄마는 아빠 병실의 다른 침대 환자를 간병한다. 하루 두세 번, 엄마는 아빠의 기저귀를 갈고 입에 유동식을 떠 넣는단다. 그러고는 이불 밑으로 손을 집어넣어 근육이 빠져나가 가죽만 휘휘 도는 허벅지를 있는 힘껏 꼬집는다고 했다.

여름부터, 나는 아빠의 동료였던 곽 아저씨와 특수청소를 다니게 되었다. 잠깐 텔레마케터로 일한 적이 있지만 말주변도 없고 나이가 어려 한 달 내내 떠들어봐야 차비와 식대를 제외하면 삼십만 원 남짓한 푼돈이 손에 들어왔다. 휴대전화 요금과 학자금대출 이자 내기도 빠듯한 액수였다. 제대로 된 직장을 얻을 때까진 일을 가릴 형편이 아니었다. 일당은 십오만 원. 일주일에 두세 번 외근이 있고, 매출이 좋은 달엔 보너스도 나왔다. 운이 좋으면 유품 정리만으로 일이 끝났지만, 운이 나쁘면 시커멓게 추깃물 밴 이불을 치우고 사방 천지에 튄 핏자국을 지워야 했다. 주로 유품을 분류하고 부엌살림을 정리하는 게 내 몫이었다. 처음엔 마스크 안에 손수건을 몇 개씩 접어 넣고도 구토를 참지 못해 곤욕스러웠다.

"냄시만 잊아뿌믄 토굴 같은 느그 집보다 훨씬 나을 낀데? 내는 냄시가 고로불 때마다 밖에서 똥 푼다고 생각한대이. 니나 나나 여 살든 사람이나 배 속에 똥 한 짐씩 안고 살기는 매한가지 아이가. 평생 기고 싸고 풍긴 냄시 다 합치믄 누구라도 이 냄시 날 끼다. 앞으로 여서 살 사람들도 있는데, 우리가 드룹다고 올리사믄 되겠나."

외근을 나갈 때마다 구토 탓에 밥을 굶자, 그걸 측은하게 바라보던 곽 아저씨가 한 말이었다. 나는 그날부터 냄새와 공간을 분리하기 시작했다. 냄새를 제외하면 어디든 보통의 가정집이었다. 가스레인지 위엔 김치찌개가 말라가고, 변기엔 거뭇한 배설물의 잔해가 남은, 매달 조금씩 벌면서 더 쓸 궁리를 하던 평범한 사람들이 이곳에 살다 저곳으로 옮겨갔을 뿐이었다. 악취를 맡을 때마다 여전히 욕지기가 치솟았지만, 밖에서 음식물 쓰레기가 썩고 있다거나 분뇨차가 넘치는 중이라고 상상을 하면 예전보다 훨씬 견디기 수월했다.

"이경 씨, 나 마스크 두 장하고 양동이랑 뜰채 좀 주라. 어흐, 죽겠네."

욕실로 들어간 임 대리가 오만상을 찌푸리며 문밖으로 고개를 내밀었다. 가장 늦게 우리 팀에 합류한 그는 석 달 전 입사를 하자마자 대리 직함을 달았다. 남 사장만큼이나 비위가 좋은 편이라 주로 가장 오염이 심한 곳이 그의 몫이었다.

나는 싱크대 앞에 놓아둔 플라스틱 상자에서 마스크 두 장과 빈 양동이, 뜰채를 꺼냈다.

"거기가 격전지냐?"

남 사장이 피식 웃으며 싱크대에 물을 받았다.

"욕조에서 죽은 모양이에요. 이거 다 떠내려면 죽어나겠는데요."

임 대리의 말끝에 짜증이 배어났다.

"오늘 임자 만났네. 임 대리, 타일 줄눈하고 수챗구멍에 락스 좀 많이 뿌리고, 천장 환풍기도 떼어내서 닦아."

남 사장이 대용량 락스를 상자에서 꺼내 욕실 문 앞으로 밀어주었다. 임 대리가 주문한 물건을 들고 욕실로 들어서자 눈이 시릴 정도로 지독한 악취가 뿜어졌다. 변기와 세면대, 타일 위로 크고 작은 핏자국들이 닥지닥지했고, 욕조에는 불그스름한 건더기가 둥둥 뜬 검푸른 물이 가득 담겨 있었다. 부패 정도에 따라 차이가 있긴 하지만 욕조에 몸을 담그고 사망한 경우, 부유물을 건져내지 않으면 물을 뺄 수 없다. 임 대리가 납처럼 허옇게 질린 얼굴로 짙은 눈썹을 굼실대며 양동이와 뜰채를 받았다.

"아우, 말은 쉽지."

임 대리가 남 사장이 있는 거실을 향해 눈초리를 구겼다.

원룸에 어울리지 않게 가구와 침구 모두 견고하고 고급스러웠다.

침대 앞에 얌전히 벗어놓은 양털 슬리퍼, 순백의 이불, 책장에서 쏟아져 나온 기욤 뮈소와 알랭 드 보통의 컬렉션들, 헤벌어진 샤넬 퀼팅백, 구둣발에 뭉개진 코랄 컬러 립스틱이 여자의 취향을 설명했다. 남 사장이 방바닥에 구겨놓은 아이보리색 러그를 들어 올렸다. 한가운데에 검게 말라붙은 핏자국이 선명했다.

"이경이는 서랍부터 비워. 전부 위탁이니까 분류할 것 없이 한 상자에 담으면 돼."

대개 유품은 유가족의 뜻에 따라 태워야 할 것과 처분할 것을 나누지만, 유품 처리 권한을 업체에 위임한 경우에는 동의 없이 처분하는 게 원칙이었다. 간혹 부유한 노인의 고독사를 처리하면서 명품 의류나 희귀 난, 골동품으로 가외 수입을 올리는 일도 있었지만, 대부분은 처분해봤자 이삼만 원 안팎인 생활 폐기물이었다. 의류와 철제 조리도구는 킬로그램당 오백 원, 컴퓨터나 노트북, 가전제품은 사양에 따라 가격 변동이 크지만 고장 나거나 파손되었을 시에는 오천 원 남짓밖에 돌아오지 않았다. 여자의 방에는 그 흔한 컴퓨터나 텔레비전이 없었다. 옵션으로 보이는 에어컨 한 대가 있었지만, 돈이 안 된다. 시신이 부패할 때 발생한 구더기가 가장 많이 모여 사는 곳이 에어컨이나 공기청정기 안이다. 냄새를 흡수한 필터는 아무리 깨끗하게 세척하고 바싹 말려도 재활용이 불가능했다.

쓸 만한 여자의 유품은 옷과 화장품, 침구류 뿐이었다. 이사하면서 풀지 않았는지, 베란다에 쌓인 상자들 속에도 옷과 핸드백, 하이힐이 그득했다. 업체에 의뢰해봐야 알겠지만 가죽의 질이나 꼼꼼한 마감으로 보아 명품일 가능성도 없지 않았다. 나는 옷과 핸드백, 하이힐이 든 상자를 현관 앞으로 옮겨놓고 빈 상자를 조립했다. 행거와 5단 서랍장, 화장대에서 쏟아져 나온 물건만 해도 내가 지금껏 사 모은 것의 서너 배는 훌쩍 넘어 보였다. 행거에는 고가임이 분명한 색색의 캐시미어코트와 패딩점퍼, 도톰한 겨울 원피스가 빼곡했다. 하나같이 품이 좁고 긴 옷들이었다. 차곡차곡 개어놓은 내의와 양말, 스타킹 등을 상자에 담았다. 75에 B컵. 작고 탄력 있는 유방이 머릿속에 그려졌다.

"이거 비싼 거냐?"

침대를 분해한 남 사장이 매트리스를 일으켜 세우고 내게 물었다. 침대 아래에는 수십 개의 스노볼이 가득했다. 큰 것은 핸드볼공만 했고, 작은 것은 탁구공만 했다. 에펠탑이 든 것부터 자유의 여신상이나 발레하는 소녀, 윙크하는 마릴린 먼로가 든 것까지 같은 모양은 없었다. 저마다 나라나 도시의 이름이 적힌 걸로 보아 여행지에서 하나둘 사 모은 모양이었다.

"글쎄요, 사본 적이 없어서."

나는 그중 야구공만 한 스노볼 하나를 집어 들었다. 아담한 호수 앞 오두막집 지붕 위에 하나의 목도리로 서로의 목을 엮은 두 소녀가 달콤한 표정으로 잠들어 있었다. 볼이 흔들리자 바닥에 가라앉았던 하얀 부유물이 떠올라 눈처럼 휘날리고, 오두막 앞 작은 팻말의 글씨가 드러났다.

"하늘색 물, 미네소타."

팻말에 적힌 글씨는 'Sky colored water, Minnesota'였다.

"야야, 그라이까 사장님 말씀은 그기 팔믄 누가 사겠나, 이 말이제? 몬 팔믄 우덜한테야 쓰레기지, 머."

솥로 벽지에 튄 혈흔을 닦던 곽 아저씨가 끼어들었다.

"저라면 안 사요. 수집이란 거, 모으는 사람 본인한테나 의미 있는 거잖아요. 그렇지 않은 사람에게는 남의 집 가족 앨범 같은 거겠죠."

물었으니 대꾸했지만, 정작 내게는 앨범이라고 부를 만한 것이 없었다. 우리 가족에게 가장 아름다운 추억은 삼천만 원짜리 복권이 전부였으나 그조차 이미 다른 복권들로 끊임없이 환생하고 소멸했을 뿐이다.

"마대 하나 가져다 싹 담아."

남 사장이 세정제 묻힌 걸레로 침대 헤드의 핏자국을 닦으며 무심히 중얼거렸다. 나는 손에 쥔 스노볼을 물끄러미 바라보았다. 작고 투명한 공 안의 세상은 한겨울이었고, 소녀들은 잠옷 아래로 맨 종아리를 내놓았지만 조금도 추워 보이지 않았다. 어쩐지 소녀들의 어깨와 머리에 쌓이는 눈이 목화솜처럼 따뜻하고 포근해 보이기까지 했다. 무엇보다 하늘색 물이라는 글귀가 마음에 들었다. 목장갑을 낀 손으로 스노볼을 뒤흔들자, 소녀들의 세상이 온통 새하얗게 변했다.

"하나만 가져도 돼요?"

스노볼을 들여다보며 남 사장에게 물었다.

"좋을 대로 해. 근데 나는 별로 권하고 싶지 않다. 아무래도 찝찝하잖아. 명대로 살다 편안하게 간 여자도 아닌 것 같은데."

"그건 사장님 말씀이 백분 옳다. 내도 몇 년 전에 일하러 간 집서 쌔삥 양복이 있어가 한 벌 얻어온 즉이 있그든. 근데 그 담날부터 밤마다 장롱 문이 덜거덕거리더라꼬. 딱 그 양복 든 칸이 말이지. 바쿠가 그래 큰 소리를 낼 리도 엄꼬, 쥐새끼라 케도 사각사각 갉아묵는 소리가 나야 맞다 아이가. 마누라캉 내캉 미련곰탱이처럼 이틀 밤을 꼴딱 새고 나이까 양복 생각이 난 기라. 밝자마자 라이타기름 들고 마당에 나가 막걸리 한 병 부어놓고 싹 태았다 아이가. 천지신명 찾아가며 그저, 그저, 무식한 놈 한 분만 살리주이소, 빌믄서."

곽 아저씨가 심각한 표정으로 손을 휘저었지만 귀에 들어오지 않았다.

불행은 물과 같아서 언제나 낮은 곳에 고이기 마련이다. 그래서 가난한 사람은 더 가난해지고, 불치병 환자는 죽기 마련이다. 드물게 가난뱅이가 부자가 되거나 불치병 환자가 완쾌하는 일도 있지만, 아무도 그걸 당연한 순리라고 생각하지 않는다. 로또처럼 희박한 확률의 행운은 행운이라 하지 않고 기적이라 부른다. 내게 지금보다 더 나쁜 일이란 없다. 아빠가 죽는 것이나 제대로 된 직장을 잡지 못해 신용불량자가 되는 것, 그리하여 결혼이나 적금, 내 집 마련 따위가 요원해지는 건 어찌 보면 돌연한 불행이 아니라 당연한 순리일지 모른다. 사지가 갈가리 찢긴 원귀가 매일 밤 찾아와 서랍을 덜거덕거린다 해도 겁날 것이 없었다. 나는 스노볼을 가져온 발포비닐로 정성껏 포장한 뒤 짊어지고 온 배낭에 담았다.

임 대리는 두 시간 만에 사색이 되어 욕실을 나왔다. 그는 연막소독기를 끌어다 욕실 입구에 틀어놓고 신발장 옆에 철퍼덕 주저앉았다. 곽 아저씨가 양말에 꽂아두었던 담뱃갑에서 갈색 필터의 담배 한 개비를 임 대리 입에 물렸다.

"욕봤다. 나가서 쏘주 한잔해야제?"

임 대리가 힘겹게 고개를 끄덕거렸다.

"그럼요, 그럼요. 저희가 직접 현장을 봐야 견적이 나오지요. 도배 장판 싹 걷어내야 하는 경우도 있고, 이불이나 커튼 같은 섬유제품만 치우고 소프트하게 클리닝하는 경우도 있으니까요. 주소부터 불러주세요. 네, 서초구…… 23 다시 …… 청아빌라…… 301호. 아, 거기! 일전에 노인 부부 피살 사건 났던 집 바로 윗층이네요."

잡동사니가 든 플라스틱 상자에 쭈그려 앉은 남 사장이 손바닥에 메모를 했다.

"임 대리, 욕실 끝나면 이쪽도 연막소독 하고 음이온살균 입혀. 난 견적 내고 퇴근할 거야. 뭔 놈의 자살 사건이 허구한 날 터지는지. 말세다, 말세야."

남 사장은 임 대리의 대답도 듣지 않고 현관을 나섰다. 문틈 새로 황소바람이 불어닥쳤다. 바람결에 양념치킨 냄새가 묻어났다.

"얼른얼른 하고 시마이 하죠. 오늘은 소주 대신 양념치킨에 맥주 어때요?"

임 대리가 얼빠진 표정으로 절반쯤 타들어간 담배를 들고 베란다로 향했다.

"물어볼 끼 뭐 있노, 나야 대끼리지. 경아, 니도 갈 끼제?"

따로 회식을 하지 않는 대신 작업이 끝난 뒤엔 언제나 가벼운 술자리가 이어졌다. 주로 악취를 씻어낼 수 있는 맵거나 기름진 안주에 술을 곁들인 저녁 식사였다. 술도 약하지만 내일 오전엔 인턴 면접이 잡혀 있다. 괜찮은 성적, 괜찮은 토익 점수, 괜찮은 추천서에 포토샵으로 가공한 증명사진으로는 매번 어렵지 않게 서류심사를 통과할 수 있었다. 하지만 면접실에 들어서는 순간 누가 합격하고 누가 불합격할지 뻔히 보였다. 눈길과 질문을 독점하는 한두 명을 제외하면 나머지는 순식간에 병풍으로 전락했다. 그걸 알면서도 면접에 응하는 건 그나마 교통비 정도는 챙겨줄 규모가 되는 회사이기 때문이다.

청소는 네 시간 만에 끝이 났다. 폐가구는 딱지를 붙여 집 앞에 내놓고, 청소용구와 유품 상자를 트럭에 실었다. 늘 그렇듯 곽 아저씨가 짐칸 한구석에 앉아 담요를 뒤집어썼다. 임 대리가 핏발 선 눈을 끔뻑거리며 시동을 걸었다.

"죽은 여자 말야……. 어쩌면 내가 아는 애인지도 몰라."

사거리 신호등 앞에서 임 대리가 탑탑한 목소리로 말했다.

"어떻게 알았어요?"

어떻게 아는 사이냐고 묻고 싶었지만, 주제넘는 간섭으로 들릴까 봐 목구멍 깊숙이 눌러 삼켰다.

"최근까지 여기 사는 걸 알고 있었어. 고지서 버리다 보니까 그 애 이름이더라. 희성인 데다 이름도 특이하거든. 원랜 친구랑 살고 있었는데, 물건 정리한 걸 보니 갈라선 거 같아."

신호가 바뀌었지만 임 대리는 신경질적인 경적 소리를 듣고서야 기어를 변속했다.

"나 여기 들어오기 전에 연예기획사 근무했잖아. 그때 우리 회사 연습생이었어. 예쁘고, 키도 컸고, 집도 잘살았지. 명문대생이란 간판도 좋았고."

임 대리가 담배 하나를 입에 물고 창문을 내렸다. 그가 뿜어내는 연기가 옅게 깔린 어둠에 살을 섞으며 고혹적으로 몸을 틀었다. 남 부러울 것 없는 미모의 명문대생의 죽음은 당연하지 않다. 어떤 의미에선 이 또한 돌연한 기적일 터였다. 만약 그녀에게 선택의 기회가 다시 주어진다면 어떨까. 그래도 명 짧은 미녀를 택할까, 아니면 이류 대학 졸업반에 특수청소나 다니는 추녀의 삶을 택할 수도 있을까. 천국의 이십 년이냐, 지옥의 팔십 년이냐. 고민할 가치도 없는 질문임을 깨닫자 피식, 헛웃음이 나왔다.

사무실에 도착해 각자 짐을 풀었다. 임 대리가 병원성 폐기물을 통에 담고 내가 보관실에 유품을 쟁이는 동안 곽 아저씨는 청소용구를 세척했다. 속이 거북한지 작업을 하는 내내 임 대리가 헛구역질을 했다. 하루 사이 뺨이 허룩하게 꺼져 보였다.

각자 할 일을 마치고 모였을 땐, 해가 완전히 기운 뒤였다.

"전 아직도 속이 메스꺼워요. 아저씬 괜찮으세요?"

임 대리가 어깨에 크로스백을 걸치며 곽 아저씨에게 물었다.

"니 그거 다 간이 나빠서 그런 기다. 남 사장이 챙겨준 간장약 좀 묵지그라노? 난 요새 그거 묵어 그런가 헛구역질도 안 해."

곽 아저씨가 등에 짊어지고 있던 배낭을 열어 지퍼백에 담긴 캡슐 두 알을 건넸다. 문제는 간이 아닐 터였지만, 임 대리는 군말 없이 곽 아저씨가 쥐여준 캡슐을 물도 없이 집어삼켰다.

"어뜨나? 한결 낫제?"

곽 아저씨의 물음에 임 대리가 건성으로 고개를 끄덕였다.

"니도 쪼매 묵을래? 우리 마누라는 이거 먹고 요새 꺼문 머리 나드라, 마."

고개를 가로저었지만, 곽 아저씨가 약 한 움큼을 덜어 내 백팩 주머니에 쑤셔 넣었다.

"젊은 아 얼굴이 그래서 쓰겠노? 화색이 돌아야 연애를 하제."

곽 아저씨가 안쓰럽다는 듯이 어깨를 쓰다듬었다. 그의 말마따나 사무실 거울에 비친 내 얼굴은 나이답지 않게 거무죽죽하고 까칠했다. 쑥스러운 마음에 아랫입술을 지그시 깨물자 비늘처럼 일어선 각질이 앞니에 씹혔다.

"뭐 하노? 가자, 마."

사무실을 나와 호프집으로 향하는 임 대리와 곽 아저씨에게 꾸뻑 인사를 하고 버스를 탔다. 대로변 아웃백 앞에 입장을 기다리는 사람들이 줄지어 선 게 보였다. 한갓져 보이는 그들의 일상에 괜스레 부아가 치밀었다. 불현듯 잊고 있었던 허기가 우악스럽게 고개를 치켜들었다.

누군가 방 안을 서성거렸다. 엄마가 평일에 다녀가는 일은 한 번도 없었다. 설령 오더라도 출발하면서 전화를 하거나 문자라도 보냈을 터였다. 아무 기별도 없이 도어록을 해제하고 들어와 잠든 내 옆을 서성거릴 만한 친척이나 친구 또한 없다. 침입자가 분명했다. 지갑에는 어제 받은 일당 십오만 원과 원래 가지고 있던 만 칠천 원, 도합 십육만 칠천 원이 들었을 테고, 충전한 지 얼마 안 된 교통카드가 있었다. 구형 노트북 한 대, 면접용 정장과 숄더백, 여자의 집에서 가져온 스노볼이 내가 가진 전부였다. 달라면 뭐든 내줄 수 있다. 하지만 지금 최선은 침입자가 필요한 물건을 챙겨 조용히 나가주길 눈감고 기다리는 것이었다.

변사체로 누워 있는 나를 상상했다. 피와 오물로 얼룩진 내복 차림의 여대생, 어질러진 장롱과 뜯겨 나간 방범창, 폴리스라인. 어느 새 피투성이의 나는 사라지고 작업복을 걸친 남 사장과 임 대리, 곽 아저씨가 청소용구를 들고 집 안으로 들어섰다. 경아, 이 불쌍한 지 집아야. 우예 이래 험하게 갔노. 뭔 놈의 살인 사건이 허구한 날 터지 는지. 말세다, 말세야. 날이 날이니만큼 오늘은 쏘맥으로 하시죠. 저 마다 한마디씩 털어내고 청소기에 전원을 연결했다. 위잉, 날카로운 소음이 귓속을 파고들었다.

"방학했다고 한없이 늘어질래? 정신 차리고 녹즙부터 마셔."
소음이 멈추자 느닷없이 짜랑짜랑한 여자의 목소리가 들렸다.
"너무 써. 사과 좀 많이 넣었어?"
생각지도 않은 말이 입에서 나왔다. 어리광이 잔뜩 밴, 높고 가느 다란 음성은 내 것이 아니었다. 꿈인가 싶었지만 공기의 미세한 흔 들림과 또렷한 목소리, 녹즙이 풍기는 풋내가 생시보다 선명했다.
"한 개 다 넣었어. 안 써."
부드러운 팔이 목 뒤로 기어들어 몸을 일으켰다. 슬며시 눈이 떠 졌다. 정사각형의 크고 새하얀 방을 배경으로 사십대 중반의 날씬한 여자가 녹즙이 든 잔을 내 손에 쥐여주었다.
"안 쓰긴 뭘 안 써. 쓰고만."
쌉싸래한 액체가 목구멍을 타고 넘었다. 나는 여자에게 빈 잔을 건네고 긴 다리를 쭉 뻗어 스트레칭을 했다. 묵직한 숱의 긴 머리카락이 스르르 어깨를 넘어 가슴으로 떨어졌다. 분명 내가 하는 말과 행동이었지만, 내 의지와는 상관이 없었다. 눈앞에 펼쳐지는 모든 것들이 일인칭시점으로 찍은 페이크 다큐멘터리 같았다.

"너 오늘 뭐 살 거야?"

여자가 쉐비풍의 화장대에 하체를 기대고 물었다.

"뮤즈백 미듐하고 로저비비에 샌들. 엄마는?"

침대에서 나와 핑크색 실내 슬리퍼를 신었다. 여자가 반들거리는 진주색 손톱으로 관자놀이를 누르며 생각에 잠겼다. 정황상 그녀는 내 엄마였다. 주름 사이로 생활의 때가 거뭇하게 내려앉은 내 엄마와는 사뭇 다른 모습이었다. 엄마라고 부르기조차 미안할 정도로 젊고 세련되었지만, 내 영혼이 깃든 육체가 그녀의 딸이었으므로, 나는 자연스럽게 여자를 엄마로 인식하고 부르게 되었다.

"저번에 이미숙 입고 나온 랑방 원피스 기억나? 등 살짝 파인 블랙."

스트레칭을 마친 나는 침대 맞은편에 달린 유리문을 열었다. 향긋한 냄새가 그윽하게 풍기는 나무 욕조에 걸터앉아 칫솔에 치약을 짰다.

"야해서 아빠가 뭐라 할 텐데?"

"보는 데서만 안 입으면 그만이지. 빨리 씻고 나오기나 해. 너 점심에 약속 있다며."

엄마의 목소리가 서서히 멀어졌다. 나는 한참이나 칫솔질에 열중하다 세면대에 거품을 뱉었다. 그러곤 고개를 들어 거울을 봤다. 손바닥으로 다 가려질 만큼 작은 얼굴에 볼록한 이마, 아웃라인 쌍꺼풀이 산뜻한 큰 눈, 방울이 자그마한 코와 야무지게 입아귀가 여미어진 이십대 초반의 미인이었다.

원피스 잠옷을 벗어놓고 샤워기 앞에 섰다. 샤워기를 향한 고개의 각도로 보아 키는 170센티미터쯤, 체중은 50킬로그램 남짓일 것 같았다. 소주 한 잔이 충분히 고일 만큼 오목한 쇄골 아래로 파르스름한 혈관이 내비치는 야무진 젖가슴이 내려다보였다. 피어싱 자국이 옅게 남은 일자 배꼽과 과하지 않게 벌어진 골반, 조금 짙다 싶은 음모, 가느다란 다리는 본래의 내 것에 비해 지나치게 길고 곧았다. 겨드랑이는 말끔히 제모되어 있었고, 피부는 백자처럼 희고 매끄러웠다. 모든 게 완벽한 육체였다. 문득 이게 꿈이나 망상이 아닐지 모른다는 생각이 들었다. 지난밤, 나는 침입자에게 목숨을 잃은 게 아닐까. 갑작스러운 죽음을 받아들이지 못해 여기저기를 헤매던 끝에 이 여자를 만나고, 완벽한 그녀에게 강한 질투와 열등감을 느낀 비루한 영혼이 저승길을 마다한 채 그녀의 육체에 눌러앉고 만 것은 아닐까. 하지만 꿈이든 망상이든 빙의든 나는 여길 벗어날 방법을 몰랐다. 이 모든 것이 천국의 단 하루라 하더라도 구태여 마다할 이유가 없었다.

몸에 정성 들여 바디버터를 바르고 누드브라를 착용했다. 아이보리색 민소매 블라우스에 하이웨이스트 진스커트를 입었다. 실내 온도가 쾌적해서 계절을 가늠할 수 없었는데, 옷차림으로 미루어 여름인 모양이었다. 그렇다면 본래 내가 살던 세상과 시간차가 벌어진다는 얘기였다. 나는 충전기에서 휴대전화를 뽑아 홈 화면을 눌렀다. 년도는 생략되어 있지만 날짜는 7월 19일, 목요일이었다. 올해 내 생일이 7월 10일 화요일이었으니 오 개월 전 여름일 가능성이 높았다.

날짜를 헤아리는 사이 몸은 거울 앞에 앉았다. 세 가지 기초 제품을 톡톡 두드려 바르고 파우더와 립글로스로 가볍게 화장을 마무리했다. 슬라이딩 장롱을 열자 수십 개의 핸드백이 드러났다. 여러 종류의 백을 들었다 놓길 반복한 끝에 커다란 리본 장식이 붙은 클러치백을 겨드랑이 사이에 끼고 방을 나섰다. 제법 긴 복도에는 뿔에 꽃이 핀 목각 사슴 한 마리가 고개를 외로 꼬고 있었다. 여남은 걸음쯤 걸었을까. 그레이시 톤으로 통일된 거실이 나왔다. 천장이 높고, 바닥은 서늘한 대리석이었다.

"아줌마, 우리 나가요."

어느새 청보라색 블라우스에 하얀 펜슬스커트로 멋을 낸 엄마가 안방에서 나와 부엌에 대고 소리쳤다. 푸둥푸둥한 몸집의 중년 부인이 종종걸음으로 달려 나와 인터폰에 달린 버튼을 눌렀다.

"지금 나가시면 바로 타시겠어요."

중년 부인이 누른 버튼은 엘리베이터를 부르는 용도인 모양이었다. 그녀의 배웅을 받으며 현관문을 열자 엘리베이터 문이 열렸다. 지하 주차장엔 엄마의 폭스바겐이 있었다. 문을 열자 시트러스 계열의 방향제 향기가 은은하게 났다.

"너 눈이 왜 이렇게 빨게. 요새 잠 못 자?"

엄마가 콧등에 얹어놓은 선글라스를 조금 내려 내 눈을 빤히 들여다보았다.

"이상한 꿈에 시달렸어."

"무슨 꿈?"

"내가 키 작고 뚱뚱하고 못생긴 여자가 되는 꿈. 웬 아저씨들이랑 어딘가 몰려가서 억세게 청소를 했어. 왜 예전에 우리 잠원동 살 때 사거리 행운아파트 기억나? 베란다에서 그 아파트 103동이 보이는 집이었어. 방 안엔 죽은 개 시체가 있었고, 더러운 이불에 핏자국도 보였어. 설거지거리도 산더미 같았는데, 고무장갑이 빵꾸 나서 맨손으로 다 했다니까."

엄마의 폭스바겐이 지하 주차장을 벗어났다.

"피 보면 좋은 꿈 아냐? 꿈에서 개는 잡귀라던데 시체로 보였다니 그것도 나쁠 것 없고."

"근데 너무 생생해. 꿈이 아니라 내가 그 몸에 갇힌 것처럼 보고 듣고 느꼈거든. 어우, 갑자기 소름이 돋네. 에어컨 좀 줄이자."

그녀의 악몽은 본래 나의 일상이었다. 키 작고 뚱뚱하고 못생긴 청소부의 억척스러운 삶. 그녀가 악몽에서 현실로 돌아왔다면, 나 역시 이 달콤한 꿈에서 깨어나지 않으리란 보장이 없었다. 나는 방금 전 말을 되씹었다. 잠원동, 행운아파트가 보이는 집. 가본 적이 없는 곳이었다. 그녀는 대체 나의 어느 지점을 헤매고 있는 것일까.

눈을 뜨자 천장에 거뭇하게 핀 곰팡이가 보였다. 아무리 눈을 감았다 다시 떠도 눅눅한 이부자리였다. 새벽 내내 나는 청담동의 어느 편집 매장에서 쇼핑을 하고, 친구를 만나 도우가 얇은 피자와 탄산수를 마셨다. 그러고는 커피숍으로 직행해 칼로리를 염려하면서도 휘핑크림이 잔뜩 올라간 프라프치노를 주문했다. 저녁 무렵, 친구가 애인을 만나러 가버리자 피트니스센터로 걸음을 옮겼다. 요가로 몸을 풀고 삼십 분가량 러닝머신을 뛴 다음, 텔레비전에서 몇 번 본 적 있는 트레이너의 구령에 맞춰 기구를 들었다. 꽤 어둑해져서야 택시를 타고 집에 돌아와 거실을 둘러보니 엄마와 배불뚝이 중년 남자가 아홉시 뉴스를 보고 있었다. 김정일의 후계자로 그의 아들 김정은이 추대되었다는 내용이었다. 뉴스를 보던 배불뚝이 중년 남자가 나를 향해 팔을 벌렸다. 나는 그를 아빠라고 부르며 가볍게 웃어 보였지만 품을 허락하진 않았다. 이윽고 방으로 돌아온 나는 쇼핑백을 열어 반원 형태의 핸드백과 12센티미터짜리 하이힐을 신고 한껏 폼을 재며 거울을 봤다. 꿈은 그녀가 잠이 들며 끝이 났다.

꿈으로 알아낼 수 있는 건, 내 이름이 다운이라는 것과 남자 여럿으로부터 끊임없이 대시를 받고 있다는 것, 이번 주 일요일에 꽤 중요한 약속이 있다는 거였다. 이름은 모두가 그렇게 부르니 쉽게 유추해낸 것이고, 대인 관계는 비굴하리만치 저자세로 구애하는 문자 메시지 덕이었다. 마지막으로 꽤 중요한 약속은 휴대전화 바탕 화면에 떠 있는 스케줄 위젯으로 알아냈다. 특별한 메모는 없었지만 초 단위로 카운팅이 되고 있는 걸 보면 무척 기다리는 만남인 게 틀림없었다.

머리맡의 휴대전화를 끌어다 시간을 확인했다. 오전 여덟시 십일분. 자정 무렵 잠이 들었으니 꼬박 여덟 시간 동안 꿈을 꾼 거였다. 다운의 하루는 어림짐작 열여섯 시간 정도였다. 잠을 잔 시간과 활동 시간이 일치하지 않는 건 왜일까 고민하다, 엄마와 헤어진 뒤 친구를 만나기까지 두 시간, 프라프치노를 마신 후 친구와 헤어질 때까지 네 시간, 피트니스센터에서 나와 집에 오기까지 두 시간 정도가 편집한 것처럼 잘렸다 정교하게 이어졌단 걸 깨달았다. 이를테면 이런 거였다. 엄마에게 손을 흔들어주고 휴대전화를 들어 친구에게 어디냐고 전화를 건 시각은 열한시 반이었는데, 휴대전화를 끊고 이태리 레스토랑 계단을 올라갈 땐 늦어서 미안하다고 손바닥을 비비는 친구와 함께였다. 혹시 세 명이 만나기로 했다 한 명이 약속을 취소한 건 아닌가 싶었지만, 가만히 되짚어보니 통화 속 친구의 목소리와 점심을 함께 먹은 친구의 목소리가 동일했다. 기억이 끊긴 세 지점마다 나는 통화 중이었다. 골똘히 생각에 잠겨 휴대전화를 들여다보는데 때마침 벨이 울렸다. 사무실 번호였다.

"난데, 열한시까지 이리로 와야겠다. 어제 견적 내준 집에서 오늘 아니면 시간이 안 된대. 누가 내일 집 보러 온다고."

남 사장이었다.

"야야, 오늘 대기 춥다. 단디 껴입고 온네이."

곽 아저씨의 목소리도 희미하게 들렸다.

면접은 열시였다. 집에 들러 옷을 갈아입고 다시 나가기엔 시간도 위치도 애매했다. 잠시 주저했지만 결과가 뻔한 면접보다 당장 수입이 되는 청소일이 더 중요하다는 걸 오래지 않아 깨달았다. 전화를 끊고 욕실로 들어갔다. 쑥색 변기와 구형 세탁기가 들어찬 공간엔 욕조는커녕 세면대조차 없었다. 양치를 하며 대야에 물을 받았다. 신통치 않은 보일러 탓에 미적지근하던 물은 이내 차갑게 식어 있었다. 머리를 감으려 허리를 숙이자 본때 없이 크기만 한 젖가슴에 코가 묻혔다. 매일 아침마다 겪는 일이지만, 족제비처럼 날씬했던 간밤의 몸매를 떠올리자 무거운 줄 모르고 지내왔던 살이 짐처럼 느껴졌다. 다시 꿈으로 돌아가고 싶었다.

젖은 머리를 털며 옷장을 열었다. 고여 있던 공기에 조선간장처럼 고릿한 냄새가 배었다. 아무리 빨고 삶아도 옷에 밴 악취는 쉬이 가시지 않았다. 작업용 청바지와 후드티를 꺼내 입었다. 플라스틱 밥상을 펴고 몇 주 전 엄마가 해놓고 간 밑반찬을 올렸다. 냉동실에 한 끼 분량씩 얼려놓은 밥을 전자레인지로 해동했다. 하얗게 곰팡이가 핀 콩자반은 개수대에 엎어버리고 무생채와 오징어채볶음, 고추장 아찌로 아침을 해결했다.

아직 삼십 분 정도 여유가 있었다. 멀거니 벽에 기대앉아 있다 앉은뱅이책상 위에 놓아둔 거울이 보였다. 듬성한 눈썹, 성인여드름으로 뒤덮인 불그죽죽한 피부와 축 처진 입술선의 여자가 촌뜨기 같은 표정으로 길게 목을 뺐다. 무릎걸음으로 책상에 다가앉아 서랍을 열었다. 비비크림과 아이펜슬, 립글로스를 꺼냈다. 손등에 비비크림을 짜내 정성껏 피부에 두들겨 발랐다. 자연스러운 스킨 톤을 원했지만 요철이 깊고 홍조가 심한 이마와 뺨은 덧바를수록 탁한 회색으로 변해갔다. 손을 바들바들 떨며 눈썹을 그리고 창백한 입술에 장밋빛 립글로스를 발랐으나 이목구비의 단점만 부각시킨 꼴이었다.

솜점퍼를 껴입고 현관을 나섰다. 곽 아저씨가 당부한 대로 매섭게 독이 오른 날씨였다. 덜 마른 머리가 말단에서부터 뻣뻣하게 얼어올라왔다. 화장할 시간에 머리를 말리는 편이 더 나았으리라 후회하며 버스를 기다렸다. 러시아워를 지난 시각이었지만 정류장엔 사람이 꽤 많았다. 주머니에 손을 찔러 넣고 버스를 기다리는데 앳된 여자의 음성이 들렸다.

"다운! 늦어서 미안."

다운이란 이름이 귀에 박혔다. 퍼뜩 목소리 방향으로 고개를 돌렸다. 키가 크고 늘씬한 여자의 뒷모습과 파마머리에 아담 사이즈 여자가 마주 서 있었다. 혹시 내가 아는 그 다운인가 싶어 다가가려는 찰나 인천행 광역버스 한 대가 섰다.

"왔다. 타자."

파마머리가 다운의 손을 잡아끌고 버스에 올랐다. 정류장 앞을 서성거리는 사내의 뒤통수가 교묘하게 여자의 얼굴을 가렸다. 키나 몸매, 헤어스타일, 결정적으로 이름이 같은 여자는 드물 터였다. 나는 두 여자를 따라 버스에 올라탔다. 여자의 길고 가느다란 실루엣을 따라 맨 뒷좌석까지 걸어갔다. 자리에 앉기 위해 다운이 몸을 틀었다. 쌍꺼풀 없는 눈두덩에 납작한 콧등, 투박한 주걱턱이 드러났다. 내가 찾던 다운이 아니었다. 게다가 둘의 대화를 유심히 듣다 보니 여자의 이름은 다운이 아니라 다은이었다. 다시 내려야 했지만 버스는 이미 출발한 뒤였다. 광역버스다 보니 정류장 간격도 띄엄띄엄했다. 별 소득 없이 엉뚱한 곳에서 내렸을 땐 이미 열시 반이었다. 임 대리에게 전화를 걸어 조금 늦을 것 같다고 설명했다. 버스를 갈아타고 사무실에 도착했을 땐 약속한 것보다 이십 분이나 늦은 시각이었다. 남 사장과 곽 아저씨는 이미 출발했고, 임 대리 혼자 담배를 피우고 있었다.

"이경 씨…… 혹시…… 화장하느라 지각한 거야?"

임 대리가 어깨를 흔들며 웃었다.

"언젠 화장도 하고 힐도 신어보라면서요. 그럼 십만 원 준다고 한 거 잊으셨어요?"

처음 만난 날, 골뱅이무침을 사이에 두고 임 대리가 했던 말을 고스란히 옮겨놓았다.

"그렇게 해서 예쁘면 준댔지 언제 무조건 준댔나? 볼멘소리 그만하고 출발이나 하자고. 사장님하고 곽씨는 벌써 도착했대."

임 대리가 킥킥 웃으며 재떨이에 담배를 눌러 껐다. 그를 따라 건물 앞에 세워둔 구형 소나타에 올랐다.

"대리님 차예요?"

트럭이 아닌 승용차 핸들을 잡는 임 대리의 모습이 낯설었다.

"나 오너드라이버인데, 몰랐어?"

차 안에서 산뜻한 향수 냄새가 풍겼다. 다운의 방에서도 맡았던 향이었다.

"이거 무슨 향수예요?"

"불가린지 불가사린지 그럴걸. 썩은 내 풍기고 다니면 누가 좋다고 하겠냐. 나도 연애를 해야 장가를 가지. 벌써 서른셋이다. 서른하고도 셋."

임 대리가 손가락 세 개를 펼쳐 내 어깨를 꾹꾹 찍었다.

"여자 향순 줄 알았는데, 아니었구나."

"뭐, 유니섹스 향수니까 여자도 쓰겠지. 좋으면 이경 씨 가져. 슬슬 질리던 참이었으니까. 다시방 열어봐."

내가 머뭇거리자 임 대리가 몸을 기울여 대시보드를 열었다. 부윰하고 길쭉한 병이 그의 손에 잡혀 나왔다. 절반이 조금 넘는 양이었다.

"약속대로 예뻐졌으니까 십만 원 상당의 선물. 이제 됐지?"

임 대리가 쑥스럽다는 듯이 입아귀를 끌어올려 얌전하게 웃었다. 뺨이 후끈했다. 임 대리는 외모도 제법 미남인 데다 3D 직종일망정 직함도 있고 또래보다 수입도 좋은 편이었다. 장난기가 많고 엄살이 심한 게 흠이지만, 가끔 아무렇지 않게 툭툭 뱉어내는 얄궂은 말들이 싫지 않았다. 다운의 외모였다면 쳐다보지도 않을 스펙이지만, 현실로 돌아온 내겐 과분한 상대였다.

"그러고 보면 가끔 귀여운 구석이 있어. 평소엔 애늙은이같이 굴다가 어쩌다 한 번씩 자기 나이티 낼 땐 이뻐죽겠다니까."

임 대리가 능숙하게 핸들을 돌리며 씨익 웃었다. 표정 관리에 실패한 나도 얼간이처럼 그를 따라 웃었다.

"네, 다 왔습니다. 한 번만 우회전하면 바로 도착해요. 라동 301호라고 하셨죠?"

벨소리에 휴대전화를 귀에 붙인 임 대리가 재빨리 핸들을 꺾었다. 남 사장인 모양이었다. 임 대리의 말대로 우회전을 하고 얼마 지나지 않아 가짜 대리석으로 외벽을 장식한 4층짜리 빌라가 눈에 띄었다. 청아빌라 라동. 주차장엔 이미 눈에 익은 트럭이 서 있었다. 그 옆에 주차를 하고 서둘러 301호로 올라갔다.

"임 대리는 욕실, 이경이는 부엌. 오늘 이경이가 일이 많겠다."

남 사장이 의자를 딛고 올라가 커튼 봉에 단단히 묶어놓은 빨랫줄을 끊었다. 부엌을 돌아보니 설거짓감이 넘쳐났고 전원을 뺀 채 문을 열어놓은 냉장고 속엔 음식물이 꽉 찬 플라스틱 통이 즐비했다.

"아지매요, 아지매요. 갈라믄 혼자나 가실 것이지 와 애꿎은 강새이는 잡으셨능교."

안방에 들어간 곽 아저씨가 둘둘 만 이불을 거실로 들고 나와 펼쳤다. 목에 빨랫줄이 감긴 하얀 말티즈가 입에 피거품을 문 채 죽어 있었다. 작업복을 걸친 임 대리가 청소도구를 챙겨 욕실로 향했고, 나는 죽은 개를 쓰레기봉투에 담았다.

"어, 이제 좀 훤하다."

남 사장이 커튼을 걷어내자 해가 거실까지 길게 늘어졌다. 길 건너에 행운아파트 103동이 보였다. 의자에서 내려온 남 사장이 커튼 봉 아래 펼쳐놓은 두툼한 솜이불을 발길질로 치워냈다. 약간의 핏자국과 누르스름한 얼룩이 묻은 이불이었다. 액사는 보통 사망 직전 배설물을 흘리는 경우가 많다고 들었다. 여자인 경우엔 대소변 외에 하혈을 남기기도 한다.

"니 거서 뭐 하노? 퍼뜩 설거지 안 하고. 그라고 보이께 웬일로 분칠을 다 했네. 니 끝나고 데이트 가나?"

곽 아저씨가 합죽한 입을 헤벌려 탈바가지처럼 웃었다.

"아저씨, 이 동네 이름이 뭐예요?"

"잠원동 아이가. 옛날에 이 동네서 누에를 많이 쳤다 카든데, 맞는
지 모리긋다."

잠원동, 죽은 개, 산더미 같은 설거지감, 행운아파트 103동, 피 묻
은 이불. 어젯밤 다운이 했던 말들이 하나씩 실현되고 있었다. 나는
과거의 그녀를, 그녀는 나의 미래를, 체험한 거였다.

옷장을 정리하던 중 사망자의 유서가 발견됐다. 종종 있는 일이었다. 사십대 독신이었던 사망자는 십오 년 가까이 유부남 애인의 이혼을 기다려온 듯했다. 그러다 최근 남자 쪽 아내가 임신했다는 사실을 알게 됐고 뜻한 바를 이루지 못하자 자살을 결심한 모양이었다. 남 사장은 유가족에게 전화를 걸어 유서를 읽어주었다. 그러고 채 한 시간도 지나지 않아 칠십대 노파가 경찰과 함께 찾아왔다. 유서 내용을 재확인한 노파는 거실 바닥에 털퍼덕 주저앉아 이름도 모르는 사내에게 욕을 퍼부으며 당장 놈에게 쇠고랑을 채우러 가자고 경찰의 바짓가랑이를 붙잡았다. 경찰은 이미 화장도 끝난 데다 내연남을 처벌할 죄목이 없으니 수사를 재개하기 곤란하다며 노파를 일으켜 세웠다. 그때 침울한 표정으로 청소에 열중하던 남 사장이 입을 뗐다.

"마지막 줄 다시 한 번 읽어보세요. '남은 가족들, 부디 죄 많은 저를 용서하지 마세요'라고 써 있죠? 근데 '저'하고 '를' 사이 간격이 너무 떨어져 있는 거 아닙니까? 연필로 쓴 글이니 누군가 고쳤을 가능성도 배제할 수 없겠죠. 어쩌면 '저를'이 아니라 '저희를'이라고 쓴 뒤에 '희'를 고의로 지워버렸을 수도 있습니다. 게다가 자신을 자살로 몰고 간 애인에 대한 원망은 한 줄도 없습니다. 태어날 아기가 불쌍하다고만 적혀 있잖습니까. 여기까지는 추측에 불과하지만, 베란다에서 나온 빨랫줄을 보시죠. 포장엔 10미터짜리라고 적혀 있는데, 남은 건 2미터도 되지 않습니다. 개와 사망자가 사용한 빨랫줄은 고작 5미턴데요."

남 사장은 사망자의 죽음에 애인이 깊이 관여했으리라 확신하는 것 같았다. 그렇다면 단순한 자살 사건이 아니라 살인이거나 자살 방조 혐의로 애인을 수사할 수도 있을 터였다.

"헛, 참 나. 빨랫줄 길이야 애당초 불량인지, 잘라서 다른 데 썼는지 지금 와서 알 수가 없지요. 유서야 본인이 고쳤을 가능성이 더 크고요. 뭐 습관일 수도 있는 거 아닙니까? 띄어쓰기 제대로 못하는 사람이 천지예요. 제가 왜 이런 것까지 아저씨한테 설명해야 하는 거죠? 누가 봐도 자살인데."

불쾌한 기색이 역력한 경찰은 노파를 내버려두고 경찰서로 돌아갔다. 노파는 딸이 남기고 간 유품 상자를 끌어안고 작업이 끝난 뒤에도 집에 남아 있었다. 애써 그녀를 외면한 우리는 사무실 건너편 낙지 전문점으로 갔다. 남 사장은 산낙지를 주문하고 밑반찬으로 나온 꼬막무침을 뒤적거리며 소주를 마셨다.

"옛날 일 생각나서 입이 쓰시죠?"

칠 년 전까지 남 사장은 경찰이었다. 스스로 제복을 벗기 전, 그는 서장 진급이 유력한 강력계 형사였단다. 남 사장이 임 대리에게 빈 잔을 넘겼다. 그가 얼른 한 잔을 비우고 나와 곽 아저씨의 잔을 채웠다.

"우리 관내에 제일 부자였지. 이름이 박혁기였어. 어느 날 이 양반이 아침밥을 먹다 급사를 한 거라. 누가 봐도 사고였지. 원래 고지혈증 약을 먹었으니까 심근경색이나 뇌졸중 중 하나라고 봤어. 그래서 부검 의뢰도 안 했던 거고. 근데 장례식 마지막 날에 박혁기 아들이 나를 찾아왔어. 자기 엄마가 새엄마인데 암만 봐도 의심스럽다며 재수사를 요구하더군. 단칼에 거절을 하고 돌려보냈지. 내 딴엔 남겨놓은 재산이 많으니까 그걸로 의붓모자 간에 싸움이 났구나 싶었어. 실은 진급을 걱정하고 있었지만. 아마 아들 눈엔 그때 내 모습이 아까 그 경찰처럼 보였을 거야."

종업원이 산낙지 접시를 내려놓았다. 그는 산낙지는 본 체 않고 소주잔만 채웠다.

"근데 한 반년 만에 아들이 다시 찾아왔더군. 농사도 안 짓는 집 장롱 속에서 농약이 나왔다는 거야. 게다가 새엄마란 여자가 술에 취해서 이웃 사람에게 자기가 범인이라고 진술을 한 적도 있다 하

고. 어떻게 했겠어? 박혁기를 부관참시 시켰지. 무덤 파고 관 열어서
부검실로 보냈더니 독살이 맞더군. 심장은 썩었지만 돌처럼 딴딴하
게 굳은 관상동맥이 약물에 반응을 보였다지 뭐야. 어찌겠어, 내 손
으로 옷 벗어버렸지."

　남 사장의 얘기를 듣던 세 사람이 동시에 소주를 삼켰다. 사실 경
청하는 척했지만, 남 사장이 떠드는 사이에도 나는 어젯밤 꿈과 다
운에게 골몰해 있었다. 낙지는 오래지 않아 죽었다. 우린 참기름 맛
으로 죽은 낙지를 씹어 삼켰다. 소주 두 병을 빠르게 비운 남 사장이
먼저 자리에서 일어섰다. 우리도 그의 뒤를 따라 나와 각자 돌아갈
곳으로 흩어졌다.

　집으로 돌아오자마자 서둘러 잠자리에 들었다. 아직 잠들기엔 이
른 시간이었지만 어젯밤 같은 일이 다시 일어날지 시험해보고 싶었
다. 일도 고됐고, 술도 들어갔는데 좀처럼 잠이 오지 않았다. 잠자리
처럼 머릿속을 맴도는 잡생각이 문제였다. 머리맡에 손을 뻗어 휴대
전화를 가져왔다. 작년 겨울 내내 지겹게 듣던 해커스토익 MP3 파
일을 재생시켰다. 처음엔 습관대로 문장을 해석하려 들었지만 얼마
지나지 않아 의미를 잃은 단어들이 모래처럼 부서지며 강사의 음성
은 고저가 분명한 리듬의 정기적인 신호로만 뇌에 전달됐다. 예상
못 한 순간, 헛발질처럼 잠에 빠져들었다.

녹즙은 어제보다 쓰고 진했다. 빈 잔을 넘겨받은 엄마가 손을 뻗어 이마를 매만졌다. 예리한 통증이 느껴졌다.

"이마에 뽀루지 났네. 오늘도 못 잤어?"

나는 어제보다 소극적인 동작으로 스트레칭을 했다. 아랫배가 뻐근한 게 생리를 시작할 모양이었다.

"오늘은 꿈에 어느 요양병원을 찾아갔어. 이름도 또렷해. 웰케어 재활병원. 거기서 많이 아파 보이는 아저씨를 아빠라고 불렀어. 원무과에 들러서 병원비를 내고 다시 버스를 타서 어딜 열심히 가는데 카톡이 오는 거야. 웬 남자가 저녁에 시간 되면 영화를 보자고 하더라구. 말하는 게 싸가지 스타일이었는데, 꿈에선 만나기로 하고 신림동으로 나갔어."

엄마가 흥미롭다는 표정으로 이야기를 경청했다.

"근데 열라 황당한 건 만나기로 한 남자가 안 나온 거야. 전화해도 안 받고, 카톡 확인도 안 하고. 결국 혼자 길거리에서 붕어빵을 사 먹었어. 진눈깨비 맞으면서. 완전 비참하지?"

"꿈에선 겨울이었어?"

"그것도 현재가 아니라 미래더라고. 12월 11일. 나 상담 좀 받아볼까?"

엄마가 피식 웃으며 고개를 살래살래 저었다. 사기처럼 희고 반짝거리는 앞니가 보기 좋았다.

"피곤하면 그럴 수도 있어. 뭘 그런 걸로 상담까지 받아. 미래가 보인다니, 흥미롭긴 하네. 주식동향, 이런 건 알 수 없어? 아빠 회사 상장했잖아."

"앤 뉴스 같은 것도 안 봐. 취미도 없고 피부도 장난 아니게 나빠. 내 친구였으면 당장 숍 끌고 갈 텐데."

"밥 먹고 마사지 받으러 가자. 아로마테라피 받으면 좋아질 거야. 씻고 나와."

엄마가 문에 손가락질하며 거실로 나갔다. 어제와 마찬가지로 몸을 씻고, 옅게 화장을 한 뒤 엄마와 식탁에 마주 앉아 생태찌개로 아침을 먹었다. 거실 텔레비전 케이블 채널에선 연예인들이 단골로 찾아간다는 점집 베스트 순위가 매겨지고 있었다. 홍제동 벼락대신이라고 자신을 소개한 젊은 여자가 아이돌 이름을 줄줄이 대며 현재부터 연말까지의 운세를 점쳤다.

"저런 걸 믿는 사람들 참 한심해. 안 그러니?"

내가 건성으로 고개를 끄덕거리자 고까운 표정의 엄마가 리모컨을 들어 뉴스 전문 채널로 돌렸다. 미국 콜로라도 주의 어느 극장에서 영화 〈다크나이트〉 상영 도중 괴한이 침입해 총기를 난사한 사건이 송출됐다. 사망자는 열두 명, 부상자는 칠십여 명에 달했다.

"역시 미국은 위험해. 난 미국이나 유럽 보다 아시아가 좋더라. 음식도 입에 맞고. 생각난 김에 발리나 한번 갔다 올까? 일요일 어때?"

엄마가 진하게 우려낸 홍차와 마들렌 몇 개를 식탁 위에 내려놓았다.

"모기 들끓어서 싫어. 그리고 약속도 있고."

내심 발리 여행을 기대했지만 아쉽게도 엄마의 제안을 거절했다.

"여행을 마다할 정도로 중요한 약속이야?"

"교수님 독창회."

미세하지만 심장이 빨리 뛰고 눈을 깜빡이는 횟수도 늘었다. 거짓말임을 직감했다.

"교수 누구? 박희봉? 이마리아? 서진태 교수님은 독일 들어갔으니 아닐 거고."

엄마도 수상한 낌새를 눈치챘는지 집요하게 질문을 쏟아냈다.

"엄마는 모르는 강사 선생님이야. 표 파는 공연도 아니고. 그래도 초대받았으니 가야 하잖아."

반쯤 입에 넣었던 마들렌을 접시 위에 도로 내려놓았다.

"알았어. 초대장 가져와. 화환이랑 샴페인 좀 보내게."

엄마는 생각보다 영악했고 다운은 생각보다 순진한 딸이었다.

"그만 좀 해."

찻잔을 잡은 손가락이 가늘게 떨리며 아까보다 더욱 크게 가슴이 요동쳤다.

"그게 무슨 말이야?"

표정엔 변화가 없었지만, 엄마의 눈동자가 잔물결처럼 흔들리고 있었다.

"엄마 취향대로 가라는 대학 가고, 입으라는 거 입고, 먹으라는 거 먹고, 가자는 데 따라다니는 거 이젠 지쳤어."

엄마가 살며시 벌어진 입술을 야무지게 아물렸다.

"그런 게 싫으면 독립해. 안 말릴 테니까. 집세도 니가 벌고 학비도 니가 내면 되겠네. 그 정도야 예고 애들 몇 명 레슨해주면 어렵지 않겠지. 근데 지금 니 생활에 맞춰놓은 세트포인트는 어쩔 건데? 인터넷에서 이삼만 원짜리 원피스 사 입고, 편의점 삼각김밥에 컵라면 먹으면서 지금 이 생활 그리워하지 않을 자신 있어? 요즘 니가 꾸는 악몽이 현실이 되는 건데, 괜찮아?"

나는 대답이 없었다. 엄마가 자리에서 일어나 내 옆으로 다가왔다. 스퀘어 타입으로 다듬은 긴 손톱이 내 등허리를 예리하게 훑었다. 눈두덩이 뜨끈하고 코가 매웠다. 철없는 부자 아가씨에게 저쪽 세계인 내 삶은 눈물이 쏟아질 만큼 비참한 악몽인 모양이었다.

"스파 들렀다 미용실 가자. 웨이브 한번 넣을 때 됐어."

엄마의 다정한 말속에는 강철 같은 심지가 숨어 있었다. 나는 크게 한 번 고개를 끄덕이고 자리에서 일어나 방으로 돌아왔다. 화이트진에 타이트한 민소매 티셔츠를 입고 후드가 달린 여름용 카디건을 걸쳤다. 크로스백을 어깨에 걸고 화장대 거울 앞에서 걸음을 멈췄다. 발그스름한 코와 눈 위에 파우더를 덧칠했다. 뭔가 할 말이 있는 표정으로 한참 동안 거울을 쳐다보곤 방을 나섰다.

우리는 폭스바겐을 타고 시내로 나갔다. 엄마는 건물 전체가 뷰티케어숍으로 촘촘하게 구성된 먹색 건물 앞에 차를 세웠다. 한여름인 데도 긴팔 셔츠를 단정하게 차려입은 청년이 엄마에게 차 키를 넘겨받았다. 우리는 지하 스파에서 전신 필링과 아로마테라피를 받고 1층 미용실에서 굵은 웨이브파마를 했다. 2층에서 메이크업을 받고, 3층으로 올라가 손톱에 새로운 컬러를 입혔다. 어느새 점심시간을 훌쩍 넘겼지만 점원들이 가져다준 생과일주스나 쿠키 덕에 배가 꺼질 틈이 없었다. 엄마는 끊임없이 내 옆에 달라붙어 떠들었고, 나는 건성으로 고개를 주억거리며 휴대전화를 들여다보았다. 웰케어 재활병원을 검색했지만 홍대 인근의 동물 병원만 나왔다. 그도 그럴 것이, 아빠가 입원한 웰케어 재활병원은 가을에 개원한 곳이었다.

"누군가 했더니 연숙 씨였네. 자기 오랜만이다."

엄마의 네일드라이어가 시작될 무렵, 자그마한 키에 인형처럼 예쁜 중년 여자가 다가왔다. 엄마의 어색한 미소로 미루어 둘은 서로 잘 아는 사이지만 호감은 없어 보였다.

"먼저 연락하지 못해 미안합니다."

마지못해 의자에서 일어난 엄마가 가볍게 목례를 했다. 중년 여자가 엄마의 손을 빠르게 훑어보곤 악수를 청했다. 여자의 손아귀에서 엄마의 진홍색 매니큐어가 뭉개졌다.

"어머, 아직 덜 말랐구나? 미안해서 어떡하니?"

말은 그렇게 하면서도 여자의 표정이 해맑았다. 종업원이 리무버 적신 퍼프를 들고 뛰어와 여자의 손바닥을 닦았다.

"그렇지 않아도 색깔이 영 칙칙해서 다시 바를까 했는데, 잘됐네요."

엄마가 주먹을 움켜쥐었다.

"그래, 언제 밥 한번 같이하자. 바깥양반들끼리 그렇게 됐다고 우리까지 피해 다닐 거 뭐 있어? 알고 지낸 세월이 몇 년인데."

여자가 아지랑이처럼 노염이 이글거리는 눈으로 엄마를 잠시 바라보다 홱 돌아섰다.

"저 아줌마 왜 저러는 거야?"

엄마의 희고 볼록한 이마에 푸르스름한 핏줄이 도드라졌다. 종업원이 엄마의 눈치를 살피며 뭉개진 손톱을 지웠다.

"속물이니까. 저 집 남편이 아빠 회사 초기 투자자였는데, 서로 안 맞았나 봐. 그래서 아빠가 그쪽 지분을 헐값에 사버리고 얼마 안 가서 상장시켰거든. 쥐고 있었으면 삼백억짜리인데 삼십억에 팔았으니 속이 뒤집히겠지. 돈은 말이야, 교양의 증거야. 돈 잃고 교양 유지하는 사람, 세상에 없어.”

　엄마는 자리에서 일어서며 종업원에게 십만 원짜리 수표를 팁으로 주었다. 그러곤 입술을 동그랗게 모은 뒤 검지를 세웠다. 방금 전 당한 모욕을 못 본 체해달란 뜻 같았다. 시계를 보니 어느덧 여섯 시간이 지나 있었다. 들어올 때 만났던 청년이 엄마의 폭스바겐을 몰고 와 운전석 문을 열었다.

　“너 메이크업도 잘됐는데, 경준이랑 저녁이라도 먹고 들어오지그러니.”

　조수석에 타자 엄마가 휴대전화를 꺼내 어딘가로 전화를 걸었다.

　“우리 도산대로 사거리야. 그럼, 다운이하고 같이 있지. 스시? 난 날생선 못 먹어. 아냐, 다운이는 좋아해. 둘이 먹으면 되겠다. 을지병원 앞에 내려주면 되지?”

　엄마는 내 허락도 없이 경준이라는 사람과 저녁 약속을 잡았다.

　“너 표정이 왜 그래?”

　“나 그 오빠 별로야. 너무 비호감으로 생겼어.”

　엄마가 안전벨트를 묶고 자동차 행렬 속으로 끼어들었다.

　“아까 발렛하는 남자애 잘생겼더라. 보기는 좋지. 처음 몇 번은 재미도 있을 거고. 근데 좀 만나다 보면 피곤한 상대라는 걸 알게 될 거야. 넌 상대방 주머니 사정 생각해서 고급 레스토랑도 못 갈 거고, 니 카드로 차에 기름도 채워주겠지. 좀 징징대면 용돈도 꽂아줄지 몰라. 우리처럼 예술 전공한 사람들은 너무 퓨어 한 게 문제야. 그럴수록 현실적인 남자를 만나야 돼."

엄마는 을지병원 앞에 나를 내려주고 휑하니 사라졌다. 나는 휴대
전화를 꺼내, 저장되지 않은 번호로 전화를 걸었다. 이어 시간의 편
집이 일어났다. 전화를 끊었을 때, 나는 아우디 조수석에 앉아 휴대
전화를 끊었다. 운전석엔 두꺼비처럼 눈꺼풀과 코, 입술이 두툼한
남자가 내 옆모습을 바라보고 있었다.

"누구?"

그의 숨결에서 지릿한 구취가 풍겼다.

"친구. 나 들어갈게."

안전벨트를 풀고 크로스백을 걸었다.

"그런 건 집에 가서 해도 되잖아. 나랑 있는 거 지루해?"

낮고 부드러운 음성이었지만, 추궁 조로 들렸다. 나는 대답 없이
차에서 내렸다. 그가 조수석 창문을 열었다.

"졸업할 때까진 좀 놀아도 봐줄게. 서로 편의 봐주자고. 잘 들어가."

그러거나 말거나 나는 뒤도 돌아보지 않고 걸었다. 부모님은 둘
다 외출 중이었다. 방에 돌아와 샤워를 하고 책상에 앉았다.

―너 자?

카톡 알림음이 울렸다. 윤가을이라고 저장된 사람이었다.

―피곤해서 잠 오는데, 자기 싫어. 또 악몽 꿀까 봐.

―나 지금 오빠랑 같이 있는데 니 사진 더 보여달라고 난리야.

―실물 보고 실망하는 거 아냐?

─실물이 훨씬 낫지 뭐.

─그런가? ㅠㅠ

─넌 내가 아는 사람 중에 제일 예뻐. 진짜 최고야.

─땡큐다. 일어나면 카톡 해.

─ㅇㅇ

대화 내용으로 보아 중요한 약속이란 게 소개팅일 수도 있겠단 생각이 들었다. 이 정도 외모면 굳이 소개팅 나갈 필요 없이 고고하게 여신으로 살아가는 것도 나쁘지 않을 테지만, 그건 어디까지나 도탄에 빠진 추녀의 자폐적 사고일 뿐이었다.

나는 장롱을 열어 수십 벌의 원피스를 꺼내 종이인형놀이 하듯 몸에 대본 뒤, 옷차림에 어울릴 만한 핸드백과 구두를 골랐다. 자정이 훌쩍 지나서야 한밤의 패션쇼는 막을 내렸다. 좀 수수하다 싶은 블랙 미니 원피스에 비비드 한 블루 컬러의 타조가죽 백, 스터드 장식의 하이힐을 골랐다. 계속 하품을 하면서도 책상에 앉아 스프링노트 한 권을 꺼냈다. 그러고는 어젯밤 꿈을 요약해 일기 형식으로 적어 갔다. 하품 끝에 맺힌 눈물이 볼을 타고 흘렀다. 세면대에서 찬물로 세수를 하고 에어컨을 세게 틀어 실내 온도를 낮췄지만 눈꺼풀은 점점 무거워졌다. 다시 현실로 돌아갈 때였다.

엄마에게 전화가 왔다. 아빠를 목욕시켜야 하는데, 도와줄 사람이 필요하다고. 역시 다운의 꿈대로였다. 서둘러 아침을 먹고 병원이 있는 인천으로 향했다. 지하철에서 마을버스로 갈아타고 빌라가 촘촘히 들어선 변두리에 내렸다. 마트 앞에 멈춰 서서 필요한 게 있는지 전화를 걸었다. 잠깐 머뭇거리던 엄마는 생리대를 사다달라고 말했다.

　"아무짝에도 쓸모없는 자궁, 이거라도 사겠다는 사람 있으면 냉큼 떼어 팔고 싶다."

　마트에서 중형 생리대와 오렌지주스, 파인애플 통조림을 샀다. 병원으로 뻗어 있는 골목 전봇대에 '주택가에 재활병원 사칭한 장례식장이 웬 말이냐? 우리는 결사반대한다!'라는 현수막이 걸려 있었다. 처음

보았을 때보다 많이 후줄근해진 모습이었다. 주민들의 말대로 웰케어 재활병원은 재활이 가능한 환자보다 죽음을 목전에 둔 고령자와 중증 환자들이 더 많았다. 아빠 역시 걸어서 이 골목을 빠져나오는 일은 없을 거였다. 작업복을 걸칠 때마다 아빠를 향한 거센 미움이 솟구치다가도 이 골목을 떠올리면 마음이 수그러들었다. 면역력 저하로 폐렴도 잦은 데다 독한 약물 탓에 신장 기능도 절반으로 떨어졌다. 이 골목 끝에서 아빠를 배웅할 날도 그리 머지않았다는 걸 예감했다.

"이젠 말 안 해도 잘 챙겨 오네."

쇼핑백에 담아 온 속옷과 양말을 보고 엄마가 반색을 했다. 주름진 얼굴을 마주하자 밤새 다른 여자를 엄마라고 부른 것이 마음에 켕겼다.

침대 옆으로 다가서자 아빠의 눈동자가 나를 발견하곤 그렁해졌다.

"바, 바……븐?"

아빠가 감각이 살아 있는 왼손 검지를 들어 올리며 물었다.

"먹고 왔어. 아빠는?"

"두우 머어써."

아빠의 베개 옆에 빨대를 문 두유곽이 놓여 있었다. 크리넥스 한 장을 뽑아, 아빠의 입가에 묻은 희끗한 두유 자국을 닦아주었다.

"지금 목욕하러 갈까?"

"시어. 모욕 안 해. 시어."

아빠의 입과 뺨에 가벼운 경련이 지나갔다.

"너한테 창피하다고 저러는 거란다. 빤스 입고 하자는데도 무조건 싫대. 눈을 위아래로 부라리고 침을 퉤퉤 뱉고, 아주 웃기지도 않아. 이경 아빠, 진작 처자식 무서운 줄 알고 살지그랬어. 건강할 적에 좀."

갱년기 증상 탓인지, 다시금 고개를 쳐든 원망 탓인지 엄마의 얼굴이 붉게 달아올랐다. 아빠가 눈을 질끈 감고 고개를 틀었다.

"봤지? 내가 이러고 지낸다."

엄마는 내 손을 잡고 장례식장에 달린 휴게실로 내려갔다. 공짜 자판기커피를 마실 수 있어서인지, 휴게실엔 상복을 입은 사람들 외에도 간병인 복장의 여자 둘이 앉아 있었다.

"너 얼굴이 많이 상했다. 반찬 다 먹었지?"

엄마가 커피 두 잔을 뽑아 내 옆에 앉았다.

"남았어. 없으면 내가 해 먹어도 되고."

"저기, 엄마가 너한테 뭣 좀 상의하려고."

아무래도 아빠 목욕은 핑계인 것 같았다. 엄마가 종이컵 둘레를 앞니로 자근자근 씹었다. 다운의 꿈대로라면 병원비 얘기를 꺼낼 터였다.

"너 고생하는 거 아는데, 그래서 너무 염치가 없는데……."

요즘 들어 엄마는 휴대전화를 자주 꺼놨다. 아빠가 쓰러지기 전 여기저기서 야금야금 끌어 쓴 돈의 임자들이 하나둘 나타나기 시작한 거였다. 적은 건 일이십만 원이고, 큰 건 수백만 원이었다.

"원무과 1층이지?"

엄마가 대답 없이 고개를 끄덕였다.

"가끔 나가서 설렁탕도 사 먹고 순댓국도 사 먹어."

주머니에서 지갑을 꺼내 십만 원을 엄마 손에 쥐여주었다. 받지 않겠다고 펄쩍 뛰었지만, 의례적인 몸짓일 뿐이었다.

"너도 어려우면서."

"요즘 일이 많아서 괜찮아. 돈 쓸 데도 없고."

"젊은 애가 돈 쓸 일이 더 많지 왜 없어. 옷도 좀 사 입고, 머리도 하고 그러지."

체크카드에서 병원비가 빠져나갔으니 이제 통장에 남은 돈은 이십만 원이 채 안 될 거였다. 그걸로 이달 치 휴대전화 요금, 교통비, 공과금까지 해결해야 했다. 엄마 말마따나 돈 쓸 일은 차고 넘쳤다. 하지만 한 달 내내 코가 문드러져가며 일을 해도 다운의 핸드백값 하나 벌기 힘든 게 내 형편이었다.

"다음 주말쯤 집에 들를게. 보일러 틀고 지내."

돌아서는 나를 향해 엄마가 울 듯 찡그린 얼굴로 손을 흔들었다.

"되는대로 해."

병원을 나와 왔던 길을 다시 거슬렀다. 현수막의 뒷모습과 거꾸로 된 이정표, 병원으로 향하는 앰뷸런스를 지나쳐 마을버스를 탔다. 교통카드를 찍고 빈자리에 엉덩이를 붙이는데, 카톡 알림음이 울렸다. 임 대리였다.

—뭐 하시나?

오후 세시, 한창 나른할 시간이었다.

—작업 생겼어요?

—아니. 사장님 외근 나가고 소각장 보낼 물건 챙기는 중. 어디야?

—인천이요.

—이따 영화나 한 편 보자.

나를 바람맞힌 장본인은 임 대리였다. 몰랐다면 기꺼운 마음으로 승낙했을 테지만, 아는 이상 순순히 그의 심심풀이 땅콩을 자처할 수는 없었다.

—약속 있는데요.

이런 사소한 운명을 바꿨을 때 어떤 여파가 생길지도 궁금했다.

—상품권도 전해줄 겸 보려고 했는데 까였네.

—웬 상품권?

마을버스가 간석역에 도착했다. 교통카드를 태그하고 내리는데, 뒷문에 배낭이 끼고 말았다. 누군가, "여기 가방 끼었어요!"라고 외쳐준 덕에 문이 열리긴 했지만 집혔던 자리 지퍼가 끊어진 뒤였다. 메이커도 아니고, 사 년이나 썼으니 이젠 버릴 때도 되었다. 입구가 한 뼘쯤 벌어진 배낭을 손에 들고 카톡을 확인했다.

—연말마다 상조 제휴사에 백화점 상품권 선물하거든. 사장님이 우리 것도 챙겨줬어.

백화점 상품권이란 단어가 눈에 쏙 들어왔다.

여기서 사무실까지는 한 시간 남짓한 거리였다. 멀기는 했지만, 언제 작업이 생길지도 모르는데 면접용 숄더백만 의지하고 있을 수는 없었다. 개찰구로 걸어가는 여고생의 보라색 백팩이 앙증맞아 보였다.

—가지러 갈게요.

—나 이따 남운상조 들어가.

—책상 위에 올려놓고 가면 되잖아요.

카톡을 보내고 승강장 계단을 내딛었다. 갈 길은 멀었고 지하철 안은 따뜻했다. 도심에 가까워질수록 눈꺼풀이 무겁게 내려왔다. 하지만 일찍 잠자리에 들려면 어떻게든 버텨야 했다. 꼬박 한 시간을 달려 종로3가에 도착했다. 3호선을 갈아타고 약수역에 내렸다. 임 대리가 외근 나가기 전에 도착하려고 이를 악물고 뛰었지만 사무실은 잠겨 있었다. 도어록 비밀번호 네 자리는 남 사장의 휴대전화 뒷자리였다. 잠금을 해제하고 문을 열자, 푸르스름한 담배 연기가 남아 있었다. 방금 전까지 사람이 있었던 모양이었다. 임 대리의 책상 위는 말끔했다. 카톡을 열어보니 내가 보낸 마지막 메시지가 확인 전이었다. 그냥 돌아서야 하나 고민하다, 혹시나 하는 마음으로 임 대리의 서랍을 열어보았다. 두번째 서랍에 곽 아저씨와 내 이름이 적힌 봉투가 있었다. 봉투를 집어 드는데, 주민등록증 하나가 눈에 띄었다. 임 대리 것인가 싶어 주워 들었더니 여자였다.

볼록한 이마, 크고 청신한 이목구비와 윤기 흐르는 긴 생머리가 눈에 익었다. 주민등록증을 눈에 바투 대고 유심히 살폈다. 암만 다시 봐도 사진 속 여자는 다운이었다. 그럴 리 없다고 생각하며 이름을 확인했다. 단아름다운(單아름다운), 1990년 7월 1일생, 강남구 청담동 임페리얼아파트 105동 1101호. 곽 아저씨가 나를 '경아'라고 부르는 것처럼, 아름다운, 네 음절의 이름을 간추려 부를 땐 '다운'이 될 터였다.

─카톡 이제 확인했네. 나 지금 남운상조 앞인데, 두 사람 상품권도 내가 갖고 나왔어. 사무실 가봐야 헛걸음이니까 들어가.

임 대리의 카톡이었다. 그는 어째서 내게 거짓말을 하는 걸까. 나는 내 이름이 적힌 상품권 봉투와 아름다운의 주민등록증을 번갈아 보았다.

'희성인 데다 이름도 특이하거든.'

원룸을 청소하고 돌아오는 길에 임 대리가 했던 말이 떠올랐다. 모든 정황을 조합해보면 내가 아는 다운과 그가 아는 희성의 특이한 이름을 가진 여자는 동일 인물이었다. 그건 내 달콤한 꿈이 오 개월 후엔 악몽으로 바뀐다는 걸 의미했다.

상품권과 주민등록증을 있던 그대로 놓아두고 사무실을 나왔다. 차분히 생각을 정리할 시간이 필요했다. 계단을 내려와 버스 정류장으로 가는데, 자동차 경적 소리가 들렸다. 남 사장의 트럭이었다.

"사무실 들렀다 가는 길이야?"

괜한 오해를 만들면 안 될 것 같았다.

"잠겨서 그냥 나왔어요."

천연덕스러운 거짓말이 잘도 나왔다.

"저번에 비번 가르쳐줬는데 그새 까먹었어? 여기까지 왔는데, 저녁이나 먹고 가."

남 사장이 잠깐 기다리라며 건물 주차장 쪽으로 차를 몰았다.

"추워서 칼칼한 게 땡긴다."

주차장에서 나온 남 사장이 앞장을 섰다. 그를 따라 사무실 뒤편 먹자골목으로 향했다. 전에 한번 가본 적이 있던 식당으로 들어갔다. 아직 이른 시간이라 손님은 한 팀밖에 없었다.

"여기 닭도리탕 소짜하고, 소주 일 병."

남 사장이 외투를 벗어 의자에 걸어놓고 주문을 했다.

"작업도 없는데 웬일이야?"

"임 대리님이 상품권 챙겨놨대서요. 아, 감사합니다."

데친 콩나물 한 대접과 정체불명의 건더기가 둥둥 뜬 국물이 나왔다.

"내년엔 취직할 텐데, 구두라도 한 켤레 사."

지난달에 내 또래의 아들을 군대에 보낸 남 사장이었다.

"임 대리님은 외근 나가셨다고요……?"

심벌즈처럼 운두가 크고 얕은 냄비에 벌겋게 버무려놓은 닭이 담겨 나왔다. 남 사장이 버너에 불을 댕겼다.

"너 요즘 임 대리랑 썸씽 있냐?"

"제가 지금 연애할 형편이 되나요, 뭐."

"형편 돼도 임 대리는 사귀지 마."

남 사장이 담배에 불을 붙였다.

"왜요?"

"과거가 꽤 화려했던 모양이야. 폰에 여자 번호가 삼백 개쯤 될걸."

어느 정도 예상했지만 남 사장이 뜯어말릴 정도인 줄은 몰랐다.

"도통 자기 얘길 안 하는 놈이야. 비밀이 많은 사람은 문제도 많은 법이지. 그래도 영업력 하나는 끝내줘. 요즘 하는 작업들 거의 임 대리가 상조회사 영업 다녀서 가져오는 거야."

남 사장이 냄비 뚜껑을 열고 데친 콩나물을 얹었다.

"엊그제 원룸 작업도요?"

"그건 상조회사 통한 게 아니라 직접 유가족 만나서 받아온 일일걸. 하여튼 수완은 좋다니까."

임 대리가 유가족을 통해 직접 물어온 일이라면, 처음부터 사망자의 이름을 알고 있었다는 이야기가 되었다. 새로운 거짓말의 단서가 또 포착되었다.

"사망자하고 잘 아는 사이였나 봐요?"

남 사장이 내 접시에 닭다리 하나를 올려주었다.

"사망자하고 친분이 있는지, 유가족하고 친분이 있는지 그건 모르지. 난 아는 사람 일은 좀 꺼려지더라. 좋은 꼴 보기 어렵잖아."

남 사장이 열심히 닭다리를 뜯었다. 집요하게 살과 힘줄을 발라먹은 뒤엔 조그마한 연골까지 앞니로 자근거리며 앙상한 뼈만 접시에 내려놓았다. 그는 간간이 반주를 홀짝거렸지만 취한 기색은 전혀 없어 보였다. 나도 틈틈이 건배를 했지만 입술만 대는 척하고 내려놓았다. 우리는 삼십 분 만에 냄비를 깨끗이 비우고 자리에서 일어섰다.

"어디로 가세요?"

진눈깨비가 내렸다. 남 사장이 바지 주머니에 손을 찌르고 어깨를 움츠렸다.

"집으로 가야지. 차 박아놓으려고 잠깐 들른 거야. 넌?"

"저도 집으로 가야죠."

꾸뻑 인사를 하고 정류장 쪽으로 가는 척했지만, 남 사장이 간 걸 확인하면 다시 사무실로 돌아갈 생각이었다. 영업보고서를 뒤져보면 원룸 청소를 누가 의뢰했는지 알아낼 수 있을 거였다. 엄마라면 다운의 유품 처리 권한을 모조리 청소업체에 위임하지 않았으리라. 다운에게 무슨 일이 벌어졌는지 더 자세히 알아보고 싶었다.

남 사장이 버스 정류장 앞에서 손을 뻗어 택시를 잡았다. 집으로 돌아가는 게 확실했다. 나는 그가 탄 택시가 시야에서 사라지길 기다렸다 방향을 틀었다. 복도에 서성거리는 사람이 없나 재차 확인하고 도어록을 해제했다. 조명을 켜는 대신 휴대전화 액정을 밝혀 사무실을 둘러보았다. 임 대리의 책상 위에 두툼한 서류보관철 네 개가 보였다. 발소리를 낮추고 다가가 그중 한 권을 빼들었다. 매출장부였다. 제자리에 꽂아놓고 다른 한 권을 펼쳤다. 이번엔 영업보고서였다. 일자, 거래처명, 담당자, 상담내용, 작업예정일, 견적, 수금으로 나뉜 항목마다 오른쪽으로 조금 기운 임 대리의 글씨가 좌측 정렬되어 있었다.

거래처란엔 대부분 상조회사 이름이 적혀 있었지만 가끔 이순택이나 정용주 같은 개인 의뢰도 있었다. 가장 최근 의뢰는 성호상조였고 그 바로 위에 다운의 원룸 건이 보였다. 의뢰한 사람은 비어 있었고, 상담내용에는 사고사, 유품 처리 완전 위임 등이 적혀 있었다. 결제는 현금이었고, 담당자는 임 대리였다.

뭔가 결정적인 단서가 없을까 고민하는데 문밖에서 도어록 누르는 소리가 들렸다. 재빨리 발소리를 죽이고 탕비실로 들어가 몸을 웅크렸다. 묵직한 발소리가 저벅저벅 들리더니 이내 사무실이 환해졌다. 조금 열린 문틈으로 바깥 상황을 엿보았다. 추위로 코가 새빨개진 남 사장의 옆모습이 어른거렸다. 그는 점퍼 주머니에서 열쇠를 꺼내 탕비실 맞은편 유품 보관실을 열었다. 잠시 후, 커다란 상자 여덟 개가 사무실로 옮겨졌다. 모두 다운의 집에서 가져온 것들이었다. 남 사장은 커터 칼로 상자를 열고는 안에 든 내용물을 바닥에 펼쳐놓기 시작했다. 하이힐과 핸드백, 코트를 따로 나누어 줄을 세우고, 휴대전화 카메라로 하나씩 사진을 찍었다. 사진을 다 찍은 뒤에는 다운의 스프링노트를 복사기로 가져가 한 장씩 복사하고, 방금 전까지 내가 들고 있던 영업보고서도 복사기 위에 펼쳐놓았다. 시간과 정성이 상당히 소요되는 일이었지만, 남 사장은 흔들림 없는 표정과 군더더기 없는 동작으로 한 시간 만에 모든 일을 마치고 상자를 다시 포장했다. 유품 보관실 문을 잠근 남 사장이 어디론가 전화를 걸었다.

"임 대리? 어딘데 이렇게 시끄러워. 뭐, 그 나이도 출입시키는 클

럽이 있어? 문 닫기로 작정을 했구만. 나야 집이지. 내일 오전에 약속이 잡혀서 점심때나 출근한다고. 그래, 잘 놀고 들어가. 내일 보자."

남 사장도 나처럼 뭔가 수상한 냄새를 맡은 모양이었다. 그가 팔짱을 끼고 책상에 기대 잠시 뭔가에 골몰했다. 그러곤 저벅저벅 탕비실 쪽으로 다가왔다.

"자네, 가방 떨어뜨렸어."

비밀 많은 사람들의 꼬리잡기가 시작되었다.

"어디 아프니?"

엄마의 목소리가 들렸지만 좀처럼 눈이 떠지지 않았다.

"생리 시작했나 봐."

그러고 보니 아랫배가 욱신거렸다. 생리통이 심하지 않아 몰랐는데, 다른 사람의 몸으로 겪어보니 급체나 장염과는 전혀 다른 종류의 뭉근하고 기분 나쁜 통증이었다.

"오늘 레슨 있는 날인데 취소할까?"

"응, 나 화장대 서랍에서 약 좀 갖다줘."

눈을 뜨고 가까스로 상체를 일으켰다. 엄마가 진통제와 함께 녹즙을 건넸다.

"또 이상한 꿈 꿨어?"

진통제와 녹즙을 삼키고 다시 몸을 뉘였다. 어깨가 으슬으슬하고 허리가 뻐근했다.

"지금까지 꾼 꿈 중에 가장 무서웠어."

엄마가 침대에 엉덩이를 걸치고 이마를 쓸었다.

"또 그 여자애로 눈을 떴어. 이젠 신기하지도 않더라. 벌써 3일째 잖아. 근데 얘가 일어나자마자 어디에 전화를 걸더라고. 이상하게 전화를 걸면 다음 전화를 끊을 때까지 시간이 훅 지나가거든. 이번 에도 그러려니 생각하고 기다렸는데, 아무 일도 벌어지지 않더라고. 꿈에서 깨어날 때까지 컴컴한 암흑이었어."

"그럼 잘된 거 아냐? 청소 다니고 바람맞는 것보다 낫잖아."

엄마가 이불 속으로 조심조심 손을 주물렀다.

"낮인지 밤인지도 모를 만큼 컴컴한 방에 갇혀 옴짝달싹 못한다 고 생각해봐. 혹시 죽은 건 아닌가 더럭 겁도 나고, 어디서 바스락 소 리만 들려도 가슴이 철렁 내려앉는 거 같았단 말야."

내가 불안해하는 걸 알고 태연한 표정을 지으려 애썼지만, 엄마의 눈동자가 요동쳤다.

"이따 심리상담 받으러 갈까?"

"오늘은 꼼짝도 못 할 거 같아. 그냥 좀 쉬고 싶어."

이불을 목까지 끌어올리고 옆으로 누웠다.

"내일 아빠 출장에서 돌아오시면 간단하게 파티 있을 거야. 경준 이도 부르고."

나는 아무 대답도 하지 않았다. 이불 속으로 휴대전화를 열어 가을과 카톡을 주고받았다.

—내일 만나는 거지?

—ㅇㅇ

—미용실 같이 갈래?

—ㅇㅋㅇㅋ

—나 떨려.

—첨엔 나도 그랬는데, 정말 별거 아냐. 잘할 수 있어.

카톡을 닫은 다운이 기욤 뮈소의 책 한 권을 들었다. 제목이 『구해 줘』였다.

남 사장의 손에 지퍼가 끊어진 배낭이 들려 있었다. 엉겁결에 엉덩방아를 찧자 그가 손을 내밀어 나를 일으켰다. 남 사장의 지나치리만치 평온한 표정이 오히려 섬뜩했다.

"뭐가 궁금해서 다시 돌아왔지?"

무슨 말부터 꺼내야 할지 몰랐다. 사실대로 털어놓고 싶었지만 믿어줄지 의문이었다. 역시 그럴듯한 거짓말을 하는 수밖에 없었다.

"상품권 가지러 왔어요. 들어가는 길에 가방 하나 사려고요."

남 사장이 탕비실 테이블 의자 하나를 빼고 걸터앉았다.

"그걸 가지러 두 번이나 왔다는 말이네."

배낭 쥔 손의 감각이 무뎌지며 손가락이 풀렸다.

"1층 경비가 오늘 너를 두 번이나 봤대서 안 거야. 첫번쨴 정말 상품권을 가지러 왔을 수도 있겠지. 근데 두번째 왔을 땐, 좀더 은밀한 용무가 있었던 거 아닐까? 야단치려는 게 아니야. 정말 궁금해서 그래. 네가 솔직하게 얘기해주면 내 얘기도 들려줄 생각이 있고."

바닥에 떨어진 배낭을 내버려두고 남 사장 앞에 앉았다. 그가 정수리까지 벗겨진 머리를 긁적이며 얕게 한숨을 뱉었다.

"이상한 일을 겪고 있어요."

"우리 회사랑 관련된 일이야?"

남 사장은 작은 실마리 하나로도 그게 스웨터였는지 카디건이었는지 알아챌 만큼 노련한 형사 출신이었다. 사회 경험이 전무한 애송이가 능구렁이 같은 그를 속여 넘긴다는 건 애당초 불가능한 일이었는지 모른다. 나는 그저 꿈을 꾸었을 뿐이며, 그게 법에 저촉되는 일은 아니었다. 무단으로 사무실에 침입한 건 잘못이지만 뭘 훔치거나 어떤 잘못을 덮으려는 행동은 아니었다. 하지만 거짓말을 늘어놓았다간 하지 않은 일까지 덤터기를 쓰는 수도 있을 것 같았다. 내 결백을 주장하려면 지금까지 내게 벌어진 일들을 소상히 털어놓는 편이 좋을 것 같았다. 나는 원룸 작업이 끝난 날부터 꾸게 된 기이한 꿈, 그리고 임 대리의 거짓말 등을 가급적 과장된 수사를 섞지 않고 시간순으로 나열했다.

"제 얘기 다 거짓말처럼 들리시죠?"

남 사장이 조금 멍한 표정으로 내 얘기를 경청했다.

"한 가지 부탁이 있어."

그가 종이컵 두 개를 꺼내 커피믹스를 붓고 냉온수기에서 뜨거운 물을 받았다.

"무슨 부탁이요?"

"네가 지금 한 얘길 역순으로 다시 설명해봐. 조금 전 나를 만난 순간부터 원룸 작업을 하러 간 날까지. 내 눈을 똑바로 보면서."

녹지 않은 커피 알갱이가 둥둥 뜬 잔이 내 앞에 놓였다. 나는 남 사장의 요구대로 방금 전 상황을 시작으로 차근차근 되짚었다. 임 대리와 나눈 카톡, 어젯밤 꿈, 잠원동 청아빌라 작업 상황, 다시 꿈…….

"이제 그만해도 돼. 믿으니까."

남 사장이 커피를 후후 불어 후룩 마셨다.

"전부 다요?"

"나는 취조할 때 항상 피의자의 진술을 역시간순으로 다시 물었어. 시간순으로 이야기를 만드는 건 생각보다 어렵지 않아. 보통의 지능에 약간의 논리와 말재주면 누구든 그럴듯한 단편 하나는 술술 풀어내거든. 그런데 그 얘길 뒤집어서 다시 설명하라고 하면 꼭 빠지는 게 생기기 마련이야. 아주 사소한 거라도. 거꾸로 이야기하는 건 계산에 넣지 않았으니까."

그가 빈 종이컵을 한동안 응시했다.

"제가 치밀한 거짓말쟁이일 수도 있잖아요."

"물론 그럴 수도 있겠지. 하지만 거짓말을 하는 데에도 분명한 이유는 있을 테고, 그게 무엇이든 간에 내 사업과 연관된 건 확실하잖아."

"사장님은 왜 다시 돌아오셨어요?"

"미심쩍은 일은 그냥 넘기기 어렵거든. 원룸 의뢰 건이 내내 마음에 걸렸어. 그날 러그에 핏자국 봤지? 경찰이 수사를 했다면 증거물로 챙겨갔을 물건이었어. 특히 스프링노트 같은 게 남아 있잖아. 신고조차 안 된 사건이란 얘기지. 노트를 그날 잠깐 훑어봤는데, 이상한 얘기가 잔뜩 쓰여 있었어. 네 얘길 들어보니까 이제 조금 이해되는군."

남 사장이 자신의 책상으로 걸어가 종이 뭉치를 들고 돌아왔다. 다운의 스프링노트 복사본이었다.

"그저께 복사한 노트야. 일기처럼 썼지만 암만 봐도 네 얘기들이야. 특수청소를 다니고, 빚에 쪼들리고, 아빠는 뇌졸중 투병 중이시네. 첫 장엔 잠원동 작업 나간 날 얘기가 꽤 상세하게 적혀 있어. 근데, 이건 어제 복사한 노트야."

남 사장이 다른 종이 뭉치를 꺼냈다. 같은 글씨체였고, 노트의 디자인, 줄 간격도 동일한 글이었다.

"같은 노트를 복사했는데, 몇 줄이 덧붙었어. 특수청소를 다니고, 빚에 쪼들리고, 아빠가 편찮으셔. 그런데 여기 이 끝부분 봐봐. 아빠 병원에 들렀다 돌아오는 길에 임 대리와 약속을 잡고 바람맞는 내용이 보태졌어. 밤새 단아름다운이 사무실에 들어와 일기를 이어 쓴 것처럼 말야. 상식적으로 이해가 되나?"

남 사장이 가볍게 코웃음을 치며 다른 종이 뭉치를 꺼냈다.

"그리고 이건 방금 전 노트야. 새로 생긴 한 줄 보이지? 드디어 악몽이 나를 집어삼켰다. 깨어 있어도 악몽은 계속된다. 그러므로 더 이상의 기록은 무의미하다."

악몽, 이라는 단어를 발음하며 남 사장이 굳게 팔짱을 끼었다.

"악몽이 집어삼켰다는 게 무슨 뜻일까요?"

"그건 내가 묻고 싶은 얘기야. 뭐 짚이는 거 있어?"

고개를 가로저었다.

"다운이의 현실이 악몽이 되었다면, 그건 너의 꿈도 더 이상 달콤하지만은 않다는 얘기가 되겠지. 내 생각은 이래. 네가 직접 이 일에 개입하는 건 여러 사람을 위험에 빠뜨릴 수 있을 거 같아. 오늘만 해도 미래를 내다볼 수 있었기 때문에 임 대리의 데이트 신청을 거절한 거잖아. 일기를 근거로 정해진 미래를 바꾸는 일이 더 먼 미래에 가서는 어떤 결과를 초래할지 아무도 추측할 수 없어. 이대로 지내다 보면 자연스럽게 다운이를 죽인 범인이 누구인지 알게 될 거야. 가능한 빨리 놈을 잡아야 해. 만약 이 노트를 놈이 봤다면 다음 타깃은 네가 될 테니까."

범인이 노트를 봤을 수도 있다는 전제가 수상쩍었다. 어쩌면 남 사장의 머릿속엔 범인의 윤곽이 잡혔는지도 몰랐다. 사건 현장을 수습한 사람 중에 다운과 연관된 사람은 임 대리뿐이었다.

"혹시 임 대리를 의심하세요?"

남 사장이 고개를 가로저었다.

"글쎄, 아직은 확신할 수 없어. 하지만 섣불리 속내를 드러내선 안 돼. 만약 이게 임 대리가 꾸민 일이라면 녀석은 상당히 프로야."

확신할 수 없다고 했지만 그의 목소리는 단호했다.

"경찰에 신고하면 어떨까요?"

"잊었나? 증거는 우리가 모두 치웠어. 지문부터 핏자국까지 모조리. 남은 건 진범이 누구이고, 왜 저질렀는지 알아내는 것뿐이야. 그게 자네 생명과 내 명예를 지키는 유일한 길이지."

남 사장이 어제 복사한 다운의 스프링노트를 제본기에 넣어 천공했다. 그러고는 본래 다운의 노트에서 뽑아낸 스프링과 표지로 갈아 끼운 뒤 유품 보관실 문을 열고 상자에 끼워 넣었다.

"내일 임페리얼아파트에 가볼 생각이야. 가족들이 어떻게 지내는지 확인해보고, 접촉할 만한 사람이 있으면 왜 다운이 따로 나가 살게 됐는지 캐볼 생각이야. 혹시 단서가 될 만한 게 없을까?"

남 사장이 노트 원본을 봉투에 담아 자신의 책상 서랍에 넣고 잠갔다.

"윤가을이란 사람에 대해 알아봐야 할 거 같아요. 다운이하고 유일하게 연락하는 애예요."

"어디 사는지 아나?"

"다운이 휴대전화에 번호가 저장돼 있어요. 메시지도 자주 주고받고요. 어떤 사람인지 알아내면 곧바로 연락드릴게요."

남 사장이 바닥에 떨어뜨린 배낭을 다시 내 손에 쥐여주었다.

"머리로는 이해 안 되는 일이 너무 많아. 말세야, 말세."

그가 자조적인 목소리로 웅얼거리곤 사무실 문을 열었다. 어딘가 무기력해 보였던 지금까지의 모습과는 사뭇 다른 결기가 느껴졌다.

눈을 뜨자마자 남 사장에게 전화를 걸었다. 통화의 간격을 잘만 유지하면 나 역시도 시간 편집이 가능하다는 걸 깨달았다. 지금부터 다음 전화를 할 때까지의 상황은 다운에게 전달되지 않을 터였다. 그녀에게 앞으로 일어날 일들을 눈치채게 해선 안 됐다. 현재까지 다운은 내가 자신의 의식을 공유하는 줄 모르고 있다. 그건 내가 꿈 얘기를 털어놓을 만한 사람이 없기 때문이었다. 어제는 임 대리의 데이트 신청을 거절해서 운명을 거스를 수 있었지만, 오늘부터는 각별히 몸을 사려야 했다. 사건의 내막이 확실해질 때까지는 말과 행동을 조심하는 수밖에 없었다.

"나야."

전화를 받은 남 사장의 목소리가 어제보다 잠겨 있었다.

"어디세요?"

"그 아가씨 살았다던 아파트 앞이야. 빈집이더군."

자동차 시동 거는 소리가 들렸다.

"그냥 나오셨어요?"

"동네 부동산 가서 등기부등본 좀 열람했지. 현재 가압류 상태라 곧 경매로 나올 예정이래. 중계인 얘기론 집주인이 사업 실패로 쫄

딱 망했다는군. 좀 억울한 사정이 있는 것 같긴 한데, 여하튼 남자는 여러 죄목으로 감옥에 있고, 여자는 이혼해서 자취를 감추었나 봐. 딸 얘긴 전혀 모르고."

내게 팔을 벌리며 웃던 아빠와 매일 아침 녹즙을 건네던 엄마의 얼굴이 잠시 머리에 스쳤다. 왜인지 모를 슬픔이 생리통처럼 뭉근하게 가슴을 파고들었다. 나를 낳은 것도, 기른 것도 아닌 사람들에게 왜 그리움과 연민의 감정이 끼어드는지 머리로는 이해하기 어려웠다.

"둘 다 죽은 건 아니니까, 좀더 알아보려고. 재판 기록도 찾아보고, 출입국 내역도 확인하고. 그쪽은 뭐 새로운 거 있나?"

남 사장의 목소리에 오랜만에 생기가 느껴졌다.

"다운이 내일 윤가을을 만나요. 대화를 듣다 보면 뭔가 더 나오겠죠."

"그거 잘됐네. 그렇잖아도 내일 오전에 작업 잡혔어. 사무실에서 보자고."

남 사장과의 전화를 끊고 아침을 먹었다. 이번엔 무생채가 시큼하게 상해 있었다. 뭔가 새로운 반찬을 만들고 싶었지만, 돌아다니다 아는 사람이라도 만나 정보를 노출하면 좋을 것이 없었다. 욕실에서 몸을 씻고 나오자 사무실 번호로 전화가 걸려왔다.

"내일 작업 한 건 있어. 열시까지 사무실로 나와. 송년회 겸 회식도 있다네."

임 대리였다. 나는 알았노라 대답을 하고 전화를 끊었다. 편집은 끝났다. 이제부터 다운에게 단서를 남기지 않으려면 이메일 계정에

로그인을 한다거나 어딜 쏘다녀서는 안 됐다. 불을 끄고 이부자리에 들어가 눈을 감았다. 잠은 오지 않았다. 그때 다시 휴대전화가 울렸다. 또 임 대리인가 싶어 다급히 통화 버튼을 눌렀다.

"이경이니?"

낯선 여자의 목소리가 들렸다.

"나 유나야, 김유나."

다운을 만나기 전까지 내가 아는 가장 예쁜 아이는 5학년 2반 13번 김유나였다. 그애는 모두가 단발이거나 쫑쫑 땋은 머리를 할 때 혼자 웨이브 파마에 커다란 리본이 붙은 헤어밴드를 했다. 하얀 반스타킹, 플레어스커트, 겹겹이 층진 페티코트로 멋을 내고 늘 핑크색 상의를 걸친 유나는 음악 수업이 끝날 때면, 선생님의 호명에 따라 자리에서 일어나 피아노를 쳤다. 솜씨는 어줍었지만 리듬에 맞춰 우아하게 고갯짓하는 옆모습을 보는 것만으로도 모두를 황홀하게 만들었다. 하지만 우리 반 아이들 중 누구도 유나와 짝이 되는 걸 원치 않았다. 그애와 짝이 되는 순간, 단지 옆에 앉았다는 이유만으로 각자 지니고 있던 소소한 장점과 희미한 매력은 빛을 잃었고, 시기와 질투의 화살 또한 피할 수 없었기 때문이었다.

우리 반은 등교 순서대로 앉고 싶은 자리를 정했다. 요구르트 배달을 나가는 엄마 탓에 나는 가장 일찍 등교하는 아이였고, 유나는 늘 두번째였다. 그애는 서른 개가 넘는 책상 중 늘 내 옆에 앉았다. 그러고는 전날 담임선생님이 나눠준 프린트물을 들고 칠판 앞으로 나가 아침 자율학습이란 제목 아래 전날 수업한 내용이 담긴 문제 열 개를 옮겨 적었다.

그날 유나는 어른처럼 목이 깊게 파인 스웨터에 짧은 청치마, 헐렁한 루즈삭스 차림이었다. 십여 년이 지난 지금도 그애의 차림새를 정확히 기억하는 건, 당시 그런 되바라진 스타일은 연예인이 아니고선 감히 엄두조차 내지 못할 과감한 패션인 탓이다. 유나가 팔을 치켜들 때마다 치마가 한 뼘씩 올라가 겹쳐 입은 페티코트가 사스락거렸다. 나는 필기를 멈추고 유나의 하얀 허벅지를 물끄러미 바라보았다. 또래보다 한 뼘은 큰 키, 야위었지만 적당한 근육이 알차게 달라붙은 그것이 파편처럼 눈에 박혔다. 발육이 더딘 나는 젖멍울조차 야무지게 잡히지 않았는데, 스웨터를 한 움큼 들어 올린 유나의 가슴은 어른과 다를 바 없었다. 연한 갈색의 웨이브 진 긴 머리카락에는 윤기가 흘렀고, 립글로스를 발랐는지 유난히 반들거리는 입술은 홍옥처럼 붉었다. 나도 모르게 가느다란 침 한 줄기가 흘러나왔다. 그때 유나의 분필 든 손이 멈추었다. 그러고는 마치 식물이 볕을 향해 잎사귀를 뻗어내듯 아주 천천히 고개를 돌려 나를 바라보았다.

"선생님이 그러는데, 전교에서 내가 제일 섹시하대."

때마침 뒷문이 드르륵 열었다. 하늘색 양복 차림의 담임선생님이었다. 막 출근했는지 손에는 회색 서류가방이 들려 있었다. 유나가 눈을 가느스름하게 만들어 웃어 보이곤 다시 분필 든 손을 움직였다. 담임이 내 옆으로 다가와 팔짱을 끼고 말없이 유나의 뒷모습을 바라보았다. 조금 들린 턱, 유난히 벌름한 콧구멍과 몇 가닥 튀어나온 굵고 구불거리는 코털, 불그스름한 눈자위, 매일 보는 그 얼굴이 어딘가 낯설게 느껴졌다.

　"넌 유나 짝이 된 걸 영광인 줄 알아라, 응?"

　담임이 유나에게서 눈을 떼지 않고 내게 말했다. 나는 둘 사이에 흐르는 미묘한 무언가를 감지했지만 아무에게도 내색하지 않았다. 유나의 비밀을 혼자 알게 된 것이 마치 친한 친구끼리 나누어 낀 우정의 반지라도 되는 양, 어른이 되어 소아성애자라는 말을 알게 된 뒤에도 입 밖으로 꺼내지 않았다.

　6학년이 되자 담임은 전근을 갔고, 다른 반이 된 유나는 결석이 잦더니 더 이상 학교에 나오지 않았다. 그즈음 내 책상 서랍에서 유나가 종종 달고 다니던 분홍색 장미 코사지가 발견되었다.

　중학교를 졸업할 무렵 딱 한 번 유나와 마주친 적이 있었다. 독서실에서 집으로 가는 유흥가 골목 어느 건물 앞에서, 유나는 꺽꺽 울고 있었다. 눈매를 강조한 짙은 화장에 선홍색 매니큐어, 짧은 원피스 차림의 그애는 누군가와 통화를 하는지 휴대전화를 귀에 바짝 붙인 채 뭉개진 발음으로 떠듬떠듬 말했다. 오빠, 나 이제 오빠 못 만

나. 만나면 오빠 급살 맞는대. 우선 사람이 살고 봐야 할 거 아냐. 소녀답지 않은, 신산한 말투였다. 그러는 와중에 취객 하나가 실수인 척 몸을 비틀거리며 유나에게 부딪혔다. 그의 손이 그녀의 젖가슴을 기습했다. 순간, 유나의 눈초리가 매섭게 치켜 올라가며 흰자위가 희번덕거렸다.

"네 이놈! 숯불 가마에 나자빠져 개가죽처럼 오그라들 놈! 구들장에서 등 떼면 계집 패서 해장술 퍼먹는 놈! 엉덩이 붙이면 노름질에, 등허리 뉠 데만 보이면 계집질하는 놈. 이놈, 이 개망나니 노옴!"

유나가 놈의 가랑이 사이를 잡아 뜯으며 중년 남자의 목소리로 호령했다. 매서운 추위 탓에 몸을 옹송그리며 종종걸음 치던 사람들이 걸음을 멈췄다. 취객이 몸을 젖히며 버둥거렸지만, 유나는 아랑곳하지 않았다.

"아냐! 내가 그런 거 아니라고."

다시 본래의 목소리로 돌아온 유나가 휴대전화를 집어 던졌다. 그 틈에 몸이 풀려난 취객이 달아나자 유나가 철퍽 주저앉아 흐느꼈다. 그게 내가 본 유나의 마지막 모습이었다.

그리고 오늘, 다시 유나를 만났다. 어른이 되도록 십여 년이나 소식이 끊겼던 그녀가 내 휴대전화로 전화를 걸어 먼저 만나기를 청한 거였다. 유나는 용건도 말하지 않고 내가 사는 곳의 위치를 물었다. 그러고는 한 시간 뒤 집 앞 편의점으로 나오라는 전화가 걸려왔다. 운동복에 후드야상을 걸치고 그녀가 기다리는 편의점으로 나갔다. 천 원짜리 카푸치노에 물을 붓는 체격 큰 여자가 보였다. 조금 찢어진 큰 눈에 기세 좋게 우뚝 선 콧날, 선이 뚜렷한 입술. 언뜻 잘생긴 남자처럼 보이기도 하는 그녀가 고개를 들어 나를 발견하곤 손을 흔들었다. 반사적으로 손을 흔들려다, 우리가 그렇게 반가워할 만큼 친한 사이가 아니었다는 걸 깨닫곤 다시 주머니에 손을 찔러 넣었다. 다단계이거나 보험 영업이라도 할라치면 적당한 선에서 끊고 나와야 하는데, 괜한 수선을 떨어 없는 친분을 과장하고 싶지 않았다.

"너도 커피?"

유나가 거치대에 정렬된 커피 하나를 뽑았다.

"자야 해서."

"아직 초저녁인데 벌써 자?"

유나가 온장고에서 꿀차 한 병을 꺼내 계산을 하곤 내게 건넸다. 어디서든 다시 만나기 힘든 미인이라고 생각했던 그녀는 그저 평범한 이십대가 되어 있었다.

"무슨 일로 여기까지 온 거야? 번호는 어떻게 알았고?"

따뜻한 음료에 몸이 녹자 접어두었던 피곤이 일어섰다.

"번호야 뭐, 알아내려고 맘먹으면 못 찾을 거 있나. 내 동생이 너네 학교 졸업했잖아. 졸업앨범 뒤에 옛날 폰번호 있고, 그걸로 검색하니까 네 아이디 금방 나오던데. 아이디로 신상 터는 거야 요즘 세상에 껌이지. 그보다 나 엄마 심부름 왔어."

차라리 네트워크마케팅이라든지 변액보험 이야기가 나왔더라면 덜 당황했으리라. 한 번도 대면한 적 없는 유나의 엄마가 내게 볼일이 있을 리 없었다. 그녀가 지푸라기처럼 노랗게 탈색된 머리카락을 쓸어 넘겼다. 문신을 했는지 민낯인데도 눈썹이 짙었다. 나이에 걸맞지 않은 굵은 쌍가락지가 눈에 들어왔다.

"초등학교 때 맨날 네 옆자리에 앉았던 거 기억나? 사실 그거 다 울 엄마가 시킨 거였어. 너네 엄마가 우리 집 단골이었거든."

"너네 집이 뭐 했는데?"

유나가 알 듯 모를 듯한 미소를 지었다.

"몰랐어? 우리 엄마 꽤 유명한 만신이잖아. 그래서 다들 나랑 짝 안 하려고 들었던 거고."

컵라면 국물이 말라붙은 선반에 팽개치듯 꿀차를 내려놓았다. 그때도 친구라고 할 만한 아이가 없었으니 일부러 캐고 다니지 않는 한 알 수 없는 정보였다. 놀란 마음이 표정에 드러났는지, 유나가 시선을 피해 전면 유리를 바라보았다. 컴컴했던 골목길 안에 꼭꼭 감추어졌던 맥주·양주집과 단란주점 간판이 경박스럽게 껌뻑였다.

"너 단명할 사주인 것도 몰랐겠네."

"……!"

유나가 다시 커피잔을 들어 입술에 가져다댔다.

"원래 네 사주대로면 작년이나 올해 쯤 횡사를 면치 못했을 거야. 교통사고를 당하든 괴한의 칼에 맞든 저세상 떠날 팔자였지. 지금까지 이렇게 살아 있는 건 그때 너희 엄마가 네 사주를 다른 애하고 바꿔서야. 나도 만신이지만, 그냥저냥 살다 단명할 팔자를 고생고생하며 징글맞게 장수하는 팔자로 바꾸는 게 옳은 건지는 모르겠다."

횡사, 저세상, 만신이라는 말에 잠기운이 퍼뜩 달아났다.

"누구하고 바꿨단 소리야?"

"우리랑 동갑인 여자애를 용케 찾아오셨더라. 아마 꽤 큰돈을 집어줬겠지. 굿하는 날 애 아빠가 같이 왔는데, 주정뱅이였어. 술값이나 벌어보겠다고 딸 명줄을 팔아먹은 거지."

실내는 따뜻했고, 입고 있는 점퍼도 두툼했지만 오한이 들었다. 유나의 말을 곧이곧대로 믿는 건 아니었다. 하지만 그 무렵 엄마의 행동이 수상했던 건 사실이었다. 매일 아침 부엌에선 옅은 향내가 났고, 아침상을 차리기 전인데도, 소반 위엔 사기대접에 담긴 맑은 물과 실 한 꾸러미가 놓여 있곤 했다. 어느 날인가는 내 머리카락을 한 줌 잘라 낡은 팬티와 함께 창호지에 싸 나간 일도 있었다.

"나 그런 거 안 믿어. 네 말이 다 사실이라 하더라도 사는 게 죽는 것보다 낫다는 보장도 없잖아. 나 살았나 죽었나 궁금해서 왔으면 확인했으니 이제 돌아가."

퉁명스럽게 뇌까리고 주머니에 손을 찔렀다.

"지금껏 울 엄만 당연히 네가 살아 있을 줄로 믿었어. 가끔 네 사주로 오방기를 뽑아봤거든. 그때마다 우환이 끓어도 목숨은 부지한다고 나오곤 했는데, 얼마 전엔 녹색기가 뽑혔다는 거야. 불귀의 객이 됐단 뜻이지. 그때부터 매번 기를 뽑을 때마다 결과가 달라지더라고. 죽었다, 살았다, 살아도 죽느니만 못했다, 왔다 갔다. 아무래도 당신이 죽을 때가 다 된 거 같다고 오늘 아침에 용문산에 기도하러 떠났어."

바닥난 커피잔을 아쉽다는 듯 내려놓은 유나가 주머니에서 전자 담배를 꺼내 입에 물었다. 버튼을 누르고 필터를 빨아들이자 입술 새로 하얀 수증기가 새어 나왔다.

"보다시피 난 이렇게 살아 있잖아. 그럼 나 대신 그 여자애가 죽기 라도 했다는 거야?"

"이런 말하기 좀 그렇지만……."

전자담배를 세게 빨아들이는지 유나의 볼이 깊게 꺼졌다 부풀었다.

"그렇지만?"

"사신을 속이는 건 위험한 일이야. 그래서 운명을 바꾼 사람끼리 는 절대 만나선 안 돼. 도플갱어처럼 둘이 만나는 순간 사신의 눈에 덮어놓은 베일이 벗겨지거든."

유나가 씁쓸하게 입맛을 다시고 전자담배를 주머니에 넣었다. 뽀 얀 수증기는 눈 깜짝할 새 공기 중으로 흩어졌다.

"빙빙 돌리지 말고 요점만 얘기해줘."

"만약 그애가 살아 있다면 너를 찾지 못하게 해야 돼. 필사적으로 숨어. 일단 번호부터 바꾸고 옥션에 상품후기 같은 것도 쓰지 마. 가 능하면 이사도 하는 게 좋을 거야."

"군이 초등학교 동창생을 찾아와서 이런 충고를 해주는 이유가 궁금하다. 우리 친한 사이도 아니었잖아."

"나 초등학교 졸업하자마자 내림굿 받았어. 안 받으려고 별짓 다 해봤는데, 그때마다 허주가 달라붙어서 애닯지 않은 말썽을 부리더라고. 학교 안 나간 다음부턴 또래하고 만날 일이 전혀 없었지. 그러다 보니 이 나이 먹도록 친구라 할 만한 애는 너 하나더라. 나를 질투하지도 경멸하지도 않은 딱 한 사람."

유나가 시선을 멀리하고 쌉싸래하게 웃었다. 여태 낯설게 느껴졌던 얼굴 위로 어린 시절의 유나가 겹쳐 보였다. 하지만 서로 마주 보고 앉아 서툰 솜씨로 눈썹을 그려주고, 일기를 교환하고, 가출을 꿈꾸고, 때로 얼결에 첫 키스를 나누거나 따귀를 날리기도 하는 일련의 과정 없이 서로를 친구라고 부를 수 있는지 확신할 수 없었다.

"얘기 끝났으면 들어가봐도 돼?"

"전화해."

유나가 한결 가뿐해진 표정으로 점퍼 지퍼를 채웠다.

"왜?"

"친구니까. 전화번호도 알았겠다, 가끔 만나면 좋잖아. 아침 여덟시부터 저녁 일곱시까지는 상담시간이니까, 그때만 빼고. 그럼 나 먼저 간다."

유나가 명함 한 장을 내 손에 쥐여주고 앞서 나갔다. 유리문을 밀어 열자, 하품처럼 길고 나른한 마찰음이 그녀, 홍제동 벼락대신을 배웅했다.

"오늘 컨디션 어때? 아직도 생리통 심해?"

어제보다 몸이 한결 가뿐했다. 목소리가 푹 가라앉은 건 오히려 엄마였다.

"많이 나았어."

눈을 뜨고 보니, 오늘은 녹즙이 없었다. 늘 곱게 틀어 올렸던 머리도 오늘은 어깨 위로 힘없이 늘어져 있었다.

"꿈은?"

엄마가 한 손으로 입을 가리고 조그맣게 하품을 했다.

"익숙해져서 그런지 이젠 아무렇지도 않아. 오늘은 녹즙이 없네?"

"아침부터 너무 바빴어. 꽃배달 온 거 체크하고, 사람 불러서 거실 카펫도 바꿨어. 좀 있으면 청소업체 사람들하고 파티플래너도 들이

닥칠 거야. 부티크 들렀다 미용실 갈 건데, 같이 움직이자."

화장했을 땐 몰랐는데, 엄마의 눈그늘이 제법 깊었다.

"그때 말한 독창회 가야 돼."

"정말 독창회 맞아?"

엄마의 눈을 바라보며 고개를 끄덕였다.

"몇 시?"

"일곱시."

엄마가 양손을 깍지 끼고 입술을 동그랗게 모았다.

"오케이, 중간에 일어나면 되겠네. 어차피 눈도장 찍으러 가는 거 잖아. 일곱시 반까지 차 보낼게."

다운이 이불을 걷어차고 튕기듯 침대에서 일어나 앉았다.

"제발 휴대전화 위치추적 같은 것 좀 안 하면 안 돼? 내가 무슨 범 죄자라도 돼?"

엄마가 돌아서려던 걸음을 멈추고 침대로 다가섰다.

"우리 집 규칙에 반하는 행동을 한 건 너였어. 설마 고2 여름방학 때 일 벌써 잊은 거야? 너 싸구려 딴따라 새끼한테 빠져서 여관 전 전하다 돈 떨어지고 애까지 배서 돌아왔잖아. 그런 것도 자식이라고 너 대학 보낼 때 우리가 골프장 회원권을 얼마나 뿌린 줄 알기나 해? 오디션 프로그램 지원자만도 못한 성대에 금칠해서 이만큼 밸류 올 려놨으면 군말 없이 납작 기어야 할 거 아냐? 배은망덕한 년!"

저 예쁜 입에서 나온 말이라곤 믿어지지 않는 독설과 욕설이었다.

싸늘하게 쏘아붙인 엄마가 가늘게 떨리는 손을 팔짱으로 가렸다.

"그때 일이 전부 내 잘못이었다고 우기고 싶은 거야?"

잠시 엄마의 눈빛이 흔들렸다.

"전부라곤 안 했어. 하지만 네 책임이 가장 컸던 건 사실이야."

"좀더 솔직해져봐. 엄마에겐 돈이 교양이고, 흠 없는 명문대생 딸이 품위잖아. 내 말 틀려?"

다운의 목소리에 울음기가 배어났다.

"그래, 네 말이 다 맞아. 그리고 내 말도 틀리지 않았고. 억울하면 네 스스로 교양과 품위를 만들어. 가장 쉽고 간단한 방법 하나 가르쳐줄까? 이미 가진 남자를 취하면 돼."

엄마는 하얗게 질리도록 주먹을 틀어쥐고 방을 떠났다. 손가락 사이가 금세 축축하게 젖어들었다. 그렇게 삼십 분가량 앉아 있다 욕실에서 세수를 하고 나와 책상에 앉았다. 책꽂이에서 스프링노트를 꺼내 펼쳤다.

이경이는 오늘도 청소를 갑니다. 땟국 흐르는 청바지에 후드티를 입고 트럭에 탑니다. 알함브라 여관 203호는 더럽습니다. 방문 앞에 소주병이 열 개도 넘습니다. 벽지에 기린과 코끼리가 그려져 있습니다. 그 방엔 가난한 가족이 살았다고 합니다. 아이는 소시지를 좋아했나 봅니다. 쓰레기통엔 소시지 껍데기가 가득합니다. 어쩌면 아빠가 좋아했는지도 모릅니다. 지독한 냄새가 풍기는 침대와 이불을 끌어냅니다. 침대 매트리스를 걷어

내니 여자와 소녀가 엎드려 있습니다. 여자와 소녀의 얼굴에 붉고 푸른 꽃이 가득 피어 있습니다. 경찰이 여자와 소녀를 지퍼 달린 가방에 넣어 데려갑니다. 서랍에서 가족사진을 발견했습니다. 별로 행복해 보이지 않았습니다. 나는 울고 싶었는데, 이경이는 해물파전이 먹고 싶다고 했습니다. 우리는 해물파전에 동동주를 마시러 갔습니다. 생각보다 맛있어서 알함브라 여관 같은 건 금방 잊었습니다.

다운이 엄마에게 꿈 얘기를 하지 않은 건, 더 이상 두렵지 않아서가 아니라 자신이 느끼고 있는 지독한 두려움을 전염시키고 싶지 않아서리라. 스프링노트를 꽂아놓고 욕실로 들어가 오래도록 샤워를 했다. 그러고는 어제 골라놓은 블랙 미니원피스을 입고 거실로 나갔다. 거실은 청소기 소음과 여러 사람의 발소리로 분주했다. 남자 둘이 사다리를 세우고 천장에 매달려 샹들리에를 교체하고 있었다. 공사를 지휘 감독하느라 정신이 없는 엄마를 뒤로하고 현관을 나섰다. 엘리베이터에서 내려 전화를 걸었다. 가을이었다. 언제나처럼 시간이 편집된 뒤 전화를 끊었을 때, 나는 미용실 거울을 바라보고 있었다. 굵은 세팅롤을 말아 올린 모습이었다.

"누구야?"

목소리가 들리는 방향으로 고개를 돌려보니, 내 또래 여자애가 눈을 반짝이고 있었다. 눈매와 콧대, 얼굴형까지 나와 퍽 닮은 얼굴이었다. 다만, 눈의 크기나 코의 각도, 턱의 굴곡이 과장되었고, 코끝에 매달린 미인점이 눈에 거슬렸다. 아마도 다운을 모델 삼아 성형을 한 모양이었다.

"엄마."

"뭐라시는데?"

시선이 무릎 위 잡지로 옮겨갔다.

"내 방 침대랑 화장대 바꾼다고. 암만 봐도 우리 집하고 안 어울린대."

미용사 둘이 덤벼들어 세팅롤을 풀었다.

"좋겠다. 난 얼마 전까지 중학교 때 산 거 계속 썼는데."

"오빠한테 카톡 왔어?"

가을이 휴대전화 액정을 내 쪽으로 돌리며 히죽 웃었다.

"다 와간대. 요 앞 카페에서 기다리라고 했어."

미용사가 노련한 솜씨로 드라이를 시작했다. 모근에 볼륨을 넣고 전체적으로 과장된 컬을 자연스럽게 풀어냈다. 머리 손질이 끝나자 이번엔 손등에 커다란 퍼프를 매단 여자가 메이크업을 시작했다. 나는 그녀의 조언대로 서구적인 눈매를 강조한 세미스모키 화장을 했고, 가을은 펄이 들어간 핑크색 섀도와 같은 계열 립글로스로 얼굴을 꾸몄다.

"완전 딴사람이 된 거 같아. 이 속눈썹 슈에무라 거지? 한 번 쓰고 버리긴 진짜 아깝다."

콤팩트에 달린 작은 거울로 얼굴을 요리조리 뜯어보던 가을이 한껏 격앙된 목소리로 외쳤다.

"오빠 너무 오래 기다리게 하는 거 아냐?"

"기다리는 덴 워낙 이골이 난 사람이라 이 정도는 암것두 아니야."

가을이 핸드백에 콤팩트를 넣고 성큼성큼 앞서 걸었다. 길을 건너자마자 카페 간판이 보였다. 담배를 손가락 새에 낀 사람들이 긴 차양 아래서 빙수나 냉커피를 마셨다. 가을이 그들 중 한 사내에게 손을 흔들었다.

"오래 기다렸지?"

영화전문지를 읽던 사내가 의자를 드르륵 밀고 일어나 선글라스를 벗었다.

"아니, 금방 왔어. 안녕하세요. 엠제로피의 임상엽입니다."

그린 듯 진한 눈썹에 가늘고 긴 눈매, 날렵한 콧대와 턱까지 이어진 구레나룻. 내게 인사를 건넨 사람은 임 대리였다. 지금과 다른 것이라면 웨이브가 들어간 헤어스타일에 고티 스타일의 턱수염, 왼쪽 귓불에 매달린 금귀고리였다. 게다가 세련된 옷차림 덕분인지, 다운은 그를 알아보지 못하는 것 같았다.

"어때, 사진보다 훨씬 예쁘지?"

가을이 임 대리의 팔짱을 끼고 내게 찡긋 윙크를 했다.

"카메라테스트도 필요 없겠는데요. 일단 차부터 한잔하시죠. 뭐 드시겠어요?"

둘 다 아이스카페라테를 주문했다. 임 대리가 뒷주머니에서 지갑을 꺼내며 카운터로 다가갔다. 익숙한 뒷모습, 걸음걸이였다.

"합격하면 연습에 매달려야 할 텐데, 집에서 반대 안 하실까?"

"경제적으로 독립하려면 별다른 방법이 없어."

가을이 내 손을 끌어다 제 손을 포갰다.

"다섯시까지 가기로 했으니까 마시고 일어나죠."

임 대리가 커피 석 잔이 든 쟁반을 들고 테라스로 나왔다. 그들의 대화로 몰랐던 사실 몇 가지를 유추해낼 수 있었다. 임 대리는 엠제로피라는 연예기획사 직원으로 가을과는 남매가 아닌 연인 관계였다. 요즘 활동하고 있는 소속 아이돌들도 꽤 인기 있는 편이고, 연습생을 까다롭게 뽑기로 소문난 회사였다. 우연히 가을의 휴대전화에서 다운의 사진을 발견한 임 대리는 사장을 포함한 이사진에게 나를 소개했고, 오늘 엠제로피 사옥에서 오디션을 겸한 미팅이 있을 예정이었다. 무사히 통과만 하면 내년 봄 데뷔 예정인 걸그룹에 합류할지도 모른다고 했다.

음료를 다 마신 뒤, 우리는 임 대리를 따라 흰색 포드 밴에 올랐다. 운전석과 조수석을 제외한 공간에 일곱 개의 널찍한 좌석이 있었는데, 새것인지 가죽 냄새가 물씬 났다. 가을이 휘둥그런 눈으로 냉장고를 열어보고, 리모콘으로 텔레비전을 켜보기도 했다.

"가면 뭘 해야 돼요? 준비한 게 없는데."

임 대리와 룸미러로 눈을 맞추고 물었다.

"성악과니까 노래는 기본이고, 현대무용 배웠으니 춤도 걱정 없잖아요. 여우꼬리 눈웃음 한 방이면 끝날 거 같은데."

임 대리가 안심하라는 듯 소리 없이 입술만 당겨 웃었다.

"나 작년에 떨어졌잖아. 그땐 다 좋은데 코가 아쉽대서 코 하고 다시 갔더니, 그다음엔 양악도 하고 오래서 포기했어. 이것저것 구색 맞추자니 견적만 자그마치 삼천이더라고."

가을이 입술을 삐쭉거리며 울상을 지었다.

"넌 몸치라 떨어진 거야. 리한나 노래에 짱구춤이 어디 어울리냐? 개그맨 뽑는 것도 아니고."

임 대리의 말에 가을이 눈을 흘겼지만, 이내 배시시 웃으며 운전석 뒤로 가 그의 정수리에 꿀밤을 먹이고 돌아왔다. 비슷비슷한 풍경이 잇따르고 파스타집과 와인바, 그에 어울리지 않는 간장게장집이 뒤섞인 골목을 지나자 한적한 빌라촌 입구가 나타났다. 5층짜리 암적색 건물 앞에 차가 멈춰 섰다. 엠제로피 사옥이었다. 임 대리가 사원증을 꺼내 개폐기에 태그하자 문이 자동으로 열렸다. 가을이 내 손을 꼭 잡았다. 그녀는 내게 절대 떨지 말고 당당하게 보여줘야 한다고 속삭였지만 정작 서늘한 땀으로 손이 젖어드는 건 나보다 가을쪽이었다. 엘리베이터를 타고 5층에서 내렸다. 겨자색 카펫이 푹신하게 깔린 긴 복도가 나왔고, 몇 걸음마다 작은 유리문이 달린 방이 이어졌다. 방음실인 모양인지, 방방마다 마이크에 헤드셋을 낀 사람들이 요란한 손짓을 하며 입을 벙긋거렸지만 복도는 조용했다. 우리가 찾아간 곳은 복도 끝 8번 강의실이었다. 병원처럼 긴 나무 벤치가 방문 앞에 놓여 있었다.

"가을인 여기서 기다려."

임 대리의 말에 가을이 내게 손을 흔들었다. 임 대리가 가볍게 노크를 하고 방문을 열었다. 심장이 쿵쾅거리는 게 느껴졌다. 심호흡을 하고 그의 뒤를 따랐다. 방 안엔 삼십대 중반으로 보이는 정장 차림의 단발머리 여자와 뉴에라 스타일의 캡모자를 비뚜름하게 쓴 대머리가 테이블도 없이 앉아 있었다.

"이사님, 사장님은 안 내려오십니까?"

임 대리가 약간 턱이 진 무대에 나를 올려 세우고, 단발머리에게 갔다.

"내려오실 거야. 먼저 보고 있지, 뭐."

단발머리의 말에 임 대리가 두 손을 모으고 구석으로 물러났다.

"예쁘네요. 학교 어디 다녀요?"

단발머리가 다리를 꼬고 무성의한 말투로 물었다.

"희명대학교 성악과 4학년입니다."

허리에 바짝 힘을 주고 다리를 모았다. 웃으려 애쓰는 것 같지만, 입이 어색하게 삐뚤어지는 느낌이었다.

"오우, 엘리트네. 딱이다. 근데 우리 인간적으로 센터 좀 맞추고 시작하자. 앞에 파란 딱지 보이죠? 그거 밟고 서봐요. 자기 눈에 안 보여도 저 위에 카메라 돌고 있거든. 안 짤리고 잘 나와야 할 거 아냐."

대머리가 단발머리를 향해 눈썹을 씰룩거리며 엄지를 치켜세웠다. 뒤에 서 있던 임 대리가 엄지와 검지를 모아 오케이 표시를 했다.

대머리 말대로 무대 중앙에는 청색 테이프로 마킹한 자리가 있었다.

"오 분 드릴 테니, 자기소개 좀…… 어, 사장님 오셨네."

단발머리가 질문을 멈추고 자리에서 일어섰다. 청바지에 체크무늬 셔츠, 밤색 선글라스를 낀 오십대 사내가 방으로 들어왔다. 임 대리가 목례를 하고 무대 뒤로 들어가 의자 하나를 들고 나왔다. 사장이 가운데 의자에 앉았다.

"마스크 좋네. 하던 거 마저 해요."

사장의 말에 단발머리가 아까보다 조금 누그러진 목소리로 자기소개를 요구했다.

"현재 희명대 성악과 4학년에 재학 중인 단아름다운입니다. 작년에 베를린콩쿨 성악 부문에서 입상했고, 라벨라콩쿨에서도……."

"아니지, 언니. 자기소개의 기본은 키, 몸무게야. 지금부터 키, 몸무게, 취미, 특기 순으로 설명하고 비욘세, 케샤, 가가, 리한나 노래 중에 하나 불러봐요."

대머리가 팔짱을 끼고 씨익 웃었다. 그의 앞니에 파란색 교정기가 반짝거렸다.

"키는 172센티미터고, 몸무게는 50, 취미는 승마와 여행입니다. 특기는 재즈댄스입니다. 그리고 부를 노래는 케샤의……."

대머리가 자리에서 일어나 임 대리 옆에 놓인 건반으로 갔다.

"성이 단씨라고 했나?"

사장이 고개를 갸웃하며 물었다. 뜨거운 조명 아래에 킬힐을 신고 몸을 꼿꼿이 유지하다 보니 이마에 땀이 송골송골 맺혔다.

"네. 단, 아름다운입니다."

"아버지 함자가 어떻게 되시지?"

사장이 양 무릎에 팔꿈치를 괴고 손바닥을 모았다.

"단…… 태 자, 규 자이십니다."

"그럴 줄 알았어. 단 회장이 가끔 명문대 다니는 딸 자랑을 했지."

사장이 껄껄 웃으며 선글라스를 벗었다.

"다운 씨, 여기 온 거 아버지도 아시나?"

"아뇨, 모르십니다."

"그럴 거야. 알면 내 멱살을 쥐어뜯겠지. 원칙적으로 전속이든 연습생이든 계약을 할 땐 부모님 동의서가 반드시 필요해. 다운 씬 돌아가는 게 좋겠어."

사장이 자리를 털고 일어섰다. 느긋하게 지켜보던 임 대리의 표정도 일순간 구겨졌다. 단발머리가 사장의 뒤를 따라나섰다.

"데뷔만 하면 가요계의 김태흰데. 아깝다, 자기."

대머리가 고개를 설레설레 저으며 건반 덮개를 내렸다.

"임 대리, 나 좀 잠깐만."

그때 방문이 열리고 단발머리 여자가 반쯤 몸을 내밀어 임 대리를 불렀다. 주머니에 손을 찔러 넣고 어정쩡하게 서 있던 임 대리가 여자에게 뛰어갔다. 대머리가 방을 나서자 가을이 재빠른 동작으로 무대에 올라왔다.

"너 계약하나 봐! 잘됐다."

가을의 목소리에서 흥분이 느껴졌다.

"사장이 안 되겠다고 그냥 나갔는데?"

"아냐, 복도에서 하는 얘기 들었어. 계약서 수정해서 너 붙잡아놓으라고. 오빠가 지금 계약서 뽑으러 사무실 올라갔단 말야. 진짜 대박이다."

한 시간 후, 나는 아래층 단발머리의 방으로 불려갔다.

"각자 손해 각오하고 하는 계약이야. 문제 일으키지 말자고. 갑은 엠제로피, 을은 아름다운 씨야. 밑줄 친 자리에 이름 적으면 돼. 전속계약금 삼천만 원은 보컬트레이닝비, 안무비 등등 다운 씨가 프로로 성장하는 데 재투자될 거야. 앨범이 나오기 전까진 매달 약간의 용돈 정도만 지급되는 걸로 알고 있으면 돼. 계약 기간은 십 년, 수익배분은 오만 장 단위로 일 프로씩 올라가서 최대 오 프로까지 받을 수 있어. 단일음반 발매로 반품 제외 백만 장 이상일 땐 일억 원 일괄 지급한다는 항목 보이지? 음원 수익, 앨범판매 수익, 해외 활동, 방송, 콘서트, CF 수입 배분은 조금씩 다르니까 확인해. 그룹인 경우엔 엔분의 일을 하게 되는데, 다운 씬 솔로가 맞을 거 같아. 서둘러서 올해 안에 데뷔하는 게 우리 목표야."

단발머리가 볼펜을 내게 넘겼다. 회사의 명예를 실추시키거나 각종 의무불이행, 현재, 과거를 포함한 불건전 사생활, 회사의 동의를 받지 않은 상업활동 등이 발각될 시엔 계약이 자동 해지된다고 적혀 있었지만, 건성으로 읽어 넘겼다. 꽤 중요한 내용 같았지만 설렁설렁 계약서를 보며 을 옆 빈칸에 이름을 적어 넣었다. 꼿꼿하게 세운 등과 서늘하게 식은 손은 긴장을 표시했지만 입가에서 비실비실 새어 나오는 웃음은 설렘과 기쁨의 증거였다. 그러는 사이 단발머리의 휴대전화가 울렸다. 그녀가 자리를 비우자, 임 대리가 방으로 들어왔다.

"정말 부모님 동의서 안 받아도 된대요?"

의아하다는 투로 임 대리에게 물었다. 잠시 머뭇거리던 그가 내 어깨에 자연스럽게 손을 올렸다.

"원래 맨 마지막엔 부모님 친필 사인이 들어가야 하는데 이 계약서는 대리인 사인으로 대체할 거야."

계약서에서 눈을 떼고 임 대리를 올려다보았다.

"누가 대리인인데요?"

"가을이하고 나."

그러고 보니 임 대리는 언제부턴가 내게 말을 놓았다.

"부담스러워할 거 없대. 우리가 선택한 거니까. 덕분에 난 진급했고, 나중에 다운 씨가 수익을 내면 숟가락 올리기로 했어."

그가 잇속이 환히 보이도록 천진하게 웃었다. 내가 아는 임 대리는 이토록 해맑게 웃는 법이 없었다. 그때, 휴대전화가 울렸다. 엄마였다. 사무실 벽시계가 정각 일곱시 반을 가리키고 있었다. 휴대전화 배터리를 뺐다. 호들갑을 떨던 휴대전화가 잠잠해졌다. 돌아온 단발머리가 계약서를 한 장씩 넘기며 서명을 확인했다.

"별첨으로 생활수칙 나와 있으니까 차분히 읽고 엄수해. 내일부터 아침 여덟시까지 5층 연습실로 나와. 한 번 지각할 때마다 일주일 근신이야. 물론 계약 기간에서 빠지는 시간이고."

단발머리에게 인사를 하고 방을 나왔다. 기다리고 있던 가을이 나를 와락 껴안았다. 그러고 보니 내가 기억하는 한 누구에게 폭 안겨본 건 처음이었다.

"고마워!"

눈가가 축축하게 젖어들었다.

"너 잘돼야 나도 한몫 크게 챙기지. 무조건 대박 내야 해. 알지? 참, 오빠 지금 퇴근한다는데 저녁 먹고 들어가도 돼?"

엠제로피 건물 앞에서 가을이 물었다.

"나 당분간 집에 안 들어갈 생각이야."

"왜?"

가을이 동그랗게 눈을 흡떴다.

"우리 엄마 어떤지 알잖아. 작더라도 성과를 내야 받아들일 거야. 잠잠해질 때까지 네 자취방에서 좀 지내면 안 될까? 회사에서 매달 용돈 나온댔으니까 방값은 낼게."

서류가방을 든 임 대리가 빠른 걸음으로 우리를 따라잡았다.

"난 괜찮은데, 방이 하나라서."

가을이 곤란하단 표정으로 임 대리를 올려다보았다.

"에이, 이렇게 된 거 그냥 고백해야겠다. 나 사실 오빠랑 같이 살아. 곧 결혼할 텐데, 방세 아깝잖아."

가을이 멋쩍게 웃으며 임 대리의 팔짱을 꼈다.

"아, 다운이 나와서 지내게? 그럼 내가 본가 들어가 있지, 뭐. 다운이가 잘돼야 우리도 잘되는 거니까."

임 대리가 가을의 뺨을 가볍게 꼬집었다.

"얘기가 그렇게 되나? 그럼 나도 팍팍 밀어줘야지. 부창부수잖아. 우리 곱창에 메론소주 마시러 가자. 압구정에 진짜 맛있는 실내포차 있거든."

우리는 택시를 타고 압구정으로 이동했다. 가을이 실내포장마차라고 소개한 곳은 건물과 차고를 터서 천막으로 지붕을 이은 술집이었다. 나는 밑반찬으로 나온 백김치와 단무지만 깨작거렸지만, 가을과 임 대리는 볼이 미어지게 쌈을 싸서 서로의 입에 넣어주었다. 안주와 술을 깨끗이 비운 우리는 다시 택시를 타고 원룸이 밀집한 주택가로 들어갔다. 편의점에서 맥주 다섯 병과 깡통에 든 견과류 믹스를 샀다.

"우리 집 초라하다고 흉보면 안 돼. 그래도 신혼살림 미리 산다 생각하고 가구는 좋은 거 들여놔서 덜 창피하다. 그치, 오빠?"

가을이 잇몸을 드러내며 해시시 웃었다. 편의점에서 가까운 곳에 가을의 원룸이 있었다. 1층 우편함과 계단이 눈에 익었다. 번들거리는 회색 페인트에 조야한 황금 잎사귀가 양각된 현관문도 마찬가지였다. 가을이 도어록 키패드에 네 자리 숫자를 입력하자 잠금이 해제되었다.

"짜잔, 들어오시라. 와, 집이 찜통이네."

흔해빠진 원룸이 눈앞에 펼쳐졌다. 현관 오른쪽에 욕실이, 왼쪽으로는 한 칸짜리 싱크대와 조리대가, 집과는 어울리지 않게 고급스러운 침대와 화장대 일부가 보였다. 다운의 원룸이라 믿었던 곳이었다. 며칠 전과 다른 게 있다면, 악취가 없을 뿐이었다.

맥주 다섯 병을 비우고, 자정 무렵 임 대리가 집을 나섰다. 가을이 임 대리의 목에 팔을 걸고 입을 맞췄다. 욕실에 들어가 몸을 씻고 가을이 내놓은 노란색 면 원피스를 잠옷 삼아 걸쳤다. 나는 임 대리의 체취가 밴 베개를 베고 가을의 침대로 들어갔다. 두 사람이 눕기에 딱 알맞은 사이즈였다. 피곤한 하루였으므로 눈꺼풀이 무거웠다.

나도 모르게 잠이 들었던 모양이었다. 휴대전화를 가져다 시간을 확인했다. 새벽 네시를 조금 넘긴 시간이었다. 그사이 유나에게서 카톡이 도착해 있었다. 이름이 있어야 할 자리에 '홍제동 벼락대신'이라고 쓰여 있었다. 부적이 찍힌 사진 파일이 수신되었다.

─재수부적이야. 원랜 삼십만 원짜린데, 넌 친구니까 공짜. 고맙지? ㅋㅋ

멀거니 부적을 바라보다 휴대전화를 닫았다.

뭔가 더 알아내려면 잠을 자야 하는데 도통 눈이 붙지 않았다. 나는 전등스위치를 올리고 엄마의 반짇고리를 열었다. 색색의 실과 바늘, 짝 없는 단추 사이에 작은 약병이 들어 있었다. 뚜껑에는 파란색 유성사인펜으로 '취침 전 1정'이라고 쓰여 있었다. 최근 몇 년 동안 엄마는 심각한 불면증에 시달렸다. 그런데 어쩐 일인지 병원 보호자 침대에 누우면 아무 때고 졸음이 쏟아진다고 했다. 약통에는 엄마가 남기고 간 스무 알 남짓한 수면제가 들어 있었다. 약 한 알을 물과 함께 삼키고 불을 껐다. 전기장판을 켜고 이불을 목까지 끌어올린 뒤 배 위에 가지런히 손을 모았다. 크게 심호흡을 하며 눈을 감았다.

숨이 턱 막힐 정도의 무더위였다.

"엄마, 에어컨 고장 났어?"

잠결에 몸을 뒤치며 웅얼거렸다.

"야야, 우리 집 에어컨 고장 났거든. 빨리 일어나서 라면이나 먹어. 오늘부터 연습실 간다며."

매콤한 라면 냄새가 났다. 눈을 떠보니 가을이 플라스틱 밥상 위에 라면 냄비를 올려놓고 있었다.

"이상해. 오늘은 아무 꿈도 안 꿨어."

"정말? 역시 너네 집에 수맥이 흐르는 거야. 나오길 진짜 잘했나 보다. 어, 라면 불겠다. 빨리 먹어."

여기서부터 뭔가 이상했다. 방금 전까지만 해도 가을과 마주 앉아 라면을 먹었는데 눈을 감았다 뜨자 임 대리가 운전하는 밴에 올라 있었다. 어제까지만 해도 통화와 통화 사이에만 편집이 일어났는데, 이젠 하루 중 중요한 순간 몇 군데를 제외하면 시간이 빠르게 흘러갔다. 자신을 수석 프로듀서라고 소개하는 대머리와 얘기를 나누는가 싶었는데 어느새 엠제로피 연습실에서 다리를 벌렸다 오므렸다 하는 샤세 동작을 배웠고, 눈 깜짝할 사이 단발머리의 잔소리를 들으며 고개를 조아렸다. 아무래도 수면제 탓인 것 같았다. 내가 꿈에서 깨어나지 못하는 동안, 다운 역시 내 꿈을 꾸지 않는 듯 가뿐해 보였다. 거울 속의 다운은 그 어느 때보다 행복해 보였고 생기 넘쳤다.

이제 사람들은 나를 예명인 미카라고 불렀다. 매일 아침 체중계에 올라가고, 샐러드와 닭가슴살, 견과류 몇 알이 전부인 식사를 했다. 연습은 고됐고, 같은 처지의 연습생들은 시기 어린 눈빛으로 나를 감시하듯 쳐다봤다. 하지만 그보다 견디기 힘든 건 단발머리, 황 이사의 독설이었다. 연습생들의 깍듯한 태도로 미루어 그녀가 사장에 준하는 권력자라는 걸 알 수 있었다.

"음색이 너무 투박해. 내가 악보에 일일이 모데라토, 알레그로 써줘야 따라 부르겠니? 성악 발성 버리라고 몇 번을 말해? 다시!"

황 이사는 보컬트레이닝에 엄격했다. 노래 가이드 출신인 그녀는 유독 클래식 창법에 거부 반응을 드러냈다. 그런 탓에 성악과 출신 연습생들은 일찌감치 데뷔를 포기하고 다른 길로 빠져나간다는 소문까지 돌았다.

"너 어제 새로 들어온 여자애들 못 봤어? 보컬학원 문턱에도 못 가본 애들이 너보다 그루브를 더 잘 타. 너 데뷔 못 시키면 우리 손해가 얼만 줄 알아? 가는 데마다 밴 움직이고, 매니저 월급 나가고, 작사가, 작곡가, 프로듀서 곡비 주고. 좋아, 그건 네 계약금으로 상쇄한다 쳐. 그래도 너 데려온 여자애한테 소개비까지 챙겨줬는데 지금쯤 무슨 성과가 있어야 하지 않아?"

때마침 아이스커피를 들고 온 임 대리가 뒷걸음질을 치고 연습실을 나갔다. 비밀을 들켰다기보다 모르고 있어서 당혹스러운 표정이었다. 그날 저녁, 나를 집에 데려다주는 내내 임 대리는 돌 씹은 얼굴로 운전만 했다.

"들렀다 갈 거죠?"

"아니."

메마른 목소리였다.

"소개비로 얼마 받았는지 알아보고 돌려주라고 할게. 그걸로 원룸을 구하든지, 좀 불편하더라도 회사 합숙소에 들어가는 게 어때?"

원룸으로 들어가는 골목 어귀에 임 대리가 차를 세웠다.

"결혼식 축의금 먼저 냈다고 생각하면 맘 편해요. 신경 쓰지 마세요."

고개 숙인 임 대리의 귓바퀴가 빨개졌다.

"결혼, 없었던 일로 하려고."

"왜요?"

"실은 얼마 전에 예식장 계약하고 드레스 대여한다고 가을이가 돈을 받아갔는데, 알아보니 거짓말이었어. 청첩장에 넣을 약도가 필요해서 예식장에 연락했는데 얘기한 날짜와 시간엔 다른 사람 예식이 잡혀 있더라고. 말 못 할 사정이 있을 거라고 믿고 싶지만 사람 마음이 어디 그런가."

진지한 구석이라곤 찾아볼 수 없는 지금의 임 대리와는 사뭇 다른 모습이었다.

"그건 두 사람 문제니까 모른 척할게요. 소개비 얘긴 하지 말아줘요. 저도 불편해지니까."

임 대리는 부석한 얼굴로 고개를 끄덕였다. 나는 그의 차에서 내려 원룸으로 걸어왔다. 가을이 카레라이스를 만들어놓고 호들갑스럽게 나를 반겼다.

"짜잔, 무려 쇠고기카레. 이거 삼분카레 아냐. 내가 고기랑 채소 사다가 직접 만들었어."

가을이 접시에 밥을 푸고 카레를 얹었다.

"나 밥 생각 없어."

"밥을 생각날 때만 먹으니까 요렇게 빼빼 말랐지. 한입만 먹어봐. 기가 막히다니까."

가을이 밥에 카레를 비벼 내 입에 가져다댔다.

"치워! 싫다니까."

손등으로 숟가락을 쳐내고 침대에 누워 이불을 덮어썼다. 조심스럽게 상을 치우는 소리가 들렸다. 누군가 흐느끼는 것 같았지만, 그게 나인지 가을인지 가늠할 수 없었다.

어느 늦은 밤, 신경질적인 벨소리에 문을 열자 마치 장례식장에 온 듯 새카만 시폰원피스를 걸친 엄마가 핏발 선 눈으로 서 있었다.

"이런 쥐구멍에 숨어 있으면 못 찾을 줄 알았니?"

엄마가 하이힐을 신은 채로 방바닥을 또각또각 걸었다. 얼굴에 석고팩을 얹고 있던 가을이 겁에 질린 표정으로 내 얼굴을 빤히 바라보았다.

"엄마 뺨이 왜 그래? 누구한테 맞았어?"

변명이나 악다구니가 먼저 나올 줄 알았는데, 예상을 빗나가 다운은 엄마의 뺨을 쓰다듬었다. 화장으로 덮었지만 엄마의 뺨엔 진홍색 손자국이 어른거렸다. 순식간에 눈시울이 뜨끈해졌다.

"뺨은 왜 그러냐니까?"

다소 격앙된 목소리로 되물었다.

"엄마가 말했지? 돈은 교양의 증거야. 교양을 지키려면 감수해야 할 것들이 생각보다 많아. 위약금 마련되는 대로 유학 가는 거야. 파리든 바르셀로나든."

엄마의 숨결에서 옅은 술 냄새가 풍겼다. 홈파티 한 번 하는 데에, 가구며 인테리어를 모조리 바꿀 정도로 부유한 집에서 위약금을 마련하느라 시간이 필요하다는 얘기에 의문이 생겼다.

"아빠가 그랬구나?"

엄마는 대답 없이 핸드백에서 선글라스를 꺼내 얼굴의 절반을 가렸다.

"네 무책임한 행동 때문에 엄마, 아빠 꼴이 지금 얼마나 우스워졌는지 알아? 고작 딴따라 만들려고 희명대 보냈냐는 소리까지 들었어. 요즘 경준이는 너네과 동기하고 아파트 보러 다닌다더라. 이제 학교까지 소문이 짜하단 얘긴데, 이런 쥐구멍에 숨어서 잠이 오니?"

엄마의 눈자위가 붉게 달아올랐다. 잠깐의 정적이 흘렀다.

"저기, 어머니. 그러지 마시고 커피라도 한 잔 드실래요?"

가을이 얼굴에서 팩을 떼고 눈치 없이 물었다.

"아가씨는 직업이 다방 레지인가? 날 언제 봤다고 커피를 마시래. 난 이런 쥐구멍에서 커피 마실 생각 없어. 몹시 불결하고 찝찝하거든."

엄마가 가을에게 쏘아붙이며 내 손목을 낚아챘다. 날카로운 손톱이 여린 살을 파고들어 쓰라렸다. 그보다 가난을 경멸하는 그녀의 갈퀴 같은 말에 가슴이 쓰렸다. 과연 가난이 노력만으로 극복 가능한 것인가 묻고 싶었다. 매달 돌려 막기로 당신 통장의 이자를 보태주는 수많은 채무자들에게도 그렇게 말할 수 있는지 따지고 싶었다. 할 수만 있다면 엄마의 뺨을 갈겨주고 싶었다. 마음에 날이 바짝 서자, 문득 손가락에 힘이 들어갔다. 지금껏 한 번도 겪어보지 못한 일이었다.

"처, 천박해!"

마음속으로 읊조리던 말이 다운의 입을 통해 밖으로 터져 나왔다. 순간 옴찔거리던 손가락이 휙 공중에 떠올라 엄마에게 향했다. 방향과 힘을 조절할 수 없어 빗나갔지만, 내가 한 일이 분명했다. 엄마의 손에서 힘이 빠졌다.

"너, 방금 뭐라고 했니?"

당황하긴 다운도 마찬가지인 모양이었다. 털썩 방바닥에 주저앉은 다운이 고개를 절레절레 저었다.

"아냐, 내가 한 말이 아냐."

"천…… 뭐?"

그 부분에서 시간을 멈춰 전후 상황을 살펴보고 싶었지만 불가능한 일이었다. 하지만 결과적으로 나는 집에 돌아가지 않았다. 그리고 무엇 때문인지 정확하지는 않지만 내가 다운의 몸을 아주 조금이나마 움직일 수 있다는 걸 깨닫게 되었다. 몹시 화가 나거나 의식을 집중해 손가락부터 천천히 힘을 주면 잠시나마 다운의 몸을 조종할 수 있었다. 하지만 돌발적인 행동으로 다운을 놀라게 해 정체를 드러낼 수는 없었다. 뜻밖의 실수인 양, 그녀의 메이크업 방법을 조금씩 바꾸고 물건의 위치를 옮기는 데 성공하며 능력을 차츰 확신해 갔다. 그사이 나는 곱창을 먹을 줄 모르는 다운의 입맛을 고쳐놓았고, 그녀의 취향을 무시한 원피스 두 벌을 골랐다. 내가 다운의 몸을 조종할 수 있게 되었다는 점이 놀라웠지만, 한편 본래 내 몸으로 돌아가지 못한 채 살해될지도 모른다는 두려움도 싹텄다.

"미카, 나 좀 잠깐 볼까?"

보컬트레이닝실 문을 열고 이사가 내게 손짓했다. 손목에 감아놓은 고무줄로 머리를 묶고 이사실 문을 노크했다. 유리문 안쪽에서 들어오라는 손짓이 보였다. 콧등에 안경을 걸치고 모니터를 응시하던 이사가 소파로 자리를 옮겼다.

"너 아주 맹랑한 과거가 있더라."

처음으로 이사가 웃는 모습을 보았다. 하지만 유쾌한 표정은 아니었다.

"무슨 말씀이신지."

"빙빙 돌릴 시간 없으니까 툭 까놓고 말할게. 미키류랑 그 얘기, 사실이니?"

이사의 표정을 조심스럽게 살피던 나는 얼른 고개를 떨어뜨리고 입술을 짓씹었다. 주먹을 꼭 말아 쥐어 여린 살에 손톱이 박혔다.

"표정 보니까 사실이네. 넌 지금 니가 가진 게 대단한 거 같지? 하지만 우리한테 그런 건 아무것도 아니야. 얼굴은 갈아엎으면 그만이고, 학벌은 만들면 돼. 하다못해 괌이나 하와이로 단기연수 다녀오고 유학파라 소개할 수도 있어. 근데 지저분한 과거는 달라. 막말로 니들 몰카 없다는 보장 있니? 둘이 가출해서 어른놀이 할 때 세상 사람들은 다 눈 감고 귀 막고 있었을 거 같아? 물론 톱스타 하나 물고 늘어져서 과거 연애담 찔끔 흘려놓고 지금은 좋은 친구 사이라고 노이즈마케팅 하는 얼치기들도 있긴 하지. 하지만 결과는 참담해. 가루 될 때까지 까이다 쥐도 새도 모르게 텐프로로 빠지는 거야."

무릎 위에 모은 손이 새빨갛게 달아올랐다. 그 위로 굵은 눈물이 뚝뚝 떨어졌다.

"니들 과거 터지면, 지금 간신히 안정 궤도 오른 미키류는 끝장이야. 너 하나 데뷔시키자고 잘나가는 애 주저앉힐 수는 없잖아. 우리로선 실패가 뻔한 판에 배팅할 이유가 없어. 지금 서로에게 최선의 선택은 계약 해지야. 미키류 3집 작업 들어가면 일 년쯤 공백 생길 거야. 그때 얼굴 손 좀 보고 다른 기획사에서 데뷔해. 우린 그만 손 뗄게."

황 이사가 크리넥스를 뽑아서 내 무릎 위에 놓아주었다.

"저 데뷔한다는 말 믿고 집 나온 거 아시잖아요. 기다릴게요. 데뷔시켜주실 때까지 연습생으로 지낼 수 있어요."

"불건전 사생활은 명백히 계약 위반 사항이야. 엄밀히 따지면 네가 위약금을 물어야 하는 상황이라고. 이만큼 배려했으면 엎드려 절이라도 해야 하는 거 아닌가?"

이사가 다시 자리로 돌아가 모니터를 바라보았다. 그녀의 안경 위로 개미떼 같은 글씨가 밀려 올라갔다.

위약금을 마련하고 유학을 보내겠다던 엄마는 어찌 된 일인지 연락이 없었다. 매일 밤 휴대전화를 멍하니 바라보다 엄마에게 전화를 걸었지만 통화를 했는지는 알 수 없었다. 더 이상 악몽을 꾸지 않는다면서도 나는 잠을 이루지 못했다. 갈비뼈는 점점 더 불거지고 눈 밑은 거무죽죽해졌다.

"감기몸살이 왜 이렇게 오래가? 연습 너무 오래 빠지잖아. 너 어제도 밤새 뒤척였지? 힘들면 주사 한 대 맞아볼래?"

아침으로 김치볶음밥을 만들어 내온 가을이 밥상 앞에 바짝 다가앉았다. 그녀는 요즘 마사지 교육과정을 수료하고 피부과 마사지실 인턴으로 근무 중이었다.

"영양제?"

시큰둥하게 대답하며 김치볶음밥을 깨작거렸다.

"그런 거 말고, 효과 직빵인 거 있어. 수면제랑 비슷한데, 자고 일어나면 다시 태어난 것처럼 상쾌하대. 우리 병원 가면 그거 맞으러 오는 연예인들이 하루 열 명은 돼. 효과는 보증된 거지."

"혹시 몸에 나쁜 거 아냐? 중독되거나."

미심쩍어서인지 호기심이 생겨서인지 목소리가 커졌다.

"그런 거면 까탈스러운 연예인들이 맞겠어? 원장님이 직접 놔주는 거라 괜찮아. 보톡스 같은 거 맞을 때 잠깐 자고 일어나는 거거든.

원장님한테 얘기해놓을게. 내일 들러. 요즘 너 딱 좀비 같은 거 알아? 이래 갖고 어떻게 데뷔를 하겠어."

　다음 날, 나는 핑크색 가운을 걸치고 간이침대에 누워 있었다. 잠깐 따끔하면 괜찮다는 여자의 목소리와 함께 정맥주사가 팔뚝에 꽂혔다. 하얀 링거액이 심박동에 맞춰 떨어졌다. 그러고는 언제인지 가늠할 수도 없이 아차 하는 순간에 잠이 들었다.

나는 다운의 시간으로 두 달 만에 지독한 두통과 함께 그녀의 몸을 벗어날 수 있었다. 눈을 떴지만 오한이 들어 몸을 일으킬 수 없었다. 진득한 눈곱을 걷어내고 남 사장에게 전화를 걸었다.

　"지금 어디 계세요?"

　엠제로피와 임 대리에 대한 추가 정보를 알려야 했다. 그가 여보세요, 라고 대답하는 순간 격한 비명이 귀를 찔렀다.

　"엠제로피 앞이야."

　"거긴 어떻게 알고 찾아가셨어요?"

　"여기가 임 대리 전 직장이잖아. 근데 웬 애들이 학교도 안 가고 떼를 지어 모여 있다."

　"아이돌 그룹 따라다니는 애들이죠. 뭐 좀 알아내셨어요?"

와아, 하는 소녀들의 비명이 끊이지 않았다.

"외부인 출입 금지라, 안으론 한 발자국도 못 들어갔어. 대신 여기 죽치고 있는 애들한테서 단아름다운 예명을 알아냈어."

"미카요?"

"역시 벌써 알고 있었구나. 여기 있는 애들 말하는 거 들어보니까 작년 겨울까지 미카라는 예명으로 솔로 데뷔를 준비 중이었나 봐. 근데 소문이 별로 안 좋아."

뚜우뚜우, 통화대기음이 들렸다. 액정에 엄마의 전화번호가 떴다. 시간의 편집은 통화와 통화 사이에만 일어났다. 지금 엄마의 전화를 받으면 남 사장과의 통화로 잠시 편집되었던 시간이 다시 이어져 다운에게 보여질 터였다. 성마른 대기음을 무시하고 남 사장의 말에 귀를 기울였다.

"계약 위반으로 쫓겨났다는 소문이 있어."

지금까지의 상황을 종합해보면 다운은 현재, 과거를 포함한 불건전 사생활을 이유로 계약이 해지되었다. 하지만 팬들이 알고 있는 이유는 다를 수도 있었다.

"무슨 일 때문이래요?"

"그것까진 파악이 안 됐어. 애들이 엠제로피 안티 카페 들어가면 사진 나온다고 하는데, 내가 컴맹이잖냐. 네가 한번 들어가봐야겠다. 그리고 좀 전에 검찰청 근무하는 후배 만났어. 덕분에 꽤 중요한 단서도 잡았고. 어, 차 빼란다. 엔장! 사무실에서 보자."

자동차 리모컨 소리와 문 닫히는 소리가 연달아 들렸지만 전화는 끊어지지 않았다.

통화 종료를 누르고 노트북 전원을 켰다. 뒤늦게 엄마가 내 전화를 기다릴지 모른다는 생각이 들었지만 지금 통화를 하면 시간 편집은 끝이 난다. 다운에 대한 정보를 어느 정도 캐낼 때까진 통화를 삼가야 했다. 익스플로러를 열어 엠제로피 안티 카페를 검색했다. 총 다섯 개가 떴지만, 그중 세 개는 회원수가 두 자리였다. 가장 회원수와 게시물이 많은 카페에 가입을 했다. 등급업 절차가 남았지만, 스텝 게시판과 오디션 후기 게시판 외엔 읽기 권한이 열려 있었다. 나는 엠제로피 뒷담화 게시판에 들어가 제목, 내용, 댓글에 단아름다운과 미카가 들어간 게시물을 건져 올렸다. 신입 연습생 미카 직찍이라는 제목의 게시물엔 연두색 트레이닝복에 캡모자를 눌러쓴 다운의 옆모습 석 장, 원룸을 배경으로 한 셀카 한 장이 첨부되어 있었다. 파파라치가 찍은 것처럼 연출했지만, 실은 메이크업까지 받고 여러 차례 포즈를 수정해가며 힘들게 찍은 사진이었다.

재 텐프로 출신 아님? 코는 기본이고, 이마랑 턱도 손댔네. 성괴.

섹시 컨셉 지겹다 지겨워.

이름이 니뽄삘 나는데? 꺼져!

연습생만 서른세 명인데, 과연 얘 차례가 올까?

주로 외모에 대한 험담이나 맥락 없는 욕설 댓글들이 줄을 이었다.

미카는 예명이고 본명은 단아름다운이래. 이름 졸라 구리지 않냐? ㅋㅋ 희명대 성악과 다니는데, 서울이 아니라 인천캠퍼스라는 게 함정. 그것도 부정입학 했다는 소문이 솔솔. 쌍수랑 코는 고3 때 했고, 어린 게 벌써 우유주사도 맞으러 다님. 미키류 데뷔 전에 얘랑 가출했다는 소문도 있어.

  댓글 중간쯤 꽤 구체적인 내용의 험담이 끼어 있었다. 가까운 사람이 아니고선 알아내기 힘든 정보였다. 닉네임은 귀연여우였다. 다른 게시물에도 귀연여우의 댓글이 드문드문 보였다. 누군가 성형을 했다는 지적이 나오면 미카의 눈과 콧대를 예로 들었고, 명품백 사진엔 미카의 가방 목록을 늘어놓으며 쇼핑중독을 꼬집었다. 귀연여우가 어떤 사람인지 알아보려고 아이디를 클릭했지만 탈퇴한 회원이라는 메시지가 떴다. 미키류는 엠제로피 출신 중에 가장 인기 있는 록밴드 보컬이었다. 그가 미카와 사귀었다는 글 밑으로 악플 수십 개가 꼬리를 물었다. 창을 닫고, 검색창에 '엠제로피 연습생 사망', '미카 사망' 등을 타이핑했다. 걸리는 게 없었다.
  휴대전화 벨이 울렸다. 또 엄마였다. 들으나마나 병원비 얘기이거나 성질 고약한 환자 험담일 테지만, 이마저도 무시한다면 엄마와 나의 관계는 기능적으로만 유지될 터였다. 아빠라는 짐을 나눠지고 살아가려면, 어느 정도의 감정적 희생은 감수해야 했다. 인터넷으로 다운에 대해 얻을 정보가 바닥났으니 이쯤에서 시간의 편집을 끝내도 괜찮을 것 같았다. 익스플로러 창을 닫고 휴대전화를 집어 들었다. 지금부터는 다운도 나와 같은 것을 보고 듣고 만질 수 있다. 긴장된 마음으로 통화 버튼을 눌렀다.

"아깐 전화 받아놓고 왜 아무 말도 없었어? 한참 혼자 떠들었네."

엄마의 목소리가 떨떠름했다.

"뭐? 통화가 연결됐었다고?"

"응, 환자 가족이 나 먹으라고 명란젓을 사 왔는데, 니 생각 나서 집으로 부쳤다고……."

엄마의 말을 끊고 휴대전화 통화 목록을 살폈다. 부재중 전화로 남아 있어야 할 엄마의 통화가 8초간 연결된 것으로 확인됐다. 남 사장과 통화를 끝내며 종료 버튼을 눌렀을 때 끊지 않고 기다리던 엄마와 연결된 모양이었다. 그건 다운이 방금 전 카페 게시물을 함께 봤다는 걸 의미했다. 몸을 공유한다는 사실이 발각된 거였다. 스프링노트의 결말이 어떻게 보태졌을지 알 수 없었다. 서둘러 출근 준비를 하고 남 사장에게 전화를 걸며 뛰었다.

"왜 이렇게 헐떡거려. 무슨 일 있어?"

"지금 노트 가지고 계세요?"

"책상 서랍에 넣어놨지."

"실수로…… 다운이한테 미래를 보여줬어요. 이제 그 애도 제가 자기 몸을 드나드는 걸 눈치챘을 거예요. 새로운 내용이 있는지 확인해야 돼요."

"알았어. 사무실에서 보자고. 임 대리는 외근 내보낼게."

하늘이 진회색으로 꿈틀댔다. 곧이어 희끗한 눈발이 쏟아졌다. 버스에 탔지만, 어디서 사고라도 났는지 가다 서다를 반복했다. 지척거리며 절반쯤 갔을 때 남 사장으로부터 전화가 왔다.

"먼저 도착했어. 넌 어디야?"

"조금 더 가야 돼요. 임 대리는요?"

눈발은 거세졌지만 서서히 길이 뚫리고 있었다.

"은행 보냈어."

휴대전화를 귀에 바짝 가져다 붙였다.

"노트 좀 열어보세요."

"지금 열고 있다. 밤새 뭐 수상쩍은 일이라도 있었어? 범인 얼굴이라도 본 거야?"

남 사장의 목소리에 긴장이 묻어났다.

"엄마랑 다투고 스프링노트에 일기 같은 걸 썼어요. 오늘 알함브라 여관에 청소를 하러 갔다가 침대 밑에서 어떤 여자와 아이 시체를 발견한 내용이었어요."

"뭐, 알함브라 여관? 그럴 리 없어. 오늘 작업은 행당동에 있는 다가구 주택이니까."

통화에 종이 넘기는 소리가 섞여들었다.

"정말 그런 내용이 있군. 하지만 이 사건은 우리와 연관이 없어.

왜냐하면 벌써 십일 년 전에 일어난 일이거든."

남 사장의 말에 따르면, 십일 년 전 전국을 떠들썩하게 뒤흔든 살인 사건이 있었다. 사건 장소의 이름을 딴 일명 알함브라 사건이었다. 알코올중독 아빠, 우울증에 걸린 엄마와 여관 장기 투숙을 하던 열세 살 소녀가 아빠의 폭력을 견디지 못하고 흉기로 난자해 살해한 뒤, 사건 목격자인 엄마와 자살을 기도했으나 끝내 뜻을 이루지 못하고 자수한 사건이었다. 애초 중형이 예상되는 사건이었으나 피의자가 미성년자인 데다 증거 불충분으로 무죄석방 되었다고 했다.

"워낙 유명한 사건이라 파일을 훑어본 적이 있어. 결과를 떠나서 몇 가지 의문점이 남은 사건이었지. 남자 시체에는 다섯 점의 자창흔이 있었는데, 등에 남은 두 개의 칼자국과 배에 남은 칼자국 각도가 미묘하게 달랐어. 후면의 자창은 아래에서 위로 밀어 올린 형태였고, 전면의 칼자국은 위에서 아래로 내려찍은 모양이었지. 물론 어떤 자세로 변을 당했는가에 따라 다르지만, 피의자의 진술대로라면 다섯 번 모두 같은 자세로 눈을 감고 올려 찍었다는 거야. 하지만 치명적이었던 전면의 칼자국은 그 각도에선 절대 생길 수 없는 모양이었어. 목격자인 엄마 진술도 딸과 동일했고. 검사는 두 개의 자창흔은 딸이 입힌 것으로 판단했고, 세 개의 치명상은 성인인 엄마가 입혔다고 추정했지만 증거가 모자라 풀려났지."

"그다음은요?"

"상당히 매력적인 여자였으니까 과거만 잘 감추면 아마 재혼도

가능했겠지. 언론에선 가난과 가정폭력이 화를 불렀다고 떠들어댔지만, 사실 여관 생활은 고작 한 달 정도였어. 그전까진 돈놀이하는 시댁의 도움으로 꽤 유복하게 살았다는 게 뒤늦게 밝혀졌지. 게다가 평소엔 남자보다 여자한테서 술 냄새가 풍겼다는 여관 주인의 진술도 있었고. 그렇지만 정황이 증거가 되기는 어렵지."

"딸한테 집착이 심한 엄마였어요. 그리고 얘도 아빠하고 어딘가 어색했고요."

만약 알함브라 사건이 다운과 다운 엄마의 과거라면, 그녀에게 내가 하는 아르바이트는 단지 냄새나고 더러운 허드렛일이 아니라 지옥의 재현일 터였다.

"일기를 쓰고 또 뭘 했지?"

"윤가을을 만나러 나갔어요. 애인이라면서 임 대리를 소개했구요. 두 사람을 따라 엠제로피에 오디션을 보러 갔었죠. 떨어질 줄 알았는데, 가을이가 대리인이 돼서 계약을 하게 됐어요. 그런데 얼마 못 가서 계약이 해지됐고요."

그사이 버스는 사무실 앞 버스 정류장에 도착했다.

"답이 나왔군. 단아름다운은 꿈을 통해 이미 임 대리를 알고 있었어. 그런데 현실에서 임 대리를 만난 거지. 지금까지 필름이 끊긴 게 우연이라고 생각해? 너처럼 뭔가 감추기 위해 통화를 하고 재통화 없이 잠든 거라는 생각은 안 해봤어? 어쩌면 그 일기도 너를 테스트하기 위해 쓴 걸지 몰라. 네가 자기 안으로 들어와서 일기를 봤다면,

오늘 분명히 크게 당황하는 모습을 보였을 테니까."

전화를 끊지 않고 사무실로 뛰어올라갔다. 남 사장 역시 전화를 끊지 않은 채 나를 기다렸다. 사무실 문을 안으로 걸어 잠그고 남 사장의 책상으로 갔다. 흰자위에 실금 같은 핏줄이 일어서 있었다.

"현재의 너는 단아름다운의 과거를 바꿀 수 없지만, 과거의 그 애는 네 미래를 바꿀 수 있어. 알지?"

남 사장의 내가 고개를 끄덕였다.

"만약 내일 다운이 과거의 너를 찾아가 미래를 발설한다면 어떻게 될 거 같아?"

어느 날 갑자기 누군가 내게 찾아와 지금보다 더 비참한 미래가 기다리고 있다고 일러주면 어떨까. 머리를 짜내 불행한 미래를 바꿔보려 애썼을까, 코웃음 치며 닥치는 대로 살아갈까. 아니면 그냥 죽어버릴까.

나는 모험을 좋아하는 개척자도 아니고, 대책 없는 낙천주의자도 아니었다. 아마도 무책임한 도피를 감행할지 모른다. 과거에 죽어버리면 현재 같은 건 꿈도 꿀 수 없다. 필사적으로 숨어야 한다던 유나의 말이 머릿속을 뱅뱅 맴돌았다.

"일단, 시간을 벌어볼게요. 수면제를 먹으면 시간이 빨리 가는 걸 알았어요. 게다가 약 때문인지 몰라도 다운이의 몸을 약간 조종할 수 있게 됐고요."

"믿을 수 있어?"

미심쩍다는 표정의 남 사장이었다.

"확신은 없어요."

"좋아. 지금 바로 오늘 집에 가서 수면제를 복용해. 어제보다 많이. 더 많은 걸 관찰해야 하니까. 그동안 나는 임 대리를 더 캐봐야 할 것 같아. 오늘 아침에 후배 놈 하나 닦달해서 임 대리 명의의 휴대전화 통화 내역을 뽑아봤어. 어젯밤에도 윤가을이란 아가씨와 통화한 기록이 남아 있더군. 아무래도 윤가을과 임 대리의 합작품인 것 같아. 혹시 나 모르게 임 대리가 찾아가서 무슨 얘길 하더라도 절대 믿어선 안 돼."

밖에서 누군가 문을 열려는지 문손잡이가 돌아갔다.

"임 대리 돌아온 모양이다."

남 사장이 안에서 잠긴 문을 열었다. 붕어빵 하나를 입에 문 임 대리와 곽 아저씨가 의아한 표정으로 나와 남 사장을 번갈아 보았다.

"너무 빨리 왔나요?"

임 대리가 선뜻 사무실로 들어오지 못하고 말을 우물거렸다.

"마침 잘 왔어. 오늘 작업하기로 한 거 취소야. 자넨 소각장 다녀오고, 눈 오는데 곽씨도 일찍 들어가서 막걸리나 한잔해요."

남 사장이 뒷주머니 지갑에서 오만 원권 한 장을 뽑아, 곽 아저씨의 점퍼 주머니에 찔러주었다.

"대낮부터 무신 막걸리를요?"

"술꾼이 시간 정해놓고 마십니까? 일 들어오면 연락드릴 테니 그만 들어가세요."

남 사장이 초조한 듯 손목시계를 흘깃거렸다.

"야야, 니 남 사장하고 싸웃나?"

"아뇨. 면접이 있어서 오늘 작업 못 나간다고 말씀드렸어요."

"휴대전화는 국 끼리 묵었나 보제?"

곽 아저씨가 붕어빵 하나를 손에 쥐어주었다.

"회사가 이 근처라 잠깐 들른 거예요."

"내가 이래봬도 눈치 백단 아이가. 그런 복장으로 무신 면접을 치러 간다 카노? 솔직히 말해보구래. 니 무신 일 있제? 영 딴 가시나 같아서 몬 봐주긋다."

걸음을 멈추고 곽 아저씨를 돌아보았다. 나보다 조금 큰 키에 말린 수세미처럼 까맣고 쪼그라든 얼굴에 수심이 깃들었다.

"저 다른 가시나 같아 보여요?"

"내도 잔소리 듣기 싫어가 열세 살에 고아원 도망 나왔다 아이가. 그라이까 긴말 안 하께. 살다 보믄 해도 되나 싶은 일이 있고, 해야 되나 싶은 일도 있대이. 그럴 때 정답이 뭐겠노? 이 가시나, 퍼뜩 대답 몬 하는 거 보래이. 해도 되나 싶은 기는 안 하는 기 맞고, 해야 되나 싶은 건 무조건 하는 기야. 니 알아서 판단 잘하그래이. 알긋나?"

곽 아저씨는 남 사장과 나 사이를 그렇고 그런 불륜으로 오해하는 듯싶었다. 임 대리를 은행에 보내고 문까지 걸어 잠갔으니 의심을 살 만도 했다.

"알았어요. 아저씨 말대로 내일 죽어도 부끄러운 짓은 안 해요. 믿으세요."

"하모, 내는 무조건적으로다가 니는 믿는다 아이가. 세상에 니 같은 아가 또 어데 있겠노. 못 믿을 인간은 따로 있제."

곽 아저씨가 부루퉁하게 아랫입술을 내밀었다.

"누굴 못 믿으시는데요?"

"누구긴 남 사장이제. 그 인간 백 년 묵은 너구리인 거 몰랐나?"

"왜 그렇게 생각하시는데요?"

"그 양반이 내랑 동향 아이가? 지금은 사투리 싹 고쳐가꼬 서울 사람 맹키로 행세하지만, 내 친구 동생이 남 사장이랑 붕알친구라 들은 야그가 있다. 니 그 쪼매 앉아봐라."

곽 아저씨가 버스 정류장 벤치에 앉아 내 손목을 끌어당겼다. 그가 주머니를 뒤적거려 담배를 하나 꺼내 물었다. 아기를 등에 업고 버스를 기다리던 여자가 손부채질을 하며 곽 아저씨를 흘겼다.

"그, 그, 이름이 뭐더라. 박, 박, 웅, 박혁기! 금마하고 남 사장하고 짜웅이 맞아 지냈다 아이가. 박혁기가 원래부터 땅도 많고 돈도 많았는데, 젊어서부터 하도 꼴통짓을 하고 댕기가 크게 될 인물은 아니었다 카데. 근데 돈 냄시 맡은 남 사장이 박혁기를 주무르기 시작한 기라. 이리저리 코치해가 땅도 불리고 도의원 자리도 맹글고, 로타리 클럽 회장에도 앉히고. 양쪽에서 와이로 받아묵고 말이제. 박혁기 새 마누라도 남 사장이 붙이줬단 소문이 자자했다 아이가. 박혁기 죽었을 때, 다들 부검하자고 난리를 치는데 마누라가 배 까고 자빠져가 불쌍하게 죽은 사람 두 번 죽이지 말라고 지랄 발광을 했다 카데. 그라고 석 달인가 지나서 남 사장이 시내에 5층짜리 건물을 샀다 아이가. 그것도 터미널 앞에. 어데 경찰 봉급으로 그래 큰 목돈을 쥐겠노. 농약을 산 사람이 박혁기 마누라가 아니라 남 사장이었다 카는 소문도 있데이. 징역 갔던 박혁기 마누라도 비싼 변호사 써서 재작년에 나왔다 아이가. 니 남 사장 작년에 젊은 여자랑 재혼한 거 모르제? 본래 늙은 소가 여린 풀 찾는 법이란 말이다."

곽 아저씨가 볼을 깊게 꺼뜨려 담배 필터를 빨았다. 벌름한 콧구멍에서 담배 연기가 굼틀거리며 흘러나왔다.

"그런 거 몰라요. 알고 싶지도 않은 얘기고요."

지금으로선 유일한 아군은 남 사장뿐이었다. 곽 아저씨의 말을 전부 믿는다 해도 남 사장의 과거가 현재의 나를 위협하지는 않는다.

선택의 여지가 없었다. 눈에 익은 버스 한 대가 속도를 늦추며 정류장으로 들어왔다. 벤치에서 몸을 일으켰다.

"무슨 일이 있어도 가난에 염치를 뺏기면 안 되는 기다. 내 말 알 긋나? 경아, 으이?"

곽 아저씨의 말에 대답 대신 목례를 하고 버스에 올랐다. 차창 밖으로 그의 손가락 사이에서 담뱃재가 툭 떨어지는 게 보였다. 어느새 차갑게 식은 붕어빵을 입에 욱여넣었다. 간밤의 수면제 때문인지 골치가 욱신거리며 이명이 들렸다. 수면제를 얼마큼 먹어야 원하는 대로 다운의 몸을 조종할 수 있을까. 스마트폰을 꺼내 포털사이트를 열고 수면제로 검색을 했다. 로그인 없이 쓸 수 있는 게시판에 수면제 스무 알을 먹고도 아무 일 없이 깨어났다는 글이 눈에 들어왔다. 남은 수면제는 열여덟 알이었다. 삼 분의 일 정도라면 괜찮지 않을까 싶었다.

집에 도착하자마자 외투를 벗고 이부자리를 폈다. 그러고는 수면제 여섯 알을 한입에 털어 넣었다. 의식이 가물가물해져가는데, 머리맡에서 진동이 느껴졌다. 알람인 모양이었다. 딱히 중요한 메시지를 보낼 사람이 없어 무시하려 했지만 3, 4초 간격으로 집요하게 진동이 반복됐다. 궁금증이 가시지 않으면 깊이 잠들 수 없을 것 같았다. 손을 뻗어 휴대전화를 쇄골 아래에 세웠다. 메시지 아홉 개가 도착했다는 노란 알림창이 떠 있었다. 임 대리였다.

─잠깐 볼 수 있을까? 집 근처야.

─좀 찜찜한 게 있어서 그래.

─방금 경찰서에서 참고인으로 출두하라는 연락이 왔어.

─내 옛날 애인은 살인용의자로 수배 중이고 마지막으로 통화한 사람이 나래.

─아무래도 남 사장이 마음에 걸려. 죽은 여자애 유품은 소각하지 못하게 하는 것도 수상쩍고.

─혹시 몰라서 죽은 애 주민등록증을 서랍에 숨겨뒀는데, 지금은 그것도 사라졌어.

─사실 그동안 유품보관실에서 스프링노트를 몇 번 훔쳐봤어.

─이경 씬 뭔가 알고 있지? 내가 범인이 아니라고 말해줘.

─이경 씨는 좋은 여자잖아. 도와줘.

그의 말대로 나는 좋은 사람일까? 지금껏 나를 위해 살아왔을 뿐이다. 곽 아저씨는 내가 어려운 가계를 돕느라 특수청소에 다니는 줄 알지만, 실은 아니다. 그저 사람답게 살 최소한의 조건을 갖추고 싶었을 뿐이다. 신용불량자가 되고 싶지 않았고, 남들 다 있는 졸업장이 갖고 싶었다. 만약 임 대리가 다운을 살해한 범인이고, 지금 수세에 몰렸다면 가장 이용하기 쉬운 상대가 나일 터였다. 신중한 성격의 남 사장이 이렇다 할 증거도 없이 벌써 경찰에 신고했을 리 없었다. 나를 꿰어내려는 꿍꿍이가 궁금했다. 화가 나야 할 순간인데, 이상하게 가슴이 벅차올랐다. 거짓말이라 하더라도 긴박한 순간에 이용할 가치가 있는 여자라는 게 싫지 않았다. 나를 위한다면 이 순간 그를 외면하는 게 마땅할 텐데, 왜인지 걷잡을 수 없는 연민이 솟구쳤다.

생각할 시간을 달라고 답장을 보내려는데 기나긴 하품이 손길을 가로막았다. 하품 끝에 눈물이 맺혀 가뜩이나 뿌옇던 시야가 더욱 흐려졌다. 다시 눈을 부릅뜨고 휴대전화를 들여다봤다. 카톡 대신 전화를 하는 게 빠를 것 같았다. 통화 목록에서 임 대리의 전화번호를 찾느라 한참을 내려갔다. 그러는 사이 발치에 포복했던 잠기운이 슬금슬금 엄습했다. 이윽고 그의 번호가 눈에 들어왔지만 통화 버튼을 누를 새도 없이 잠은 시커먼 아가리로 나를 집어삼켰다. 어느 순간 서늘한 공기와 눅눅한 이불, 쿰쿰한 곰팡내가 엱어졌다. 귓가에서 부르르, 진동이 느껴졌다. 그러나 확인하기엔 이미 늦어버렸다.

꿈속에 내가 보인다. 회색 스웨터에 검정색 파카, 어깨에 닿을락 말락 한 단발머리. 스무 살의 내가 나를 보고 있었다. 웃으려고 애를 쓰는 것 같지만 입아귀가 대칭을 이루지 못해 울상에 가까웠다. 등 뒤에 어른거리는 풍경으로 미루어 학교 강당인 모양이었다.

"화학과 09학번 박이경입니다. 저의 꿈은…… 꿈은…… 그냥 취직입니다."

내 말이 끝나자마자 와하하, 사람들의 웃음이 터졌다. 곧이어 제대로 말조차 붙여본 적 없지만 눈에 익은 얼굴들이 나타났다. 같은 과 동기들의 모습이었다. 화면은 다시 내 인터뷰로 되돌아갔다.

"화학과 09학번 박이경입니다. 저의 꿈은…… 꿈은…… 그냥 취직입니다."

더 이상 봐줄 수 없었다. 벌써 여섯번째 내 볼썽사나운 인터뷰가 이어지고 있었다. 마우스를 쥔 손에 의식을 집중했다. 쉽지는 않았지만 일곱번째 재생 직전 페이지를 닫는 데 성공했다. 실큼하게 웃는 다운의 얼굴이 모니터에 얼비쳤다.

"걔 누구야? 누군데 계속 걔 인터뷰만 돌려봐?"

가을이 내게 커피잔을 넘기며 물었다.

"저게 나라면 어쩔래?"

화장대 앞에 앉아 서클렌즈를 끼던 가을이 과장되게 눈썹을 치켜올리며 입을 벌렸다.

"농담이라도 그런 얘기 하지 마. 왠지 섬뜩하단 말야. 여기 소름 돋은 거 보이지?"

가을이 어깨에 걸쳐놓은 카디건에 팔을 꿰며 미간을 찌푸렸다.

"나 내일 얘 만나러 갈 거야."

마치 내게 선전포고라도 하듯 다운이 목소리에 힘을 주었다. 유나의 말대로 조금 검색만 하면 누가 어느 학교에 다니고, 저번 달엔 무엇을 사들였고, 어떤 이벤트에 참가했는지 알아내는 건 어렵지 않을 터였다. 하지만 아무것도 모르는 과거의 나로서는 다운을 피할 방법이 없었다.

"연습실은 어쩌고? 데뷔가 코앞인데 그래도 돼?"

"너 요즘 상엽 오빠랑 안 만나지?"

예상치 못한 질문이었는지, 가을이 파운데이션 튜브를 짜던 손을 멈추었다.

"그런 건 아니고……. 혹시 오빠가 너한테 무슨 말 했어?"

"상엽 오빠 어제 부로 엠제로피 나왔는데, 몰랐구나."

"그게 무슨 말이야? 왜 거길 나왔어?"

스툴에서 몸을 일으킨 가을이 바들바들 턱을 떨며 나를 응시했다.

"둘이 사귀는 거 맞긴 하니?"

다운의 태도가 어딘가 모르게 냉랭했다.

"결혼 자금으로 마련한 돈이 조금 있었는데, 몽땅 엄마 줘버렸어. 재작년에 새아빠 간경화로 돌아가시면서 병원비랑 생활비 빚진 게 이제 터진 거지. 당장 길바닥에 나앉게 생겼다고 죽는소리하는데, 어쩔 수 없잖아. 엄만 어떻게 고르는 남자마다 무능력한 알코올중독 자인지 모르겠어. 아빠한테 그렇게 데고도."

"그게 상엽 오빠랑 헤어진 이유라고?"

"엄마 전세 보증금이라도 만들어줘야 시집을 가지. 오빠는 인기 많으니까, 나 아니어도 금방 여친 생길 거고……. 사실 나, 일하기 싫어서 결혼하려고 했던 거야. 중학교 때 아빠 돌아가시고 엄마 재혼하면서부터 계속 돈 벌었잖아. 가면 쓰고 속옷 모델도 하고, 애인 대행도 하고, 틈틈이 내레이터도 뛰고."

"왜 하나 빼먹어? 엠제로피 소개하고 수수료 챙긴 거."

가을의 귓불이 새빨갛게 달아올랐다. 대답할 말이 거기 들어 있기라도 한 양, 가을이 덜그럭거리며 파우치를 뒤졌다.

"어차피 상엽 오빠도 너랑 결혼할 생각 없었대. 너 내 짝퉁이잖아. 얼굴도 카피하고, 스타일도 카피하고, 말투며 몸짓까지 나 따라 하는 거 남들 눈엔 안 보일 줄 알았니?"

대수롭지 않다는 듯, 기지개를 켜고 욕실로 향했다. 물을 틀어놓고 문에 귀를 바짝 붙였다. 소리 죽여 흐느끼는 소리가 들렸다.

"넌 좀 당해도 돼."

눈을 감았다 뜨자 나는 택시에 몸을 싣고 있었다. 행선지를 묻는 택시 기사에게 내가 다니는 대학의 이름을 댔다. 꼬박 하루의 시간이 흐른 모양이었다. 룸미러에 비친 나는 네이비 컬러의 재킷에 터틀넥을 입은 모습이었다. 대략 기말고사 기간일 테니 학교 도서관에 있을 시간이었다. 작년 초 겨울, 누군가 나를 찾아온 사람이 있었는지 기억을 되짚었다. 도서관, 유기 화학, 삼천 원짜리 학생식당 돈가스, 크림과 설탕의 비율이 매번 다른 자판기 커피, 몇 달째 계속된 등록금 인상 반대 서명운동. 파편이 되어 모인 기억은 어느 것 하나 뚜렷한 형체가 없었다. 그러는 사이 택시가 학교 정문 앞에 도착했다. 지갑에서 만 원짜리 지폐 한 장을 꺼내 요금을 지불하고 택시에서 내렸다. 일찍 찾아온 추위 탓에 깃을 세우고 교문을 통과했다. 학생복지관과 인문관, 사범대학을 지나자 대운동장이 나왔다.

청년 셋이 농구대 앞에서 더운 김을 뿜으며 공을 튀기고 있었다. 잠시 그들을 바라보느라 걸음을 멈추자, 농구를 하던 청년 중 한 명이 나를 힐끔 쳐다봤다. 이어 공을 주고받던 두 명도 내게 시선을 고정했다. 다시 걸음을 옮겼지만 그들의 시선이 집요하게 내 뒷모습에 따라붙는 걸 느낄 수 있었다. 비단 그들뿐이 아니었다. 캠퍼스에 삼삼오오 뭉쳐 있던 남학생들과 보따리처럼 낡고 큼직한 가방을 짊어진 시간강사, 퀵서비스맨, 청소용역원과 경비원까지 학내의 모든 수컷들의 시선이 내게 박혔다. 대개는 추위에 우그러든 어깨를 펴고, 목을 길게 뺀 채 눈요기를 즐기는 것으로 만족했지만 개중엔 용기 있게 다가오는 수컷도 섞여 있었다.

"무용과 맞죠? 축제 때 본 거 같은데."

"인문관에서 〈고전문학의 이해〉 듣지 않아요?"

"저기…… 아, 아닙니다."

자기 방식대로 페로몬을 뿜어내는 수컷들을 지나 공대 건물 앞에 섰다.

'기하학을 모르는 자, 이 문을 들어 올 수 없다.'

건물 현판에 적힌 문구를 올려다보는데, 진한 담뱃내가 풍겼다. 과대표였다. 뭐가 좋은지 연신 싱글거리며 건물로 들어가던 그가 곁눈질로 나를 더듬었다.

"저기요, 혹시 박이경 어디 있는지 아세요?"

걸음을 뚝 멈춘 과대표가 손가락으로 자신을 가리키며 입모양으로 '저요?' 하고 물었다.

"네, 그쪽한테 물은 거예요."

그가 얼굴에서 웃음기를 지워내고 자못 심각한 표정으로 다가왔다.

"아마 도서관에 있을 거예요. 도서관 어딘 줄 알아요?"

제대 후 복학, 다시 휴학과 복학을 거듭하며 서른 살이 되도록 졸업을 못 한 그는 언죽번죽 남 일에 참견하기 좋아하고, 약간의 리더십 덕에 과대표가 되긴 했지만, 뚱보인 데다 옷차림도 꾀죄죄하고 마초적인 성향이 강해서 여학생들에겐 인기가 없었다. 특히 그는 여학생들의 흡연이나 야한 복장에 대해 자주 불만을 토로하곤 했다. 누군가 총여학생회에 과대표의 차별적인 발언과 행동을 고발했지만, 권고 조치 후에도 그리 달라진 것은 없었다.

"여기서 가깝나요?"

"예술대 앞 건물인데, 말로 설명하긴 그렇고 저 따라오세요."

과대표가 한 발짝 앞서 걸으며 나를 이끌었다.

"친절하시네요."

"아무래도 공대엔 여학생 비율이 적어서 다들 여왕님처럼 모셔요. 우리 학교 안 다니시죠?"

과대표가 의도적으로 보폭을 좁혀 나와 걸음을 맞췄다.

"희명대 휴학 중이에요, 음대."

"어쩐지 기품이 있다 했어요. 이경이랑은 어떤 사이예요? 친구?"

"비슷해요."

담배를 피우던 남자 후배 둘이 뒷짐으로 담배를 가리고 과대표에게 꾸벅 인사를 했다.

"그래, 쉬엄쉬엄해라. 시험 끝나면 형이 한잔 살게."

과대표의 나긋한 말투에 후배들이 실소를 숨기려는 듯 고개를 돌렸다.

"학생증 없으면 도서관 못 들어가실 텐데, 제 거 빌려드릴까요? 아님, 이경이 불러올까요?"

어느새 도서관 앞이었다. 과대표가 애타는 표정으로 앞을 가로막았다.

"여기서 기다리면 돼요. 고맙습니다."

"저기, 실례가 안 된다면…… 같이 기다려드릴까요? 지금은 딱히 바쁜 일도 없고."

과대표의 말투가 어찌나 공손하고 수줍던지, 가련하게 느껴질 지경이었다.

"실례가 돼요."

내 당돌한 대답에 과대표의 표정이 굳었다.

"네, 알겠습니다."

한마디 쏘아붙일 줄 알았던 과대표는 의외로 순순히 물러났다. 손목시계를 들여다보니 열두시 반이었다. 건물에서 나온 학생들이 식당 쪽으로 줄을 이었다. 식당으로 향한 길모퉁이에는 등록금 인상 반대 서명운동 천막이 있었다. 나는 천막으로 다가가 보란 듯이 용지에 박이경 화학과 09학번이라고 쓴 뒤 서명을 했다. 그리고는 학생회에서 나눠준 유인물 한 장을 받아 도서관에서 쏟아져 나오는 학생들의 행렬을 유심히 지켜보았다. 하이힐에 숄더백을 멘 여학생들

뒤로 운동화에 백팩을 짊어진 내가 보였다. 짧은 팔다리를 열심히 휘저으면서도 뒤처지는 모습이 애처로워 보였다. 내가 내게로 다가 갔다. 그러곤 손에 들고 있던 유인물을 건넸다. 땅만 바라보고 걷던 나는 유인물을 지나쳐 식당 쪽으로 향했다.

"박이경 씨!"

손을 뻗어 소매를 움켜쥐었다. 족히 머리 하나는 작은 내가 고개를 치켜들었다.

"왜요?"

"서명, 하시라고요."

시선이 허공에서 엉켰다. 어쩌면 사신의 눈에 덮어놓은 베일이 벗겨지는 순간일지 몰랐다. 다운의 심장도 가쁘게 뛰었다.

"그런 데 관심 없어요."

과거의 내가 죽어버린다면, 나는 다운의 몸에 갇힌 채 두 번의 죽음을 맞아야 하는 건지 몰랐다. 혹시 심장마비를 일으키거나 정신병자가 뛰어들어 칼이라도 휘두르는 건 아닌가 했지만, 나는 여전히 심드렁한 표정으로 삼천 원짜리 돈가스를 향해 멀어져갔다. 다행히 유나의 예언은 들어맞지 않았다.

"역시, 그거였구나."

느닷없이 웃음이 터졌다. 다운은 내가 모르는 무언가를 눈치챈 것 같았다. 나는 사뿐히 발걸음을 옮겨 캠퍼스를 가로질렀다. 교문 앞에서 다시 택시를 잡았다. 행선지를 묻는 기사에게 홍제동으로 가자고 한 뒤, 휴대전화를 열어 '홍제동 벼락대신'으로 검색을 했다. 같은 제목의 블로그가 눈에 띄었다. 메인 화면에는 푸른 두루마기에 비늘 같은 갑옷을 걸친 무녀가 시커먼 신장 칼을 어깨에 짊어지고 공중 부양 하듯 둥실 떠 있는 사진이 걸려 있었다. 짙은 화장과 화려한 옷차림, 신기 어린 눈빛이 형형한 무당은 유나였다.

첫 포스트로 들어가자 약도가 나와 있었다. 홍제3동 주민센터가 가까운 곳이었다. 약도를 캡처하고 주민센터 앞에서 택시를 세웠다. 아파트 단지 쪽으로 10미터가량 걷다 골목에 접어들자 연식이 비슷비슷해 보이는 회갈색 시멘트 건물들이 이어졌다. 쌀집, 미용실, 천원 마트를 지나 부동산 앞에 섰다. 고개를 치켜들었다. 먼지에 찌든 서낭기가 보였다. 지린내가 풍기는 계단을 밟고 올라갔다. 3층에 다다르자 간판은 없었지만, 희미한 향내가 발목을 잡아끌었다. 손잡이를 당겨 문을 열었다. 겉보기와 달리 안은 꽤 넓고 잘 꾸며져 있었다. 바닥은 황토색 원목 마루가 깔려 있었고 응접실로 보이는 넓은 공간엔 고급스럽고 폭신해 보이는 가죽 소파와 홍콩 야자 화분, 대형 LED 텔레비전이 놓여 있었다. 마침 중년 부인 둘이 상담실이라고 적힌 방에서 나오자, 삼십대 중반 정도로 보이는 여자가 따라 나와 복채를 계산하고 그녀들을 배웅했다. 왜소한 체구에 단발머리, 무테안경, 니트 카디건에 무릎길이 에이라인스커트. 옆구리에 성경만 끼면 전도사나 집사가 더 어울릴 것 같은 외모였다.

"예약하셨어요?"

여자가 어정쩡하게 서 있는 내게 다가왔다.

"안 하면 못 들어가나요?"

"보통은 그런데, 지금은 예약이 비어서 바로 접견하실 수 있으세요. 여기 생년월일시 적어주세요. 양력, 음력 표시도 해주시고요."

여자가 나를 소파에 앉히곤 종이와 볼펜을 건넸다. 요구한 것을 모두 기입하자, 상담실 문을 열고 내게 들어갈 것을 권했다. 블로그에서 봤던 모습과 다르게 유나는 하얀 저고리에 청색 치마를 입고 단정하게 쪽을 진 모습이었다. 적당히 화장한 모습을 보니 어린 시절의 모습이 아주 사라진 것도 아니었다.

"갑인데, 반말해도 되지?"

유나가 앉은뱅이 탁자 위에 팔꿈치를 괴고 무람없이 물었다.

"편하신 대로."

코트 단추를 풀고 무릎에 숄더백을 올렸다. 유나가 잠시 사주를 쭉 훑어보고 만세력을 꺼내 몇 줄을 적더니 기도하듯 손을 모으고 주절거리며 어깨를 떨었다. 그러고는 탁자 아래에서 손바닥보다 조금 작은 은색 거울을 꺼냈다. 언뜻 자신의 얼굴을 들여다보는 것 같았지만, 양면이 수은처럼 맑아 반대편에 앉은 나도 다운의 얼굴을 볼 수 있었다.

"맨입으로 태어나서 운 좋게 은숟가락 빨고 살았네."

유나가 거울을 들여다보며 고개를 설레설레 저었다. 말갛던 낯빛이 순식간에 흙빛으로 변했다.

"백호에, 양인에, 상관까지. 사내로 태어났으면 은숟가락 물기 전에 은팔찌 찰 사주야. 아주 살벌하구만. 그래도 조상이 귀문을 막아줘서 지금까지 호의호식했는데, 자기 대운은 올해로 끝이야. 조상도 앵도라져서 너 꼴 보기 싫대. 나도 더 볼 거 없으니 그만 돌아가. 복채는 넣어두고."

유나가 거울을 내려놓고 입술을 앙다물었다.

"혹시 이런 사주 본 적 없어요?"

"없어. 우리 벼락대신도 어지간하면 예방을 말씀해주시는데, 자긴 대책이 없대."

"그럼 명은, 명은 어때요? 나 언제 죽죠?"

계속되는 내 질문에 유나가 짧게 한숨을 쉬고는 등 뒤에 놓인 작은 냉장고에서 생수병을 하나 꺼내 꼴꼴꼴, 소리 나게 마셨다.

"그게 왜 궁금한데?"

검은 구멍처럼 뒤에 무엇이 숨어 있을지 알 수 없는 유나의 눈동자가 내게 향했다.

"누구나 궁금해하는 거잖아요. 혹시 죽을 때 다 됐어요?"

"누구나 언제 죽는지 궁금해하지. 하지만 아무도 언제 죽냐고 묻지 않아. 얼마나 사냐고 묻지."

유나가 얼굴에서 흙빛을 몰아내고 한결 차분해진 표정으로 허리를 곧추세웠다.

"명은 길어. 아마 죽고 싶어도 못 죽을 거야. 하지만 명 긴 게 민폐라는 것만 알아둬."

"다행이네요."

먼저 자리에서 일어선 건 유나였다. 그녀는 몹시 피곤하다는 듯 어깨를 두드리며 인사도 없이 상담실 밖으로 나갔다. 나는 안내원 여자의 배웅을 받으며 현관을 나왔다.

"박이경, 너 지금 완전 헛다리 짚는 건 아니? 멍청하긴."

내가 내 이름을 부르며 피식, 자조적으로 웃었다. 멍청하다는 게 나를 뜻하는 것인지, 다운 자신을 뜻하는 것인지 알 수 없었다. 다시 시간이 빠르게 흘러갔다. 백화점을 걷는가 싶더니 커피숍에 앉아 커피와 스콘을 먹었고, 반쯤 찬 머그컵을 내려놓는가 싶더니 미용실에서 머리를 말리고 있었다. 저녁 내내 거리를 방황하다 집에 돌아왔을 때는 자정 무렵이었다. 원룸은 비어 있었다.

2교대 근무인 가을이 퇴근할 시간이었다. 침대에 숄더백을 던져놓고 코트를 벗었다. 뭔가 골똘히 생각에 잠긴 듯 한참을 서성이다 문득 책상에 놓인 넷북에 시선이 멈췄다. 전원 버튼이 켜진 채였다. 나는 팔을 내리고 책상 앞에 앉아 넷북을 열었다. 가을이 넷북을 종료시키기 전, 성급하게 모니터를 내렸는지 로그아웃 상태였다. 사용자 계정으로 로그인을 했다. 한 개의 익스플로러가 열려 있었다. 엠제로피 안티 카페였다. 내 정보를 누를 수 있는 걸로 보아 가을이 가입한 카페인 모양이었다. 닉네임 귀연여우. 아랫입술을 질끈 깨물었다. 지난번 시간 편집의 실수로 다운에게 보여진 악성 댓글 작성자가 귀연여우였다. 나는 내 정보를 눌러 지금껏 귀연여우가 올린 게시물과 댓글을 확인했다. 불과 여섯 시간 전에 남긴 댓글은 다운이 계획적으로 친구의 애인을 유혹해 결혼 직전의 관계를 파탄냈다는 내용이었다. 귓불이 뜨끈해지는 것이 느껴졌다. 손길이 다급했다. 미카 직쩍이라는 제목의 게시물을 클릭했다. 다운의 사진 몇 장이 찍혀 있었고, 시큰둥한 댓글이 이어졌다.

미카는 예명이고 본명은 단아름다운이래. 이름 졸라 구리지 않냐? ㅋㅋ 희명대 성악과 다니는데, 서울이 아니라 인천캠퍼스라는 게 함정. 그것도 부정입학 했다는 소문이 솔솔. 쌍수랑 코는 고3 때 했고, 어린 게 벌써 우유주사도 맞으러 다님. 미키류 데뷔 전에 얘랑 기출했다는 소문도 있어.

귀연여우. 가을의 정체가 탄로 나는 순간이었다. 그녀는 가장 친한 친구인 동시에 비정한 안티팬이었다. 상냥한 미소를 머금고 의붓딸의 독살을 꿈꾸는 전래동화 속 계모였다.

호흡이 길어지고 있었다. 짧게 들이마시고 길게 내뱉는 호흡이 꽤 오래도록 이어졌다. 간혹 다시 호흡이 거칠어지기도 했지만, 그때마다 단전에 힘을 주어 다시 호흡을 조절했다. 잠시 후, 현관문에서 도어록 비밀번호 누르는 소리가 들렸다. 문이 열리고 누릿한 고기 냄새 섞인 공기가 새어들었다.

"다운아, 우리 족발 먹자. 맥주도 사 왔어."

평소보다 한 옥타브 올라간 가을의 목소리가 까랑까랑하게 들렸다.

"퇴사 기념으로 한턱 쏘는 거야. 인턴 기간 끝나면 채용할 것처럼 굴더니, 오늘 다른 인턴 출근시켰더라고. 거기 아니면 갈 데 없겠냐, 안 그래?"

방 안으로 들어온 가을이 심상치 않은 기운을 느꼈는지, 손에 든 비닐봉지를 얌전하게 내려놓았다.

"너, 나가서 안 좋은 일 있었어?"

나는 여전히 넷북을 바라보며 호흡을 골랐다.

"무슨 말이라도 해봐."

"다음 주 엠카운트다운에 누구 나가게?"

넷북을 닫고 천천히 몸을 일으켰다.

"혹시 너 엠카운트다운으로 데뷔하는 거야? 정말 그런 거야? 대박!"

가을이 핸드백을 집어 던지고 박수를 치며 깡충깡충 뛰었다.

"아니, 나보다 두 달 늦게 들어온 고딩 여자애 셋."

"그게 무슨 말이야? 너 올해 안에 데뷔한댔잖아."

무춤해진 가을이 손을 등 뒤로 감추었다.

"황 이사가 모니터링하는 카페에 누가 악성 루머를 터트렸거든. 학벌, 성형, 스캔들 3종세트로."

굶주렸지만 때를 기다릴 줄 아는 백상아리처럼, 나는 가을을 중심으로 천천히 걸었다.

"근데 그거 다 사실이잖아. 너 알다시피 학력도 과대 포장된 거고, 성형한 것도 맞고, 미키류하고 가출해서 동거한 것도 진짜고. 나 계약 해지됐어. 나 같은 애 데뷔시키면 그나마 잘나가는 미키류까지 활동 중단해야 한다나. 그 일로 상엽 오빠가 회장실 찾아가서 무릎까지 꿇고 사정사정한 거 넌 모르지?"

서서히 조여드는 움직임에 가을이 몸의 균형을 잃고 족발이 담긴 비닐을 밟았다. 새우젓이 터졌는지, 역한 비린내가 풍겼다.

"다 잘될 거야. 넌 예쁘니까. 그리고 노래도 잘하니까 다른 데서 금방 데뷔시켜줄 거 아냐."

겁에 질린 가을의 목소리가 수명을 다한 필라멘트처럼 파르르 떨리다 멈추었다.

"너 지금 TV 요리강좌 해? 남의 집 냉장고 사정 무시하고 누구나 집에서 해 먹는 모차렐라 치즈랑 또띠아 몇 장 정도는 가지고 있지 않냐고 묻는 거니? 오븐도 없는 이런 싸구려 원룸에서 정통 이태리식 마르게리타 피자 구워서 브런치 한번 차려보라고?"

다운이 어깨를 들썩거리며 목청을 돋웠다. 바짝 주눅이 든 가을이 벽에 등을 붙이고 반쯤 주저앉은 채로 고개를 저었다.

"좋아. 네 말대로 다른 데서 데뷔한다 쳐. 운이 좋아 그렇게 된다 치자. 데뷔해서 인기도 좀 얻고 돈도 벌고 잘나가게 된다 치자고. 근데, 절정의 순간에 귀연여우가 다시 나타나면 어떡하지? 생얼에 선글라스 끼고 눈물의 기자회견이라도 열어야 하나? 이 모든 건 제 가장 친한 친구 윤가을의 계획적인 폭로 때문입니다, 저는 피해자입니다, 과거를 깊이 반성하고 자숙하겠습니다, 그럴까?"

"잘못했어! 다 내 실수야! 샘이 났나 봐. 내가 가질 수 없는 걸 넌 다 가졌잖아. 돈 많은 부모님에 예쁜 얼굴, 명문대, 오디션 합격까지. 너 만난 다음부터는 오빠가 네 얘기만 했어. 평생 짝퉁만 들다 명품 선물 받은 사람처럼. 너만 주목받는 게 미웠어."

가을이 귀를 틀어막고 입을 함지처럼 벌리며 껙껙 울었다.

"내가 다 가졌다고? 너 우리 엄마가 어떤 사람인지 벌써 잊은 거야? 그런 굴욕을 당하고도 어떻게 나를 부러워할 수 있지?"

붉게 달아오른 다운의 뺨 위로 벗어놓은 팬티스타킹 같은 눈물 자국이 알른거렸다.

"그래, 부러워. 나한테는 그조차도 없으니까. 어렸을 때, 아빠가 나를 굿판에 데려간 적이 있어. 어떤 여자애 속옷을 입고 산 채로 관에 들어가 누워야 했지. 정말 죽은 사람처럼 꼼짝하면 안 된다고 했어. 밖에서 어이어이 곡하는 소리도 들리고, 관 위로 흙 같은 게 쏟아지는 소리도 들렸어. 정말 그대로 묻어버릴까 봐 겁이 나서 큰 소리로 엉엉 울었는데, 누가 관 뚜껑을 열어주더라고. 우리 엄마 또래의 아줌마였어. 그 아줌마도 울었는지 눈이 빨개서는 나한테 계속 미안하다고 말했어. 굿이 끝나고 아줌마가 아빠한테 봉투를 찔러줬던 게 생각나. 딸 목숨값인데, 꼭 딸한테 쓰라고 신신당부하더라. 하지만 아빠는 봉투만 들고 사라졌어. 봉투에 든 돈이 바닥날 때까지 돌아오지 않았지. 난 그때부터 아무도 안 믿기로 했어. 더구나 너처럼 완벽한 애가 나를 진짜 친구로 생각할 줄은 정말 몰랐고. 하지만 이젠 달라. 난 유일한 네 편이야."

이제 모든 게 명확해졌다. 나와 운명이 바뀐 사람은 다운이 아니라 가을이었다. 나는 등 뒤에 놓인 화장대를 더듬거려 뭔가 길고 단단한 것을 손에 들고는 주먹을 힘껏 말았다. 화장대 위에 놓여 있던 것들을 기억하려고 애썼다. 마스카라, 고데기, 볼펜, 아이펜슬, 꼬리 빗, 화장 붓. 하지만 손에 쥔 것은 훨씬 가늘고 날카로운 금속성이었다.

"가증 떨지 마. 그런 애가 여섯 시간 전까지 악플을 달아? 내가 널, 널 얼마나 믿었는데……."

그러고 보니 나와 가을, 임 대리, 그리고 다운과 유나, 우리 넷은 퍽 닮은 사람들이었다. 뒤늦게 깨닫고, 뒤늦게 반성하는 열등반 어른들. 포장은 다르지만 뜯어보면 맛이 같은 문구점 백 원짜리 초콜릿 같은 우리들이었다. 서글픈 동시에 화가 났다. 마치 내 마음을 읽기라도 한 듯 눈물이 뺨을 적셨다.

가을이 코를 훌쩍이며 내게 다가와 어깨를 끌어안았다. 심장박동이 점점 빨라지는 게 느껴졌다. 가을이 내 어깨를 감았던 팔에 힘을 풀고 눈을 홉떴다. 가을을 벽으로 떠밀고 한 걸음 물러났다. 그녀의 연겨자색 원피스 앞자락이 발긋하게 젖어 있었다. 핏물이 배어나는 한가운데에 네일아트용 푸셔가 꽂혀 있었다. 소풍날 아침, 초경을 맞은 소녀처럼 믿을 수 없다는 표정으로 가을이 나와 자신의 배를 번갈아 보았다. 얇고 날카롭긴 하지만 길이가 짧은 푸셔는 치명적이지 않았다. 고작해야 울 원단을 뚫고 들어가 배꼽 위에 손가락 한 마디 정도의 창상만 남겼으리라. 원피스 앞자락에 박혀 있던 푸셔가 힘없이 바닥으로 떨어졌다. 충격 때문인지, 가을은 말을 잇지 못한 채 아래턱을 덜덜 떨며 몸을 웅크렸다.

하필 그 순간 누군가 벨을 눌렀다. 당황할 법도 한데, 나는 태연히 전등을 끄고 가을의 배 위에 올라타 입을 틀어막았다. 하지만 공포에 사로잡힌 가을이 가만히 있을 리 없었다. 그녀는 사지를 비틀며 고개를 좌우로 흔들고 내 목덜미에 손톱을 박아 넣었다. 그러는 사이 가을의 원피스는 허리 위로 말려 올라갔고, 팬티스타킹은 반쯤 벗겨졌다. 시커먼 아이라인과 마스카라, 빨간 립스틱, 어둠 속에서 기괴하게 빛나는 21호 파운데이션은 흡사 조커 분장을 해놓은 것처럼 섬뜩해 보였다.

가까스로 비명은 틀어막았지만, 목구멍 깊숙이에서 끌어 올린 신음은 어찌할 도리가 없는 모양이었다. 벨이 울리는 동안 가을이 발정기 암고양이처럼 가늘고 예리한 신음을 밀어냈다. 그녀의 입에 얹혔던 손이 목덜미로 옮겨갔다. 짧은 순간에 벌어진 일이라 가을은 비명조차 맘껏 내지르지 못한 채 컥컥 숨을 보채며 고개를 저었다. 엉덩이를 들어 체중을 싣자, 요란스럽던 발버둥도 점점 잦아들었다. 펄떡거리는 동맥, 바짝 일어선 솜털, 활처럼 휜 등허리, 아드레날린이 빚어낸 황홀한 표정은 마치 오르가슴을 지켜보는 것 같았다. 쌔

애액, 가을의 목구멍에서 오래된 고무 슬리퍼 소음 같은 것이 새어나왔다.

그녀의 입에서 손을 떼었다. 커다랗게 벌어진 채 멈춘 동공, 거품 섞인 핏물이 흘러내리는 코와 입이 드러났다. 빠른 동작으로 그녀의 몸에서 내려와 가슴에 귀를 대보았다. 박동이 느껴지지 않았다. 코 밑에 손을 대고 목 아래 경동맥을 짚어보았지만 잠잠하긴 마찬가지였다. 사람이 이토록 쉽게 죽는다는 사실이 놀라웠다. 가을과 나의 운명이 바뀌지 않았더라면, 지금 이 자리에 누워 있을 사람이 나일 수도 있다는 사실이 믿기지 않았다. 마치 유체이탈 한 영혼처럼 나는 가을의 곁에 쪼그리고 앉아 넋 놓고 그녀의 얼굴을 바라보았다.

"문 열어! 안에 있잖아. 소리 다 들었단 말야!"

현관문 밖에서 성난 엄마의 목소리가 들렸다. 죽은 가을과 현관문 사이에서 갈등하는 사이 휴대전화가 울리기 시작했다. 내가 원룸에 있는 걸 확신한 엄마의 번호였다. 액정 위로 눈물 몇 방울이 후두둑 떨어졌다.

"너 혹시 남자랑 같이 있는 거니?"

현관문 밖에서 엄마가 소리쳤다.

"혼자야."

"그럼 확인시켜주면 되잖아."

"확인시켜주면 믿을래?"

솟구치는 눈물을 참느라 턱이 덜덜 떨렸다.

"너 무슨 일이야? 빨리 열어. 사람 불러 문 따기 전에 열란 말야."

나는 한동안 말없이 문 앞에 선 채로 엄마의 거친 숨소리를 들었다.

"사삼오구."

"뭐?"

"비번 사삼오구라고."

간신히 목소리를 짜냈다. 이윽고 도어록이 해제되는 소리가 들렸다. 휘적휘적 어둠을 헤치고 집 안으로 들어온 엄마가 전등 스위치를 눌렀다. 어둠에 가려졌던 살풍경이 드러났다. 만(卍) 자 모양으로 팔다리가 꺾인 가을이 방과 거실 사이에 누워 있었다.

"너어!"

엄마가 한 걸음 뒤로 물러서며 손으로 입을 가렸다.

"엄마, 이거 좀 치워줘. 이제 꼴도 보기 싫어졌거든."

체구가 작은 가을은 엄마의 루이비통 캐리어에 넉넉히 담겼다. 우리는 혹시 있을지 모를 CCTV를 경계하며 캐리어에 끈을 묶어 베란다를 통해 1층으로 가을을 옮겼다.

그날 밤, 엄마는 알투자라의 지난 컬렉션 원피스에 루이비통 캐리어를 끌고 애마 폭스바겐에 올랐다. 오버사이즈 선글라스 아래 굳게 다문 입술이 결의에 차 보였다. 모르는 사람의 눈에는 부잣집 귀한 자식을 꾀어낸 가난뱅이 계집애의 집에 쳐들어와 돈봉투로 따귀라도 때린 뒤 아들의 짐을 들고 표표히 떠나가는 귀부인의 뒷모습처럼 보였을지 몰랐다. 하지만 캐리어 안에 든 것은 알렉산더 맥퀸 수트나 아이스버그 풀오버니트가 아닌 죽은 가을의 시체였다.

"도와줬으면 하는 일이 생겼어요. 자세한 건 만나서 얘기했으면 좋겠고, 자정쯤 가평 휴게소에서 만나요. 짐이 좀 무거워요."

원룸을 나서기 전, 누군가와 통화를 한 엄마는 고단한 숨을 몰아쉬고 핸드백을 들었다.

"넌 엄마 없이는 아무것도 못해. 다시는 너 혼자 안 둘 거야. 오늘 일은, 하룻밤 악몽이었다고 생각해. 그때처럼 말야."

그때란 건, 아마도 알함브라 사건을 의미하는 것 같았다. 나는 고개를 끄덕이며 엄마를 배웅했다. 원룸 현관문이 닫히고 곧이어 자동차 시동 소리가 들렸다. 베란다에 매달려, 멀어져 가는 가을을 싣고 떠나가는 엄마의 폭스바겐을 오래도록 바라보았다. 바람이 찼다. 죽은 가을을 위해 울고 싶었지만, 수면제의 힘이 거기까지 닿지 못했다. 나는 넷북으로 돌아가 귀연여우를 카페에서 탈퇴시켰다. 완료되기까지 고작 오 분의 시간과 세 번의 클릭이 필요했을 뿐이었다. 나는 넷북을 산산이 부숴 쓰레기봉투에 담고 베란다에 웅크려 앉아 아침을 맞았다.

시간이 훌쩍훌쩍 지나갔다. 엄마가 가을의 시체를 어떻게 처리했는지는 알 수 없었다. 가구나 침구는 그대로였지만, 가을이 쓰던 화장품이나 옷가지, 핸드백은 보이지 않았다. 대신 그 자리를 차지한 건 모두 다운의 것들이었다. 그중에서도 수십 개의 스노볼이 가장 먼저 눈에 들어왔다. 나는 하루 몇 개씩 스노볼을 닦아 침대 밑에 쌓왔다. 주로 각국의 랜드마크나 유명 연예인 모형이 들어 있는 원구형으로, 역시 가장 예쁘고 정교한 것은 내가 가져온 미네소타 스노볼이었다.

"박이경, 너도 이게 제일 마음에 들었지? 사람 보는 눈은 다 비슷하니까."

미네소타 스노볼을 닦으며 독백을 시작했다.

"스무 살 땐가, 미네소타 공항 앞 골동품 가게에서 산 거였어. 다른 스노볼들은 전부 미네소타의 상징 흑곰이 들어 있었는데, 저 애만 디자인이 달랐지. 주인한테 물어보니까, 자기 외할머니가 남긴 유품이라고 했어. 할머니한테는 쌍둥이 여동생이 있었는데, 둘은 그닥 사이가 좋질 못했대. 외모뿐 아니라 성격과 취향까지 같다 보니 자매는 늘 경쟁 관계로 지냈던 모양이야. 같은 대학에 입학하고, 같은 원피스를 사 입고, 동시에 유리공예를 시작하고. 그러다 결국은 한 남자를 사랑하게 됐다지. 하지만 그 남자는 주인의 외할머니를 선택해 청혼을 했고, 동생은 유서가 든 이 스노볼을 남기고 죽어버렸대. 주인은 가끔 디스플레이용으로 꺼내어놓긴 하지만 판매할 수는 없다고 했어. 그래서 냉큼 1,000불을 제시했지. 놀란 눈치였지만 주인은 거절했어. 2,000불, 3,000불……. 결국 얼마에 애를 샀는지 알아? 8,000불이었어."

한참 스노볼을 안고 주절거리다 자리에서 일어섰다. 그러고는 베란다 공구함에서 망치를 꺼내 왔다.

"이 집 안에 이모할머니의 유서가 들어 있다고 했어. 늘 무슨 내용일까 궁금했는데, 차마 확인해볼 용기가 없었지. 지금이 마지막 기회인지 몰라. 어때, 너도 궁금하니?"

나는 신문지 한 장을 깔아놓고 그 위에 스노볼을 올렸다. 지붕 위 두 소녀를 내려다보며 망치를 단단히 쥐었다. 그러고는 구의 중심을 향해 힘껏 망치를 내리쳤다. 꽤 단단하게 만들었는지, 한 번으로는 실금조차 가지 않았다. 다시 지붕을 겨냥해 여러 번의 망치질을 날렸다. 팔이 아플 즈음 스노볼 중심부에 방사형의 금이 쭉쭉 자랐다. 한 번 시작된 균열은 오래지 않아 소녀들의 세계를 파괴했다. 물이 신문지로 쏟아졌다. 나는 노루발처럼 생긴 못뽑이 사이에 두 소녀의 목을 걸쳐 지붕을 들어냈다. 놀랍게도 지붕 아래엔 보통의 가정집과 다름없는 가구와 생활용품 모형이 가득했다. 녹색 천 소파 위에는 수염이 덥수룩한 아저씨가 걸터앉아 맥주를 마셨고, 부엌에선 헤어클립을 잔뜩 매단 중년 여자가 팬케이크를 구웠다. 그리고 소녀들의 방으로 보이는 연분홍색 벽지의 방 안에 겉면을 밀랍으로 정교하게 포장한 작은 선물 상자 하나가 들어 있었다. 엄지와 검지로 선물 상자를 들어 올려 손바닥 위에 놓았다. 콩알만 한 크기의 상자를 손톱으로 긁어내자 노르스름한 밀랍이 때처럼 벗겨졌다. 밀랍을 벗겨내고 뚜껑을 열었다. 반으로 접은 종이 한 장이 눈에 들어왔다. 손끝으로 종이를 들어 올려 펼쳤다.

I kill myself to kill you.

관계란 기차 레일처럼, 어느 한 지점이 어긋나버리면 아무리 먼 길이 남아 있어도 멈춰 설 수밖에 없다. 소녀들의 행복한 시간이 고인 스노볼을 물끄러미 내려다보며 어쩌면 모든 것의 시작이 아주 작은 눈덩이 하나에서 비롯되었는지 모른다는 생각을 했다. 한 잔 남은 레모네이드에 장난으로 소금을 뿌렸거나, 꼭 필요한 날에 입을 가장 좋아하는 드레스를 누군가 몰래 숨겼는지도. 의미 없이 건넨 농담 한마디가 계기였는지 모른다. 소녀가 집어 던진 작은 눈덩이는 시간이 흐르며 점점 커다랗게 몸피를 늘리고 종래에는 걷잡을 수 없는 눈사태로 되돌아와 그녀의 삶을 파멸에 이르게 했을 것이다. 그리고 언니를 죽이지 않을 유일한 방법으로 자멸의 길을 택한 것이리라.

"난 안 죽을 거야. 세상에 나 혼자뿐이더라도 살아남을 거야. 누구든 그러라고 태어난 거니까."

어금니를 깨물고 스노볼을 쓰레기봉투에 담았다.

"제 목숨 하나 못 지키는 것들이 멍청한 거라고."

가을이 아닌 다운과 운명이 꼬여버린 건, 어긋난 레일 앞에서 멈추어 서야 마땅할 열차 기관사가 제동장치를 작동시키는 대신 낯선 레일을 달리기로 결심한 탓인지 모른다. 시작은 사소했지만 무모한 과정을 거치며, 우리가 진즉에 닿았어야 할 종착점은 점점 뒤로 물러서고 있었다.

화끈거리는 얼굴을 찬물로 씻고 나갈 채비를 했다. 대부분의 시간을 집에서 보냈지만, 가끔 외출을 해야 할 때는 마스크와 선글라스로 얼굴을 가렸다. 무릎까지 내려오는 검정색 코트를 걸치고 머플러까지 둘렀다. 이렇게 꽁꽁 싸매고 가는 곳은 주로 병원이었다. 어쩐일인지 진료실 대신 주차장으로 발길을 돌렸다. 나는 필로티 아래에 몸을 옹송그린 채 초조하게 발을 굴렀다. 진료 시간이 끝나갈 즈음이 되자 선글라스로 붓기를 가린 여자들 몇이 주차장에서 차를 빼 건물을 빠져나갔다. 이윽고 영화배우라 해도 믿을 법한 잘생긴 사내가 자동차 리모컨을 치켜들며 주차장으로 들어섰다.

"선생님!"

은회색 인피니티로 향하던 사내가 주위를 두리번거리다 나를 발견했다. 그가 내 쪽을 향해 걸어오며 거리를 좁혔다.

"다운 씨? 올라오지 왜 여기 있어요?"

그가 라미네이트 한 앞니를 드러내며 싱긋 웃었다. 내가 관찰하지 못하는 사이 왕래가 있었는지 제법 친분이 돈독한 사이 같았다.

"부탁드릴 게 있어요."

"뭔지 몰라도 프라이빗 한 거라면 내 차로 갈래요?"

사내의 목소리가 싸구려 향초처럼 들척지근하게 휘감겼다. 그가 리모콘으로 은회색 인피니티에 시동을 걸고 앞장섰다. 사내는 내게 조수석 문을 열어주고 종종거리며 운전석으로 향했다.

"얼굴 많이 상했다. 필링하고 물광주사 한번 맞을래요? 푸석해 보이는데."

"요새 많이 피곤해요. 잠도 잘 못 자고."

내 대답에 사내가 보일 듯 말 듯한 미소를 지으며 고개를 끄덕였다.

"약을 한번 바꿔 봅시다. 효과를 보장할 만한 게 하나 있긴 해요. 올라갑시다."

그가 자동차 시동을 끄고 차에서 내려 건물로 들어섰다. 간호사들이 모두 퇴근을 했는지, 병원 안은 어두컴컴했다. 사내는 간접조명만 켜고 진료실 옆 주사실로 나를 이끌었다.

"잠깐 앉아 있어요. 준비해 올게."

사내가 손가락으로 시술용 침대를 가리키며 입고 있던 외투를 벗었다. 그러고는 진료실 쪽으로 난 커튼을 열어 의료용구가 담긴 트롤리를 끌고 나왔다.

"케타민이라고 들어봤죠?"

마취제의 일종이라는 것은 알고 있었다. 사내가 목을 조여 묶은 넥타이를 풀어 트롤리 위에 걸쳤다.

"이거 아는 사람들은 프로포폴 싱거워서 안 맞아요."

사내가 손목시계를 풀며 콧노래를 불렀다.

"아주 깊이 잠들고 싶어요."

"아마, 업어 가도 모를걸. 다운 씨 피곤을 풀어주는 대신 내 프라이빗 한 부탁 하나 들어줄 수 있죠?"

내가 고개를 끄덕이자, 사내가 능청스럽게 웃으며 이번엔 셔츠 단추를 풀었다.

"물론, 들어드려야죠."

나는 코트를 벗어 단정히 팔 길이를 맞춘 뒤 침대에 올려놓고 사내를 기다렸다. 셔츠를 벗은 그가 내 손을 끌어다 자신의 벨트에 가져갔다. 나는 자연스럽게 사내의 앞에 무릎을 꿇고 그의 벨트를 풀었다. 지퍼를 내리자 밴드가 두툼한 청회색 드로어즈가 드러났다. 손가락을 뻗어 사내의 불두덩 위를 쓸었다.

"뜸 들일 필요 없잖아?"

사내가 느닷없는 반말과 함께 손가락으로 내 뺨을 눌러 입술을 벌렸다. 드로어즈가 내려가고, 뜨거운 살덩이가 앞니 사이를 밀고 들어왔다. 비명도 몸부림도 불가능한 의식의 겁탈이었다. 사내의 손이 브래지어 속을 파고들어 집요하게 유두를 꼬집었다. 뜨거운 숨이 정수리에서 느껴졌다.

사내가 젖가슴을 움켜쥐며 숨을 헐떡였다. 말쑥하고 점잖은 외모와 달리 그의 손길은 경박하고 거칠었다. 사내는 나를 침대에 눕힌 뒤 가슴과 목덜미, 팔뚝에 선명한 잇자국을 만들고 팬티를 무릎까지만 내린 뒤 다리 사이로 기어들었다. 아랫도리가 뻐근하더니 이내 축축하게 젖어들었다. 한동안 열심히 몸을 들썩거리던 사내가 귓불을 깨물며 배꼽 부근에 사정을 했다. 먼저 몸을 일으킨 그가 크리넥스 몇 장을 뽑아내게 건넸다.

"100cc 정도만 없으면 정말 완벽하겠어."

사내가 자신의 성기에 엉겨 붙은 휴지를 떼어내며 내 젖가슴을 쓰다듬었다.

"케타민이란 거, 지금 시술할 수 있어요?"

말려 올라간 브래지어와 스웨터를 내리며 물었다.

"혈압 없지?"

고개를 끄덕이고 침대에 반듯하게 몸을 눕혔다. 셔츠에 팔을 끼워 넣은 사내가 트롤리에서 알코올 솜과 링거를 꺼냈다.

"즐거운 시간이었어. 한숨 푹 자고 일어나요."

마치 오랜 연인처럼 귓가에 다정하게 속삭인 사내가 왼쪽 팔뚝에서 정맥을 찾아 바늘을 꽂았다. 링거를 연결한 후, 주사기로 투명한 약물을 천천히 주입했다. 약효는 빨랐다. 일순간 몸이 녹지근해지면서 사내의 목소리가 멀어졌다. 무심결에 무어라 주절거린 것 같았지만 이내 깊고 육중한 잠에 눌리듯 빨려들어갔다.

잠에서 깨어났을 때 나는 여전히 다운의 몸이었다. 사내는 진료실 책상에 다리를 올리고 잠들어 있었다. 나는 그를 깨우지 않고 택시를 잡아 원룸으로 돌아왔다. 욕실에서 오랫동안 샤워를 한 뒤 침대에 몸을 웅크리고 누웠다. 그렇게 무료한 시간이 훌쩍훌쩍 지나갔다. 식료품은 집으로 배달시켰고, 가끔 엄마가 집에 들르는 것 같았다. 엄마는 예전과 비교할 수 없을 만큼 초췌한 몰골이었다. 매끄럽고 숱 많던 머리는 듬성해졌고, 몸이 깡말라 언뜻 등이 휜 것처럼도 보였다.

"쉽지는 않을 것 같대."

감기에 걸렸는지, 짧은 대화 중에도 기침이 끼어들었다.

"이제 와서 그러면 어떡해?"

헐렁해 보이는 투피스 차림의 엄마가 휘청휘청 냉장고로 걸어가 보드카 한 병을 꺼냈다. 잔도 없이 입에 대고 몇 모금 넘기자 창백했던 뺨이 발그스름하게 달아올랐다.

"술 좀 그만 마시고, 어떡할 건지 대책 좀 말해봐."

"그보다 너, 지난여름에 네일숍에서 봤던 여자 기억나?"

누군지 알 것 같았다. 엄마를 연숙이라고 부르며 금방 바른 매니큐어를 뭉갠 여자. 고개를 끄덕였다. 엄마가 다시 보드카 병을 입에 가져갔다.

"그 여자 엠제로피 사장 마누라야. 그런 말도 안 되는 계약서에 도장 찍게 한 것도 다 우리 망신 주려는 흉계였던 거고. 그동안 차명으로 야금야금 우리 주식을 사들였나 봐. 주주들 모아서 총회 열고, 아빠 해임시켰어. 다음은 뻔하지, 뭐. 전 사장한테 사기, 배임, 횡령, 온갖 혐의란 혐의는 다 뒤집어씌우는 거지. 아빠 지금 서울구치소에 있어."

화장대 스툴에 걸터앉아 있던 엄마가 터벅터벅 내게로 다가오며 팔을 뻗었다. 엄마를 안아줄 거란 내 예상과 달리 나는 굳게 팔짱을 끼고 고개를 틀었다.

"어차피 좋아서 살았던 거 아니잖아. 알아서 떨어져 나갔으니 차라리 잘된 거 아냐? 엄마 성격에 딴 주머니 안 찼을 리도 없고. 안 그래? 구질구질한 얘기 집어치우고 빨리 내 문제나 해결해줘. 난 엄마 꼭두각시로 자랐잖아. 실이 엉켰으면 풀어줘야 할 거 아냐."

포효에 가까운 신경질적인 반응에 엄마가 믿을 수 없다는 표정으로 뒷걸음질을 쳤다.

"너 왜 이렇게 변한 거야? 이 정도로 독한 애 아니었잖아."

"변한 게 아니라 지금껏 숨긴 거지. 잊은 척하지 마. 그 지옥 같은 여관방에서 누구 때문에 탈출했는지 잘 생각해보란 말야. 난 생생해. 엄마가 내 쪽으로 과도를 밀어주던 순간이. 그 와중에 사과라도 깎아 먹으라고 밀어줬던 거 아니잖아. 나 이런 애인 거 엄마가 가장 잘 알 텐데. 안 그래?"

행거에서 반코트를 꺼내 걸쳤다.

"어디 가려고?"

"죽을 때까지 내가 이 방에 갇혀 있었으면 좋겠어?"

거친 동작으로 마스크를 귀에 걸었다. 모자를 눌러쓰며 현관으로 향하는 나를 엄마가 막아섰다.

"엉킨 실타래 엄마가 풀어줄게. 우리 과거 깨끗이 지우고, 다른 사람으로 살자. 쉽지 않을 것 같다곤 했지만, 오늘 착수금 가져왔으니 어떻게든 돈값은 할 사람이야. 올 때 거의 다 됐어."

작은 체구에서 나오는 힘이라고 믿어지지 않을 정도의 완력이 내 어깨를 잡았다.

"믿을 수 있는 사람이야?"

"그때 잘못했던 거 이번에 다 갚아줄게. 엄마 믿지?"

엄마가 앙상한 손으로 내 뺨을 어루만지자 신경질적으로 손을 쳐냈다. 그때 누군가 현관문을 가볍게 두드렸다. 스타카토로 절도 있게 끊어지는 노크에 엄마가 어깨를 움찔했다.

"왔나 보다."

엄마가 헝클어진 머리를 손으로 함함하게 매만지며 현관문을 열었다. 검고 큼지막한 남자의 실루엣이 좁은 원룸 거실 위로 늘어졌다.

"실례 좀……."

실루엣이 엄마에게 목례를 하고 집 안으로 들어섰다. 익숙한 목소리, 익숙한 체취, 그리고 익숙한 얼굴이 드러났다.

남 사장이 현관에서 구두를 벗고 원룸으로 들어섰다.

임 대리가 보낸 카톡은 거짓이 아니었다. 그는 남 사장이 치밀하게 쳐놓은 덫에 걸려들었을 뿐이었다. 빨리 꿈에서 깨어 임 대리에게 이 사실을 알려주어야 했다.

"엄마 닮아서 딸도 미인이네."

앉을 곳을 찾지 못하고 서성거리던 남 사장이 스툴에 엉덩이를 붙였다. 사람 좋아 보이는 데 한몫하는 팔자 눈썹이 꿈틀댔다.

"준비했다는 계획 좀 얘기해봐요. 이렇게 모여 있는 거 나 많이 불안해."

남 사장이 눈을 내리깔고 팔짱을 끼었다.

"사고도 은폐하고 돈도 필요하고. 한 번에 두 가지 목적을 달성한다는 게 쉬운 건 아니지. 둘 다 실패할 수도 있어. 그렇다 해도 지금으로선 내 계획이 최선의 방법이야."

남 사장의 계획은 이러했다. 우선 엄마는 경찰서에 실종신고를 내고, 나는 당분간 원룸을 비워놓은 채 경찰의 눈을 피해야 했다. 그런 뒤 집 안에서 살인 사건이 벌어진 것처럼 꾸미고, 청소대행을 불러 증거물이 될 만한 것을 모두 지운 다음 잠깐 뜸을 들이다 경찰에 다시 신고를 하면 된다고 했다.

"우린 모른다고 딱 잡아떼면 돼. 청소대행 하는 데 사망증명서가 필요한 건 아니니까. 죄는 죽은 여자애가 뒤집어쓰는 거지. 피살자가 너였다는 확실한 증거물 몇 가지만 경찰에 제출하면 별수 없이 사건은 종결될 거야. 증거물 만들기도 까다롭지 않아. 로그인 기록이 들어 있는 노트북만 폐기하고 다른 건 그대로 둬도 돼. 여기 깔아놓은 러그에 네 혈액을 묻혀놓거나, 신분증, 의류, 머리카락 정도면 무난할 거야."

"그럼 전 평생 숨어 살아야 하잖아요. 그러느니 자수하는 게 낫겠어요."

남 사장이 그런 말 할 줄 알았다는 표정으로 씨익 웃었다.

"누구에게나 자기만의 세탁기 한 대씩은 있어. 어떤 사람들은 일주일 치 오염을 들고 주말에 교회나 절에 가서 깨끗하게 빨아달라고 기도를 하지. 일기를 쓰기도 하고, 봉사를 하기도 해. 하지만 거기서 해결되지 않는 오염은 특별한 곳에 가서 드라이클리닝을 해줘야 하지."

남 사장이 들고 온 서류가방을 열어 작은 명함지갑을 꺼냈다. 그가 명함지갑을 뒤집어 쏟아놓은 것은 여섯 장의 주민등록증이었다.

"이 사람들이 다 누굴까?"

내 또래부터 노인에 이르기까지, 어딘가 음울한 표정을 한 여섯 쌍의 눈동자가 내게 눈을 맞췄다.

"전부 사망자들이야. 공통점이 있다면 모두 수급 대상자들이라는 거지. 그래 봐야 몇 푼 안 되는 돈이지만, 사망신고를 해버리면 생계를 위협받는 사람들도 있기 마련이거든. 우린 그런 사망자들의 시신을 따로 화장해 장례까지 치러주고 신원을 사들여 꼭 필요한 사람에게 되파는 역할을 하지. 남은 가족들은 수당이나 연금 혜택을 계속받을 수 있는 데다 목돈까지 챙길 수 있으니 나쁘지 않은 제안 아냐? 그렇다고 아무 신원이나 사들이진 않아. 반드시 전과가 없는 사람으로 병원이 아닌 가정 내에서 사망한 경우만 해당되지. 그러다 보니일 년에 한두 명 임자 만나기도 어려운 거고. 어제는 오랜만에 스물두 살짜리 루게릭 환자가 들어왔어. 운이 참 좋네."

남 사장의 계획은 바늘 들어갈 틈 없이 조밀했다.

"아저씨, 특수청소용역 한댔죠?"

내 질문에 남 사장이 얼떨떨한 얼굴로 고개를 끄덕였다.

"거기 일하는 사람 중에 키 크고 멀끔한 남자, 그 남자 저 잘 알아요."

임 대리 얘기를 꺼내려는 모양이었다.

"임 대리? 임 대리를 어떻게 알아?"

"그 사람 가을이 애인이었어요. 제 매니저였고요. 어떡하실 거예요?"

여유만만하던 남 사장의 얼굴에 일순 긴장의 빛이 역력했다. 그가 턱에 손을 괴고 생각에 잠겼다.

"임 대리한테는 미안한 일이지만, 사적인 감정으로 비즈니스를 그르칠 수는 없지. 일단 그 녀석 신분증으로 선불폰부터 개통해야겠군. 며칠 있다 가을이란 아가씨 폰으로 거기 전화 한 통 넣어줘. 그럼 누가 봐도 공모한 정황이 마련되겠지. 어때, 그럼 되겠나?"

남 사장이 만족스럽다는 듯 눈가에 주름을 잡으며 웃었다.

"아뇨, 아직 해결 안 된 게 있어요. 엄마, 잠깐 차에 가 있을래?"

무슨 얘길 꺼내려는지 궁금했다. 내 당돌한 태도에 적이 놀란 엄마가 단호하게 고개를 가로저었다.

"너 뭘 안다고 자꾸 끼어들어? 아저씨가 다 알아서 해주신다잖아. 괜히 일 그르치지 말고 시키는 대로 해."

남 사장이 스툴에서 일어나 주머니에 손을 찔러 넣었다. 뭔가 고민할 때마다 나오는 버릇이었다.

"아냐, 다운이 말대로 해. 너 잠깐 나가 있어봐."

엄마가 눈썹을 치켜세웠다.

"말도 안 되는 얘기면 내가 야단칠게. 넌 잠깐 차에 가 있어. 아니면 우리가 차로 가든지."

결국 엄마는 나와 남 사장을 남겨둔 채 차로 갔다.

"아직 해결 안 된 게 뭐지?"

차분한 어조로 남 사장이 물었다.

"박이경이요."

"네가 그 앨 어떻게 알아? 둘이 친구니?"

"설마, 그런 애랑 친구겠어요? 미쳤다고 생각할지 몰라도, 아저씬 내 말 믿어야 돼요. 곧 증명될 테니까요."

나는 그동안 나와 다운 사이에 벌어진 기이한 꿈 이야기를 시작했다. 남 사장은 굳게 팔짱을 끼었다 풀며 내 얘기를 경청했다. 몰래 사무실에 들어갔다 들킨 밤, 내게 꿈 이야기를 듣던 그 표정 그대로였다. 결국 나는 다운이 했던 말을 재방송한 꼴이었다. 그날 밤과 마찬가지로 남 사장은 다운에게 지금까지 있었던 일을 역순으로 들려달라고 했다. 이야기가 끝나자, 남 사장은 고개를 주억거리며 스툴에서 일어섰다.

"증거는 이 노트로 보여드릴게요."

나는 책상에서 스프링노트를 꺼냈다. 그러고는 마지막으로 쓴 일기를 펼쳤다.

"이게 어떻게 증거가 된다는 거지?"

남 사장이 물었다.

"증거는 증명을 위해 필요한 거 아닌가요? 증명은 제가 아니라 이경이가 할 테죠. 여기 적힌 대로."

나는 여유 있게 웃어 보이며 볼펜 꼭지를 눌러 글씨를 적어나갔다.

우리 이쯤에서 딜 하나 하는 게 어때? 내가 널 살려줄 테니, 넌 나를 도와

줘야해. 네가 싫다고 해도 소용없어. 수면제하고 마취제 중에 어떤 게 더 센지 궁금하지 않아? 내가 가르쳐줄게.

마침표를 찍고, 노트를 덮었다. 남 사장이 노트를 넘겨받아 읽어보곤 고개를 갸웃했다. 아직 그는 이해할 수 없을 테지만, 잠에서 깨어나 노트를 열어보면 어제까지 적혀 있던 일기 뒤에 지금 다운이 쓴 글이 덧붙어 있을 거였다.

"임 대리는 박이경한테 맡기기로 해요. 아무리 생각해도 그게 깔끔할 거 같아요."

다운의 의중을 전부 읽을 수는 없지만, 상황이 더 어려워진 건 확실했다. 감옥 같은 몸뚱이를 벗어나고 싶었다. 죽어야 할 사람은 가을이나 임 대리가 아닌 다운이었다. 정신을 손에 집중했다. 힘겹게 손가락이 들썩거렸다. 손이 올가미 모양으로 모아지며 팔 관절이 접혔다. 하지만 더 이상 손에 힘이 들어가지 않았다. 킥킥 웃음이 터졌다.

"아저씨도 봤죠? 박이경 얘, 얼마나 또라인지."

기다리다 지친 엄마가 돌아왔다.

"아직 멀었어요?"

엄마의 물음에 남 사장이 고개를 가로저었다.

"아냐, 다 끝났어. 이제 어른들 할 일만 남았지. 연숙이는 바로 실종신고 넣고, 전단 만들어서 조금씩 뿌리기 시작해. 나는 당장 들어가 살 집부터 알아봐야겠군. 둘이 같이 살 수는 없으니까, 다운이 숙소는 내가 찾아볼게."

그가 바지 주머니에서 자동차 키를 꺼냈다.

"여기 착수금이요."

엄마가 핸드백에서 봉투 한 장을 꺼내 건넸다. 남 사장이 봉투를 열어 흘끔 금액을 확인했다.

"요즘 돼지금이 어떤지 알아? 육십 키로 한 마리에 에누리 없이 칠십 부르더군. 암돼지도 아닌 게 말이지. 그래도 웃는 놈으로 고르고 골라서 구해 왔어. 니 딸이 좀 이쁘냐? 오늘부터 욕조에 넣고 일주일에서 열흘쯤 비닐로 덮어놓으면 형체를 알아보기 힘들겠지. 냄새 안 빠져나가게 하려면 골치깨나 아프게 생겼어. 짐승으로 사람 만드는 게 쉬운 일이 아냐."

원룸 작업 날 임 대리가 뜰채로 퍼낸 병원 폐기물은 다운의 육신이 아니라 돼지의 기름진 살점이었다. 그날 우리는 완벽하게 조작된 살인 현장을 아무런 의심 없이 청소한 거였다.

"도로 가져갈래?"

남 사장이 엄마에게 봉투를 내밀었다. 그의 표정이며 이기죽거리는 말투로 보아 사례금이 만족스럽지 않은 모양이었다.

"그때 얘기하신 만큼 넣었어요. 나머진 일 다 수습되면 현금으로 드릴게요."

엄마는 남 사장의 돌연한 태도에 놀란 기색이 역력했다.

"부자가 망해도 삼대는 간다는데, 너 꿍쳐둔 돈 많잖아. 남편 수감

되자마자 이혼했으니 법적인 책임도 전혀 없을 거고. 게다가 이번 계약엔 보험금 옵션까지 포함된 거 잊었나? 보험금도 거의 로또 수준으로 타게 생겼드만."

남 사장의 입에서 보험금이라는 말이 튀어나오자, 엄마가 재빨리 내 눈치를 살폈다. 애당초 다운에게는 상의하지 않은 옵션인 듯했다.

"이봐, 연숙이. 나라고 언제까지나 남의 밑이나 닦으며 살 수는 없잖아. 이 일 끝나면 사무실이랑 공장 싹 접고 싱가포르로 투자 이민 갈 생각이야. 사업 경력이 삼 년 이상은 돼야 한대서 그런 구질구질한 청소용역업체를 꾸려왔는데, 이젠 손 털 때가 온 것 같아. 근데 아직 자금이 좀 모자라. 디테일한 건 우리끼리 드라이브라도 하면서 협의하는 게 어떨까? 딸 앞에서 꼴사납잖아."

남 사장이 잔뜩 겁먹은 엄마를 앞장세워 원룸을 나섰다.

엄마의 연락을 초조하게 기다릴 줄 알았는데, 자동차 엔진음이 멀어지자 나는 기다렸다는 듯 코트를 걸치고 집 밖으로 나섰다. 큰길에서 택시를 타고 늘 가던 병원으로 향했다. 간호사들이 퇴근할 시간을 기다려 병원으로 올라갔다. 때마침 사내가 머플러를 목에 감으며 출입구를 나서는 중이었다.

"일주일 만에 다시 만나네? 이번에도 그거?"

배 씹는 듯 사근사근한 목소리였다.

"저번보다 약 좀 늘릴 수 없을까요?"

큰 눈을 껌뻑거리며 사내에게 간청했다.

"그때도 꽤 세게 놓은 건데……. 그래, 다운 씨 부탁이니까 거절할 수가 없다. 어디 가서 얘기하면 둘 다 곤란한 거 알지?"

사내가 내 어깨에 팔을 걸치고 다시 병원으로 발길을 돌렸다. 주사실 침대에 몸을 눕히자, 사내가 링거를 들고 뒤따라왔다.

"그럼 한숨 자. 난 사우나 다녀올게. 저번처럼 말도 없이 가버리면 화낼 거야."

사내가 팔뚝에 바늘을 꽂으며 속삭였다. 따뜻한 물에 몸을 담근 것처럼 몸이 노곤해졌다. 사내가 케타민을 주사한 뒤 주사실을 떠났다. 가슴이 오르내리는 걸 물끄러미 바라보다 침대 밑에 걸어놓은 숄더백으로 손을 뻗어 파우더팩트를 꺼냈다. 네모난 케이스 안에 든 동그란 거울에 몽롱한 눈빛의 미녀가 희미하게 웃고 있었다.

"박이경, 곧 만나자."

술에 취한 것처럼 혀가 곱아들었다. 손을 뻗어 링거를 뽑아버리고 싶었지만, 이미 정신은 혼곤해지고 있었다. 수면제 효과가 거의 끝나가고 있었다.

휴대전화 진동 소리에 잠에서 깼다. 발신자는 유나였다.

"거참 희한하네. 간밤 꿈에 니가 길바닥에 앉아서 발등에 말뚝을 박고 있더라. 암만 불러도 대답은 없고."

"그게 다 무슨 소리야?"

"말했잖아. 꿈 얘기라고. 아무튼 대답이 없어서 참 고얀 년이다, 생각을 했는데, 우리 벼락대신이 화를 좀 잘 내? 발을 구르며 네 이 년! 하고 호통을 쳤지. 그제야 움찔 놀라서 나를 돌아보는데, 전혀 다른 얼굴이 돼 있더라고. 영락없는 네 뒷모습이었는데 말이지. 근데, 가만히 보니까 네 옆에 새카만 동자복을 입은 어린애가 서 있더라고. 너 누구니? 하고 물으려다 어린애 손에 들린 빨간 종이가 보였는데, 네 이름과 주소가 적혀 있는 거야. 순간적으로 저 꼬마로 변신한 일직사자구나 싶더라. 쉽게 말해서 저승사자."

손목에 힘이 빠져 휴대전화를 귀에 붙이고 있기도 쉽지 않았다.

"그래서 나 언제 죽는단 거니?"

"어이구, 내 생전에 그런 질문을 또 받을 일이 있을까 했더니만. 기막혀."

유나가 어이없다는 듯이 혀를 찼다.

"죽긴 왜 죽어. 아득바득 살아야지. 깨자마자 너 좀 살려달라고 신령님께 싹싹 빌었더니 묘안을 하나 주셨어. 살려면 말야, 다시 한 번 사신의 눈을 속여야 한대."

고마운 이야기였지만, 다시 다른 사람의 운명을 훔쳐서 살아 무얼 하나 싶었다.

"새로 명다리 걸칠 사람만 있으면 돼. 확실하게 눈을 속이려면 동 갑에, 태어난 달이 같은 게 좋고."

"무슨 수로 그런 사람을 찾아?"

정말 살길을 찾으려고 물은 건 아니었다. 내게도 친구가 있다는 걸 확인하고 싶을 뿐이었다.

"여기 다녀간 손님 중에 딱 한 명 있어. 지악스럽게 명은 긴데, 살 아봤자 여러 사람 몸에 칼이나 담그는 아주 고약스런 사주."

다운이 유나를 찾아가 사주를 보고 온 게 생각났다.

"머리카락이든 손발톱이든 몸에서 떨어진 거 조금만 구해 오면 내가 어떻게든 해볼 수 있어. 아이고, 손님 오시네. 생각 있으면 연락

해. 친구 다시 가능하니까."

유나가 서둘러 전화를 끊었다. 그녀가 말하는 고약스러운 사주는 다운의 것이 분명해 보였다. 하지만 그녀의 머리카락이나 손발톱을 구할 방법이 없었다. 가뜩이나 머리가 복잡한데 약 때문인지 속이 메스껍고 머리가 묵직했다. 통화 목록을 살폈다. 밤사이 임 대리에게서 여러 통의 전화가 왔지만 받지 못했다. 무슨 일이 벌어질지 몰랐다. 액정 화면의 시계를 보니 여덟시 십 분 전이었다. 전화를 걸기에 이른 시간이긴 했지만, 임 대리의 누명을 벗기려면 예의를 차릴 때가 아니었다. 그의 전화번호를 찾아 통화 버튼을 누르려는데, 카톡이 왔다.

— 일어나면 연락 부탁할게....................

밤새 내 연락을 학수고대했을 임 대리였다. 길게 늘어뜨린 마침표 행렬에서 피곤이 느껴졌다.

— 대리님, 지금 어디 있어요?

모든 걸 설명할 수는 없지만, 적어도 그가 의심하고 있는 것에 확신의 무게를 심어줄 필요는 있었다.

— 이경 씨네 근처 24시 맥도널드야.

— 제가 그리로 갈게요.

답장을 보내고 베게에서 머리를 떼려는데, 몸이 뜻대로 움직이지 않았다. 마비가 되었다고 하기엔 감각이 멀쩡했다. 이부자리의 감촉, 지하방 특유의 곰팡내, 목덜미를 간질이는 머리카락. 하지만 전신 깁스라도 한 양 손가락 하나도 내 마음대로 움직일 수 없었다.

"놀랐니? 나도 신기해. 탑승 로봇을 조종하는 기분이랄까?"

생각지도 않았던 말이 입술을 비집고 새어 나왔다. 말끝에 킥킥 웃음이 터졌다. 물론 웃음의 주체는 내가 아닌 다운이었다.

보통의 꿈에는 의식이 개입하지 못한다. 철저히 관찰자가 되거나 주어진 상황을 따라가며 수동적인 행위를 할 뿐이다. 하지만 강력한 마취제를 맞은 다운은 지금, 루시드 드림을 꾸고 있었다. 마치 깨어 있는 것처럼, 꿈속의 상황을 통제하고 직접적으로 관여할 수 있으며 원하는 방향으로 이야기를 만들어낼 수 있는 괴력을 발휘하게 된 거였다.

고개가 제멋대로 돌아가 책상으로 향했다. 어젯밤까지만 해도 거기 놓여 있던 스노볼이 감쪽같이 사라졌다. 무릎걸음으로 책상에 다가갔다. 스노볼이 놓여 있던 자리에 녹은 눈처럼 차갑고 비릿한 물이 흥건했다. 그러고 보니, 스노볼은 다운이 망치로 깨어버렸다. 나의 과거도 현재도, 그리고 미래까지도 다운이 지배하는 시간이 되었다.

요양병원에 입원하면서부터 아빠가 습관처럼 했던 말이 떠올랐다.

"내 몸이 구럭이구나."

발음이 어눌해서 알아듣기 힘들지만, 몸이 구럭 같다는 말만은 또렷하게 발음했다. 구럭이 무슨 뜻인지 궁금해서 사전을 찾아보니, 새끼를 꼬아 만든 망태기를 뜻했다. 망태기를 짊어져야 할 몸이 그 안에 갇혀버렸으니 저절로 터져 나오는 한탄일 터였다. 아빠가 그 말을 할 때마다 엄마는 '그 구럭 내가 짊어졌소, 응!' 하며 눈을 부라렸다. 그러거나 말거나 나는 나 살 궁리에 바빴고, 점점 깊어진 아빠의 구럭은 이제 엄마 혼자 감당하게 너무 버거운 무게가 되어버렸다.

다운에게 몸을 갈취당하고 구럭에 빠진 나는 한없이 무기력했다. 그녀가 원한다면 지금 당장이라도 찻길에 뛰어들거나, 지나가는 사

람의 뺨을 후려칠 수도 있었다. 무슨 일을 꾸미고 있는지 짐작조차
되지 않았다. 지금 내가 할 수 있는 일이라곤 약효가 빨리 사라지길
바라는 것뿐이었다.

"대체 이런 옷은 어디서 사 모았는지 궁금하네. 밤마다 의류수거
함이라도 뒤져?"

장롱을 열어본 다운이 내 입을 빌려 종알거렸다. 고르고 골라 입
은 것이 회색 스웨터에 블랙 진이었다.

"약발이 얼마나 갈지 모르니 서둘러야겠지만 화장은 하고 나가야
예의지?"

이번엔 책상 서랍을 열어 화장품을 꺼냈다. 조심스럽게 비비크림
을 짜 얇게 두드려 펴 바르고, 이리저리 각도를 재 눈썹을 그렸다. 진
한 입술색을 비비크림으로 덮은 뒤 살구색 립스틱을 발랐다. 마지막
으로 손가락 끝에 같은 립스틱을 조금 묻혀 뺨에 발그스름한 홍조를
만들고 파우더를 토닥거렸다. 서툰 내 솜씨와는 비교도 되지 않게
빠르고 능숙한 손놀림이었다.

점퍼를 걸치고 집을 나서며 휴대전화로 가장 가까운 맥도널드를
검색했다. 버스 정류장 건너편이었다. 한겨울답지 않게 푹한 날씨였
다. 쌓였던 눈이 녹으며 길은 진창이 되어 있었다. 본래의 나라면 아
무렇지 않게 밟고 지나갔을 흙탕물을 폴짝거리며 건너뛰었다. 횡단
보도에 서서 맥도널드를 바라보았다. 헝클어진 머리에 수염이 파랗
게 올라온 임 대리와 눈이 마주쳤다. 그가 자리에서 일어나 매대로

향했다. 보행 신호를 기다렸다 맥도날드로 들어서자 임 대리가 갓 드립한 원두커피를 내밀었다. 해쓱해진 뺨이 창백했다.

"됐어요, 전 여기 커피 안 마셔요."

커피를 임 대리 쪽으로 밀어놓고 나란히 거리가 내다보이는 테이블에 앉았다.

"오늘 이경 씨, 꼭 다른 사람 같아."

임 대리가 얼빠진 표정으로 커피잔을 감쌌다.

"잡담하러 만난 거 아니잖아요. 본론부터 얘기하세요."

커피 한 모금을 삼킨 그가 켁켁 기침을 했다.

"미, 미안."

그가 붉게 충혈된 눈을 끔뻑거리며 냅킨으로 입을 닦았다.

"요즘 남 사장이 좀 수상쩍었어. 보통 유품 위탁을 맡기면 바로 처리하거든. 소각할 건 소각장 보내고, 팔 수 있는 건 팔고. 그런데 원룸에서 나온 물건들은 어떻게 하란 지시가 없더라고. 게다가 변 당한 애는 아는 애고. 그래서 보관실에 들어가봤지. 꽁꽁 싸놓은 짐 속에서 그 노트를 발견했어."

"노트에 뭐라고 적혀 있었는데요?"

시치미를 뚝 떼고 물었다.

"정말 몰라? 난 이경 씨가 쓴 일기라고 생각했는데."

"왜 그렇게 생각했어요?"

"그야, 이경 씨 얘기니까. 그리고 내 얘기도 있었고."

새로운 사실이었다. 내가 본 노트에는 내 미래에 대한 이야기만 적혀 있었는데, 임 대리가 본 노트에는 나를 포함해 그의 미래까지 적혀 있었던 모양이었다. 능숙하게 복사물을 천공해 제본기에 넣던 남 사장의 모습이 떠올랐다. 그가 진즉 노트의 비밀을 알고 있었다면 편집은 얼마든지 가능했다.

"하긴, 이경 씨가 썼다고 해도 억지스럽긴 마찬가지야. 일기의 시점이 아주 이상했거든. 거기 등장하는 이경 씨 얘기는 일인칭시점으로 읽히는데, 내 얘기는 관찰자시점에 가까웠어. 저번에 내가 영화 보자고 했던 날 기억하지? 그날 이경 씨 시점의 일기엔 내가 자길 바람맞혔다고 쓰여 있지만, 관찰자시점으로 쓴 내 이야기엔 이경 씨가 약속을 거절해서 외근을 나가버렸다고 적혀 있어. 얘기가 좀 복잡한가?"

그랬다. 다운은 지금껏 내게 보여주기 위한 일기와 진짜 속마음을 담은 일기를 따로 쓰고 있었던 거였다. 내게 보여주기 위한 일기는 정말 보란 듯이 의식을 공유할 때 썼고, 진심에서 우러난 일기는 시간이 편집된 사이에 썼던 것이다. 내가 임 대리의 데이트 신청을 거절해서 운명이 바뀌었다고 생각했지만, 그건 다운이 나를 시험하기 위해 설치해놓은 덫에 불과했다. 그렇다면 다운은 처음부터 나와 그녀의 육체가 바뀌었다는 걸 알고 있었다는 뜻이 된다. 대체 언제였을까.

"전 모르는 일이에요. 이런 상황 좀 불쾌하기도 하고요."

"죽은 애가 미래를 내다봤을 리는 없으니, 누군가 날조한 거겠지.

대체 이런 섬뜩한 걸 왜 만들었을까. 그보다 어제 남 사장하고 단둘이 무슨 얘길 했는지 알고 싶어. 말해줄 수 있을까?"

임 대리가 꺼끌꺼끌해 보이는 턱을 쓰다듬으며 물었다.

"아마 원룸 사건 신고자는 남 사장일 거예요. 대리님이 의심스럽다고 저한테 고백했으니까요. 거기 살던 다운이란 여자애하고 아는 사이라는 것도 우연 치곤 부자연스럽고, 상조회사가 아니라 개인 오더인 것도 수상하댔어요."

"그건, 그건 정말 우연이고 오해야. 오히려 의심스러운 건 남 사장이라고. 원룸 의뢰받을 때부터 이상했어. 그때 마침 난 휴대전화로 거래처랑 통화 중이었는데, 사무실에 전화가 오더라고. 보통은 남 사장이 받기 마련인데, 이상하게 내가 사무실 전화를 받을 때까지 내버려두었어. 전화를 건 사람은 여자였는데, 목소리만 가지고선 나이를 가늠할 수 없었지. 특수청소에 대해 잘 아는 건 확실했어. 병원성 폐기물이랑 소각용 폐기물도 구분해서 말했고, 내가 설명하지 않았는데 피톤치드 옵션도 요구했거든. 가장 수상쩍은 건 상담이 끝나고 계약금이랑 주소를 요구했을 때였어. 일반적으론 계좌이체를 하거나 청소 당일에 결과물을 보고 잔금을 치르는데, 이 여자는 우편환으로 보냈으니 그날 중 받게 될 거라고 하는 거야. 그 얘긴 상담 전화를 걸기 전에 돈부터 부쳤다는 뜻이잖아."

울분을 찍어 누르는지, 목소리 마디마디에 둔중한 힘이 실렸다.

"고작 전화 한 통 미뤘다고 범인으로 몰 수는 없는 거 아닌가요?"

내 대답에 임 대리의 고개가 숙었다.

"그렇지. 결정적 증거가 될 수는 없어. 증거가 될 만한 지문이나 혈흔 같은 건 그날 우리가 다 지웠으니까. 하지만 나는 범인이 아니야. 아무런 동기가 없잖아. 내 옛날 여자 친구도 그럴 애가 못 되고. 그 애랑 다운이는 친자매 같은 사이였거든. 남 사장이라면 내 명의를 도용해 대포폰 하나쯤은 어렵지 않게 개통할 수 있었을 거야. 그렇게 모든 혐의를 나랑 내 옛날 여자 친구한테 몰아놓고, 이경 씨를 자기한테 유리한 증언을 해줄 사람으로 만들려는지 몰라."

임 대리가 머리를 쥐어뜯으며 숨을 몰아쉬었다.

"동기라는 거, 알고 보면 별거 아닌 일에서 시작하는 경우도 많잖아요. 사소한 오해나 농담, 말장난, 아니면 은밀한 애정 관계 같은 거. 그 원룸에 살았다는 애랑은 어떤 관계였어요? 혹시 둘이 좋아했나요?"

당돌한 질문에 임 대리가 대답을 미루고 커피 한 모금을 마셨다.

"아니. 난 다운이 안 좋아했어. 그땐 애인도 있었고, 뭣보다 좀 섬뜩한 구석이 있는 애라서 마음이 안 갔어."

"어떤 섬뜩한 구석이요?"

임 대리가 부르튼 입술을 자근자근 씹으며 전면 유리벽에 비친 자신을 멍하니 응시했다.

"같은 소속사 아이돌 중에 다운이랑 사귀었던 놈이 있었어. 이경 씨도 들으면 알 만큼 유명한 앤데, 하여간 그 녀석하고 좀 친해져서 이런저런 얘길 하다가 둘이 가출했던 얘기도 듣게 됐지."

임 대리의 말에 따르면, 무작정 집을 나온 그들은 시외버스터미널로 갔다. 그러고는 한 번도 가본 적 없는 지방의 어느 소도시행 버스표를 끊었다. 종점에 내리자마자 그들이 들른 곳은 터미널 앞 금방이었다. 다운은 백팩에서 다이아몬드가 촘촘히 세팅된 쇼메반지와 화려하다 못해 조잡해 보이기까지 하는 피아제 손목시계를 내놓았다. 간판에는 버젓이 보석 감정이라고 써났지만, 금방 주인은 어금니로 반지를 꽉 깨물어보곤, 시계를 포함해 단돈 오십만 원 이상은 줄 수 없다고 잘라 말했다. 어리고 가난하고, 세상 물정에 어두운 연인은 금방 주인이 두 번을 세고도 아쉽게 입맛을 다시며 내어준 오십만 원을 들고 가까운 여관에 들어갔다.

여관 주인은 누가 봐도 미성년자인 그들에게 객실을 내줄 수 없다고 했다. 대신 주인집에 달린 문간방이라도 괜찮으면 선불 삼십만 원에 짐을 풀어도 좋다고 제안했다. 주인은 머뭇거리는 다운과 미키류를 여관 안채의 살림집으로 데려갔다. 그러고는 화장실 옆 쪽마루에 붙은 미닫이문을 열어젖혔다. 메주 뜬내가 진동을 하는 방 안엔 기저귀를 찬 노인이 잠들어 있었다. 그들이 대답을 주저하자 여관 주인은 큰 인심이라도 쓰듯 오만 원을 깎아주겠노라며 잠든 노인 들깨워 끄집어냈다. 다운은 금방 주인이 그랬던 것처럼 지갑에 든 돈을 두 번이나 세고도 미심쩍은 표정으로 월세를 치르고 짐을 풀었다. 짐이라고 해봐야 몇 벌의 속옷과 여벌의 티셔츠 몇 장이 든 배낭, 미키류의 기타 한 대가 전부였다. 둘은 여관 주인이 자리를 뜨자마자 노인이 누웠던 찌든 요 위에서 허겁지겁 몸을 섞고 곯아떨어졌다.

새벽녘, 야릇한 소음에 잠에서 깬 미키류는 소리의 근원지가 다운의 휴대전화라는 걸 깨달았다. 전라의 몸으로 벽에 기대앉아 휴대전화를 멀거니 들여다보던 그녀가 미키류와 눈이 마주치자 생긋 웃었다.

"뭐 봐?"

다운이 미키류를 향해 휴대전화 액정을 돌렸다. 화질이 고르지 않은 동영상이 재생 중이었다. 언뜻 포르노같이 보였다. 킹사이즈 침대에 슬립 차림의 중년 여자가 누워 있고, 그 옆에 비대한 몸집의 벌거벗은 사내가 서 있었다. 카메라맨이 몸을 낮췄는지, 사내는 가슴팍까지만 프레임에 들어왔다. 중년 여자가 어색하게 미소를 지어 보이자 사내가 침대에 무릎을 올렸다. 본때 없이 크고 우악스러운 손이 여자의 슬립을 들어 올렸다. 곧이어 레이스가 고급스러워 보이는 크림색 팬티가 벗겨졌다. 카메라맨은 초보가 확실했다. 여자의 국부에 맞춰야 할 초점이 사내의 뒤통수를 맴돌았다. 뒤통수가 여자의 다리 사이로 기어들자 성마른 신음이 방 안을 채워갔다.

한참 동영상을 들여다본 미키류가 킥킥 웃었다. 얌전한 새침데기인 줄만 알았던 다운이 야동을 저장해 다니는 게 신기하고 재미있었다. 하지만 다운은 웃음에 동조하지 않았다. 그녀는 휴대전화 액정을 자신 쪽으로 돌려 진지한 얼굴로 바라보았다. 액정에서 쏟아진 발그스름한 살빛이 다운의 얼굴을 일그러뜨렸다.

"넌 우리 부모님이 웃기니?"

다운의 무덤덤한 질문에 미키류는 웃음을 그치고 눈을 껌뻑였다. 무한급수나 미적분처럼, 좀처럼 이해할 수도, 명쾌하게 풀어낼 수도 없는 물음이었다.

"다운아, 뭐 해? 아빠 도와드려야지."

동영상 속 중년 여자가 다운을 불렀다.

"너, 그거 뭐야?"

미키류의 질문에 다운이 동영상을 정지시켰다.

"엄마 보고 싶어서. 근데 이거밖에 없어. 우리가 같이 찍은 건."

다운의 손바닥 안에서 멈춘 동영상 속에는 교복 차림의 그녀가 사내의 무릎 아래 쪼그려 앉아 있었다.

"설마 너야?"

미키류 역시 재혼 가정 자녀였다. 새아빠와는 팔 년을 함께 살았지만 여전히 서먹한 관계였다. 가끔 부모님이 다투거나 엄마가 새아빠의 험담을 늘어놓을 때면 시원하게 갈라서기를 바라기도 했다. 만약 새아빠가 자신에게 동영상 속 사내 같은 행위를 강요해왔다면 무슨 짓을 벌였을지 알 수 없었다. 그걸 묵인한 어머니조차 용서할 수 없었을 거였다. 미키류는 지금껏 무기력하게 당해온 다운이 안쓰러웠다. 그녀의 어깨를 끌어안고 숨죽여 눈물을 흘렸다.

"괜찮아. 엄마와 나한테는 아직 아빠가 필요하니까. 나도 아빠를 위해 뭔가 해야지."

다운의 대답에 미키류는 머리털이 쭈뼛했다. 이 가족의 역겨운 동영상이 엄마와 새아빠의 강요에 의해서가 아닌, 필요에 의한 다운의 자발적 행위일 수도 있다는 의미였다. 지속적인 폭행이 사람을 얼마나 둔감하게 하는지, 자존감을 짓밟는지, 그는 친아빠를 통해 익히 배웠다.

"그런 개새끼한테 아빠라고 부르지 마. 당장 나랑 경찰에 신고하러 가자. 옷 입어."

미키류가 다운의 어깨를 흔들었다.

"나한테 아빠라는 호칭은 직함 같은 거야. 회사로 치면 사장이나 이사 같은 거지. 그러니까 이 동영상은 단합대회 기념촬영이야. 지금은 무단결근 중이지만, 해고되기 전에 돌아가야겠지. 우리도 야유회 기념 촬영할까?"

다운이 박꽃처럼 하얗게 웃었다. 할 말을 잃은 미키류는 다운에게서 떨어져 나와 이불을 뒤집어쓰고 뜬눈으로 밤을 지새웠다. 그는 이 모든 게 다운의 잘못이 아니라는 걸 알고 있었지만, 다시 그녀를 품에 안을 용기가 나지 않았다.

이튿날부터 그는 어딘가에 숨겨두었을지 모를 카메라를 의식해 혼자 있을 때조차 마음 편히 속옷을 갈아입거나 흐트러진 행동을 할 수 없었다. 자유를 찾고 싶어 숨어든 곳이었지만, 권위적인 새아버지와 신경질적인 엄마가 앞니를 응등그리는 자신의 집보다 나을 것이 없다는 걸 깨달았다. 그는 다운에게 자신의 필요가 하루빨리 바닥나기를 기다리며 그녀의 비위를 맞추었다. 수중의 돈이 바닥을 드러낸 건 정확히 보름 만이었다. 다운은 어쩐지 홀가분한 표정으로 서울행 버스표 두 장을 끊고는 남은 돈 오천 원을 들고 약국으로 향했다. 한참 만에 돌아온 그녀의 손에는 양성반응이 뚜렷한 임신테스트기가 들려 있었다. 그녀는 비극적인 표정을 지어 보였지만 끝내 눈물을 흘리지는 않았다.

"물론 보름 만에 임신 반응이 나타날 수도 있겠지. 하지만 미키류는 믿지 않았어. 다운이에게 녀석은 알리바이를 제공해줄 만만한 존재였겠지. 회사에 대입한다면, 미키류는 업무상과실을 덮기 위해 급조된 하청업체 직원 같은 게 아니었을까."

그의 말대로라면 다운은 새아빠의 아이를 임신했을 수도 있었다. 임 대리의 커피잔에서 피어오르던 뜨거운 김이 멈추었다. 대신 그가 마주한 유리벽에 하얗게 김이 서렸다.

"그래서 두 사람, 어떻게 됐는데요?"

내 질문에 임 대리가 어깨를 으쓱했다.

"뭐, 그렇게 흐지부지 헤어진 거지. 둘 다 정학 처분이 확정적이었는데, 다운이네서 이사장을 만나 담판 지었대. 한창 기울었던 미키류네 집도 가세가 일어서면서 일산으로 전학을 갔고. 좀 억지스럽긴 해도 녀석은 부모님들 사이에 모종의 거래가 있지 않았을까 의심하고 있어."

임 대리 옆에는 굵은 아이라인에 헤비다운을 입은 소녀가 콜라 한 잔을 앞에 놓고 제 또래의 사내아이에게 기대 잠이 들었다.

"모두 주워들은 소문에 불확실한 추측뿐이네요."

내 질문에 임 대리가 고개를 끄덕였다.

"그렇지. 하지만 상처를 보란 듯이 드러내는 사람은 항상 복수를 꿈꾸기 마련이야. 그냥 덮어두면 아물 것을 혹시나 잊어버릴까 봐 자꾸 자기 살을 도려내고 상처에 상처를 보탰잖아. 거리낌 없이 가족의 치부를 드러낸 동영상을 보는 것이나 성인인 데도 엄마한테 유아적으로 의존하는 성격이 정상이라곤 할 수 없어. 가수가 되려는 꿈이 유일하게 엄마를 벗어날 수 있는 방법이었을 텐데, 결국 이루지 못한 것도 매니저로서 많이 안타까워. 이런 말 하긴 뭣하지만, 만약 그 애가 죽지 않았다면 어떤 극단적인 방식으로 주변 사람들에게 분노를 표출했을지 알 수 없어."

임 대리가 식어빠진 커피를 홀짝거렸다.

"구체적으로 제가 뭘 도와드렸으면 좋겠어요?"

유리벽 너머 버스 정류장에 출근 인파가 모여들었다.

"실은 잘 모르겠어. 그냥 같이 있어주는 것만으로도 말할 수 없이 고마워. 이경 씬 나보다 한참 어리지만 누나 같아서 편하고 든든해. 묵묵하게 자기 할 일 척척 해내고, 주변 사람 챙겨주고, 가끔 귀엽다고 느낄 때도 있었고."

나는 주먹을 동그랗게 말아 입을 가리고 큭큭 웃었다.

"뭐라 그랬어요? 귀엽다고요? 얼굴이 이런 데도 좋다는 거죠?"

눈물까지 찔끔거리며 웃는 나를 임 대리가 의아한 눈빛으로 바라봤다.

"방금, 웃음소리 다운이랑 꼭 닮았어. 가끔 내가 농담을 하면 꼭 흐느끼는 것처럼 웃었거든."

임 대리의 말에 웃음이 사그라졌다.

"노트 얘기도 그렇고, 죽은 애 얘기도 그렇고, 이경 씨 입장에선 황당하고 불편할 수 있었을 텐데 들어줘서 고마워."

임 대리가 반쯤 남은 커피를 들고 일어섰다.

"가시게요?"

"응. 경찰서 가기 전에 공중전화라도 들러서 옛날 여자 친구한테 전화해보려고. 요즘 들어 가끔씩 그 애가 꿈에 나타났어. 아무 말도 하지 않고 수도꼭지처럼 눈물만 뽑다 사라지더라. 잘 있나 궁금해도 막상 전화하면 찌질해 보일 거 같아서 미뤘지. 그런데 이런 일이 생겨버렸네. 전화를 받을 수 있는 상황인지 알 수도 없고, 괜히 경찰에 의심 살 것 같기도 하고. 공중전화로 해보게."

"그럼 제 폰으로 해볼게요. 번호 내봐요."

점퍼 주머니에서 휴대전화를 끄집어내 테이블에 올렸다.

"이경 씨한테 불똥 튀면 어떡하려고."

"진범이 따로 있다면 혐의도 벗겨지겠죠. 안 그래요?"

내 대답에 용기를 얻었는지, 임 대리가 다시 엉덩이를 붙이고 내 휴대전화를 가져갔다. 신중하게 번호를 누른 그가 긴장된 표정으로 통화 버튼에 손가락을 겨눴다.

"이리 줘봐요. 당황해서 버벅거리지 말고."

그가 통화 버튼을 누르려던 찰나 휴대전화를 빼앗았다.

"여자 친구 이름이 뭐라고요?"

"가을, 윤가을."

무슨 꿍꿍이인지, 나는 통화 버튼을 누르는 척 스치기만 하고 엄지로 음량을 낮추며 귓가에 휴대전화를 바짝 가져다 붙였다. 당연히 수화기는 조용했다.

"혹시 윤가을 씨 휴대전화 맞나요?"

신호가 보내지 않았으니 받는 사람도 없었지만, 나는 천연덕스럽게 가을의 이름을 확인했다.

"저 지금 임상엽 씨랑 같이 있는데, 이분이 가을 씨랑 관련해서 좀 곤란한 상황에 처했어요."

임 대리가 손을 뻗어 전화를 바꿔달라고 했다. 나는 고개를 저으며 휴대전화를 잡은 손에 더욱 힘을 주었다.

"네, 전 동료예요. 아, 네. 그랬군요. 네……."

나는 집요하게 뻗어 오는 임 대리의 손길을 무시하고, 한참 동안 네, 라는 대답만 거듭했다.

"그렇게 전할게요. 좋은 소식 있기를 바라요."

전화를 귀에서 떼 얼른 주머니에 집어넣었다. 임 대리가 마른침을 꼴깍 삼키며 의자를 당겼다.

"뭐래?"

"이분은 어젯밤에 조사 받으셨대요. 친구가 죽은 사실은 전혀 모르고 있었나 봐요. 휴대전화는 사건 무렵 분실했고요. 고향에 취업이 돼서 엄마랑 같이 지내고 있었다고 하는데, 알리바이가 확실해서 풀려났대요. 대리님도 별 탈 없을 거라네요. 그것보다, 어젯밤 경찰서를 나오면서부터 어떤 남자가 미행하고 있는 것 같대요. 인상착의 들어보니까 남 사장하고 비슷했고요. 왜, 남 사장 잘 입는 카키색 항공잠바 있잖아요. 그런 차림이었대요."

"그래서?"

"임 대리님한테 자기 있는 데로 와달라네요. 무섭다고."

천연덕스러운 거짓말이 술술 나왔다.

"지금 있는 데가 어디래?"

"고속터미널 근처 친구 자취방이요."

임 대리가 다시 의자에서 엉덩이를 뗐다.

"주소는 얘기 안 해?"

"친구한테 물어봐서 금방 문자하기로 했어요. 일단 택시 타시면 제가 주소 보내드릴게요."

임 대리가 크게 한 번 고개를 끄덕이곤 크로스백을 멨다. 나는 임 대리와 함께 택시 정류장으로 향했다. 팔을 뻗어 택시를 세웠다. 조수석 문을 열고 몸을 던지듯 차에 올랐다.

"이경 씨, 변변치 않은 나를 믿어줘서 고마워. 전화할게."

나는 임 대리를 향해 가볍게 손을 흔들어주었다. 택시가 시야에서 사라질 때까지 서 있다 휴대전화를 꺼냈다. 대화 목록에서 임 대리의 대화창을 열고 서초동에 있는 벨라지오오피스텔 주소를 찍어 보냈다.

"박이경, 궁금한 게 많지? 언제부터 네 존재를 알고 있었는지, 오피스텔엔 누가 기다리고 있는지, 앞으로 넌 어떻게 될지. 기다려. 오늘이 다 지나가기 전에 가르쳐줄게."

다운이 내게 하는 겁박이었다. 나는 흐느끼듯 웃으며 손을 뻗어 택시를 잡았다. 개인택시 한 대가 섰지만, 어쩐 일인지 조수석 창문으로 실내를 들여다보곤 고개를 저었다. 다음 택시도 마찬가지였다. 네 대의 택시를 그냥 보내고, 다섯번째 택시에 올랐다.

"아저씨, 서초동 벨라지오오피스텔이요. 카드 되죠?"

"그럼요, 요새 카드 안 되는 택시 없어요."

기사가 미터를 켜고 택시를 출발시켰다. 시선이 룸미러 옆 블랙박스 카메라에 닿았다. '실내촬영중'이라는 스티커가 붙어 있었다.

"출근하시나 봐요?"

기사가 말을 붙였다. 그와 룸미러로 눈인사를 하고 다리를 꼬았다.

"아뇨. 미행 중이에요."

내 대답에 기사가 어색한 웃음을 흘리고 눈길을 피했다.

"제 직장 동료가 살인 용의자거든요. 그 사람 쫓는 중이에요."

기사의 눈에서 웃음기가 쏙 빠졌다. 카드, 블랙박스, 기사에게 깊이 각인될 만한 괴상한 말투. 나는 지금 억지로 흔적을 만들고 있는 중이었다. 무슨 속셈인지 알 길이 없었지만, 이 구럭 같은 몸에서 탈출해야 한다는 것만은 확실했다.

주머니 속 휴대전화가 진동을 했다. 몽연한 그곳에서 나를 찾는 누군가가 쉬지 않고 대답을 보챘다. 하지만 이를 악물듯, 겨드랑이 사이에 손을 꼭 끼워 넣은 내 속의 다운은 전화를 받지 않았다. 전화를 받으면 시간의 편집이 일어날 테고, 다시 누군가와 통화를 하기 전까지는 의식을 공유하지 못할 터였다. 나는 그녀가 차지한 의식의 절반과 싸워 이겨야 했다. 그러려면 고도의 집중력을 발휘하거나 그녀 몫의 의식이 균형을 잃게 만들어야 하는데, 어느 것 하나 쉽지 않았다. 우선 조급한 마음부터 내려놓아야 했다. 하지만 운전기사가 틀어놓은 라디오 방송은 요란했고, 가다 서다를 반복하는 출근길 교통 체증 탓에 신경질적으로 터지는 경적이 집중을 방해했다. 그러고 보니 아주 오래전에도 오늘과 비슷한 상황이 있었다.

그날은 로또 첫 추첨일이었다. 눈을 뜨자마자 목욕탕에 다녀온 아빠는 제삿날처럼 하얀 셔츠에 정장 바지를 차려입고 로또 영수증 백 장을 가지런히 펼쳐놓았다. 그러고는 장롱 서랍에서 금색 보자기에 싸놓은 비디오테이프를 꺼냈다. 아빠는 제사장처럼 자못 경건한 표정과 몸짓으로 비디오 데크에 테이프를 밀어 넣고 가부좌를 틀었다. 잠시 후, 지글거리던 화면이 밝아지며 붉은 티셔츠를 입은 외국인이 나타났다. 그가 영어로 무어라 떠들자, 옆에 서 있던 동시통역사가 성질 급한 말더듬이처럼 통역을 시작했다. 외국인의 이름은 유리 겔라였다. 그는 세 살 때, 집 앞 공원에서 신비로운 광선을 목격한 뒤 숟가락을 구부리거나 나침반을 마음대로 조종할 수 있는 능력이 생겼다고 자신을 소개했다.

꽤 오래된 영상인지 출연자 중 가장 낯이 익은 탤런트 이경진이 아주 앳된 모습으로 앉아 있었다. 그는 손바닥 위에 무 씨앗을 올려놓고는, 시청자들에게 의식을 집중하고 싹이 트는 모습을 상상하라 말하며 자신도 몹시 고뇌하는 표정을 지어 보였다. 방청객들도 조마조마한 표정으로 유리겔라의 굳게 다문 입술을 주시했다. 잠시 후, 돌연 기적이 발생했다. 손바닥에 올려놓은 씨앗이 싹을 틔운 거였다. 하지만 놀라운 일은 거기서 그치지 않았다. 꼼짝 않던 헤어드라이어가 맹렬하게 돌아갔고 그의 손이 닿은 숟가락과 포크가 엿가락처럼 구부러졌으며, 이경진이 가슴에 품어 가리고 있던 사과 그림은 텔레파시로 그에게 전달되어 종이 위에 복사되었다. 신음 한 방에 격렬하게 요동치는 나침반 바늘도 신기했지만, '움직여' 따위의 아무것도 아닌 주문으로 손목시계가 되살아났을 때는 손바닥에 땀이 맺혔다. 마지막으로 그는 제법 덩치가 좋은 사내를 무대에 올려 가운데 앉히고 방청객들을 불러 에워싸게 한 뒤, 엄지손가락만으로 사내의 몸을 번쩍 들어 올리게 했다. 사내를 들어 올린 사람들 중에는 유리겔라의 주문을 들은 순간 손바닥에 찌르르 전기가 올라왔다고 주장하는 이도 있었다. 초능력이 확인될 때마다 제 눈을 의심한 방청객들은 한 박자씩 느리게 박수를 치며 얼떨떨해했다. 생방송 중에 스튜디오로 걸려온 전화는 대부분 유리겔라가 시키는 대로 정신을 집중하고 숟가락을 문질렀더니 거짓말처럼 90도 각도로 구부러졌다는 내용이었고, 고장 난 라디오가 고쳐졌다거나, 멈췄던 손목시계가 되살아났다거나, 할머니의 앞니가 벌어졌다는 황당한 제보도 있었다.

"봤니? 모든 건 마음먹기 나름이야."

아빠가 테이프를 되감아 재생시키며 확신에 찬 목소리로 내게 말했다. 그러곤 유리겔라가 초능력을 발휘할 때마다 그의 눈빛과 동작, 표정을 흉내 내었다. 해 기울 녘까지 거실을 서성거리며 유리겔라 흉내를 내거나 가부좌를 틀고 명상을 하던 아빠는 추첨 시간이 다가오자 사뭇 초조한 안색으로 화장실을 들락거렸다.

"지금부터 주문을 외우는 거다."

유리겔라 비디오를 끄고 추첨 방송을 켠 아빠가 내 옆에 앉았다.

"뭐라고 외워?"

"응?"

아빠는 아차, 하는 표정으로 눈만 껌뻑였다.

"유리……겔라!"

한참을 멍하게 앉아 있던 아빠가 떠듬떠듬 말했다.

"그건 주문이 아니라 사람 이름이잖아."

"아빠 예전에 그 방송을 보고 죽은 개를 살렸어. 몸이 나무토막처럼 굳고, 파리가 꾀기 시작한 늙은 개였는데, 유리겔라와 함께 "움직여!"라고 외치는 순간 몸을 꿈틀하더니 눈을 떴단다. 유리겔라는 굉장한 사람이니까 이번에도 해낼 거야."

선뜻 믿기 힘든 말이었지만, 아빠의 간청을 거절할 수 없었다. 그러는 사이 추첨 방송이 시작되었다. 아빠는 허리를 꼿꼿이 세우고 화면 속에서 빙글빙글 돌아가는 회전판을 노려보았다.

"유리겔라, 유리겔라, 유리이……겔라!"

아빠가 눈을 찔끔 감고 선창했다. 나도 아빠를 따라 유리겔라 주문을 외웠다.

"첫번째 숫자는 8! 8번 있으신 분들 축하합니다."

아나운서의 말에 아빠가 재빨리 8번이 들어 있는 로또 영수증을 챙겼다. 모두 마흔한 장이었다.

"봐라, 조짐이 좋잖니? 이번엔 아까보다 더 집중을 해야 돼. 유리겔라, 유리……겔라."

다음 숫자는 16번이었다. 마흔한 장의 영수증은 스물아홉 장으로 줄어들었다.

"28!"

스무 장.

"11!"

열여섯 장.

"36!"

아홉 장. 그러나 유리겔라의 초능력은 네번째 번호를 끝으로 무능력해졌다. 적어도 아빠에겐 그랬다. 아빠는 아홉 장의 3등 당첨 복권을 힘껏 구겨 던지고 안방으로 들어가버렸다. 허무한 결과에 실망한 아빠와 달리, 나는 뜨거운 전율을 느꼈다. 애초 나는 로또 1등처럼 희박한 확률의 행운이 두 번 다시 우리를 찾아올 거라 믿지 않았다. 대신 유리겔라가 보여준 초능력을 다른 곳에 써보기로 마음먹었다. 아빠가 추첨 회전판을 노려보며 유리겔라를 외치던 순간, 나는 뽀얗게 먼지를 뒤집어쓴 책장 위의 알람 시계에 의식을 집중했었다. 아빠의 거친 숨소리와 시끌벅적한 텔레비전 소음, 엄마의 잔소리에 귀를 닫고 오직 반년째 네시 십칠분에 멈춰 있는 알람 시계를 응원했다. 유리겔라, 유리겔라, 유리겔라, 유리이……겔라, 움직, 여! 얼굴이 시뻘게지고 숨이 콱 막힐 지경으로 용을 쓰며 눈을 뜨자, 놀랍게도 아빠의 로또는 종잇조각이 되어 있었고 죽은 알람 시계는 네시 십팔분을 향해 뚜벅뚜벅 걸어가고 있었다.

며칠 후, 어느 프로그램에 초능력자 사냥꾼 제임스 랜디라는 노인이 출연해 유리겔라가 보여준 초능력이 사실은 교묘한 속임수라고 폭로했다. 그는 아무 초능력도 없는 자신이 유리겔라처럼 숟가락을 구부려 보이겠다며 담담한 표정과 과장 없는 몸짓으로 정말 숟가락을 기억 자로 휘게 만들었고, 종이 뒤의 그림을 긴장감 없이 알아맞혔다. 그는 픽픽 콧방귀를 뀌며 유리겔라가 보여준 가짜 초능력의

원리를 설명하기 시작했다. 나는 채널을 돌렸다. 도저히 봐줄 수 없었다. 유리겔라의 초능력은 진짜였다. 그건 먼지를 벗고 신나게 돌아가는 우리 집 알람 시계가 증명했다.

"아까 그 방송 다시 틀어봐."

내 옆에서 후루룩 라면을 먹던 아빠가 혼잣말처럼 웅얼댔다.

"싫어. 다른 거 볼래."

"노인네 이름 좀 보려고 그래. 제임스 뭐라고 그랬잖아. 주문 바꿔야지. 유리겔라는 이제 한물갔으니까."

아빠와 제임스 랜디의 기억을 밀어내고 다시 휴대전화가 진동했다. 꼼짝도 하지 않는, 스테인리스처럼 견고하게 묶인 팔짱을 풀고 기적을 보여줄 때가 됐다. 때마침 택시가 터널로 진입했다. 사위가 어둑해졌다. 나는 휴대전화가 가까운 오른손과 팔에 집중했다.

'유리겔라, 유리겔라, 유리겔라, 유리이……겔라, 움직, 여! 유리겔라, 유리겔라, 유리겔라, 유리이…….'

유리겔라는 건재했다. 의식을 팔에 집중하며 그의 이름을 외치자 동상이 풀리듯 손끝이 근질근질했다. 주춤거리던 택시가 터널 중간쯤에 멈춰 섰다. 택시 기사가 담배 한 대 피워도 되겠느냐 묻고는 대답도 듣지 않고 창문을 열었다. 전파가 약한지 라디오가 지글거렸다. 기사가 핸들을 잡은 손을 내려 라디오를 껐다. 움직여! 움직여! 움직……!

팔에 힘이 들어간 게 느껴졌다.

“어!”

짧은 감탄사와 함께 팔짱이 느슨해지더니 손이 주머니로 기어들어갔다. 기회를 흐지부지하게 만들 수 없었다. 휴대전화를 붙잡고 아무 버튼이나 눌렀다.

“여보세요?”

자유로워진 손으로 휴대전화를 받았다.

“너 단아름다운 알지?”

나를 위기에서 구한 건 유나였다.

"넌 어떻게 그 애를 알아?"

점을 보러 가긴 했지만, 생년월일시 외에 이름을 적은 기억은 없었다.

"내 블로그에 흔적을 남겼거든. 로그인 상태로 들어와서 둘러보고 간 거지. 가끔 블로그에 흔적 남기고 간 방문자들 찾아가서 이웃신청을 하는데, 그중에 단아름다운이 끼어 있더라. 이름 참 들척지근해."

유나에게 점을 보러 가던 날, 약도를 확인하느라 그녀의 블로그에 방문했던 게 떠올랐다. 다운의 스마트폰 어플에 자동로그인이 설정되어 있었다면 흔적이 남았을 터였다.

"블로그엔 별거 없었어. 화장법이랑 맛집 포스팅 몇 개 스크랩한 게 다였으니까. 그런데 이상하게 느낌이 쎄하더라고. 죽은 사람 사주 읽을 때처럼 털이 쭈뼛한 거야. 프로필 들어가 사진을 봤더니 두 달 전에 손님으로 찾아온 여자였어. 얼굴은 반반한데 팔자가 드세서 똑똑히 기억했지. 혹시 그사이에 죽었나 싶어서 구글링 고고. 절대 죽을 팔자는 아니었거든."

"그래서?"

"빈 트위터랑 페이스북 계정이 하나씩 있더라고. 거기도 별거 없긴 했는데, 페북 담벼락에 같은 과 친구 중 하나가 빨리 돌아오라는 멘트를 남긴 거야. 그 친구 페북에 가봤더니 단아름다운 사진이랑 실종자를 찾는다는 전단 같은 게 올라와 있었어. 근데 대박인 건, 오늘 아침에 거기 달린 댓글이었지. 다운이의 명복을 두 손 모아 빕니다."

다운의 죽음은 기정사실화되어 있었다. 내게 뒷조사를 사주할 당시, 남 사장은 이미 원룸 사건의 증거물을 들고 경찰서를 찾아갔다는 얘기였다.

"나랑 그 애가 아는 사이라는 건 어떻게 알아낸 거야? 그것도 벼락대신이 가르쳐준 거였어?"

"야, 우리 벼락대신이 무슨 흥신소 소장쯤 되는 줄 아니? 그 애 페북 친구가 니 페북 친구니까 추측한 거지. 임상엽인가 하는 아저씨."

일 년 전 별생각 없이 계정만 만들어놓고 들어가보지 않은 내 페이스북에 임 대리가 친구를 신청했던 거였다.

"그 여자애 안 죽었어. 딴 건 몰라도 명줄 하나는 쇠심줄이었거든. 재수 없으면 중환자실 같은 데 누워 있을지 몰라도, 금방 또 일어서겠지. 그래서 말인데, 그 여자애한테 네 명다리를 걸어보는 건 어때?"

교통 체증이 슬슬 풀리고 있었다. 운전기사가 창문을 올리고 기어를 변속했다.

"쉽게 설명해봐."

"그때 내가 말한 고약한 사주가 바로 단아름다운이야. 살아봐야 남의 몸에 칼이나 담글 거라고 했던. 다시 한 번 사신의 눈을 속여보자. 그 애랑 넌 생년생월이 같으니까 기도만 열심히 하면 잘 넘어갈지도 몰라. 어떡해서든 그 여자애 머리카락이나 입던 속옷 한 벌만 가져와."

유나가 목소리를 낮춰 소곤거렸다.

"왜 이렇게 나를 돕고 싶어해? 너한테 나는 있으나 없으나 마찬가지잖아."

남 사장의 배신을 지켜보면서 누군가를 의심 없이 믿고 의지하는 게 얼마나 낮은 승률의 도박인지 깨닫게 되었다.

"그래도 있는 게 낫다고 생각하니까. 너도 너지만, 이번에 사신의 눈을 속여 넘기지 못하면 울 엄마랑 너희 엄마까지 위험해져. 감히 인간 주제에 신을 농락하고 능멸했으니까. 아마 괘씸죄로 무간지옥에 던져지겠지. 딸년이 돼서 그 꼴을 어떻게 보냐. 개똥밭에 굴러도 이승이 낫다는데."

엄마 얘기에 울컥했는지 유나의 목소리가 눅눅해졌다.

"너를 살리는 게 엄마를 살리는 거야. 그러니까 내 말대로 해."

얼마 전까지만 해도 유품 보관실에 다운의 머리카락이나 옷가지가 남아 있었다. 하지만 이제 증거물이 될 만한 건 모조리 경찰이 가져갔을 터였다. 내비게이션이 목적지까지 남은 거리가 850미터라고 친절히 일러주었다.

"나 손님 온다. 일단 끊고 다시 통화해."

누군가 유나에게 인사를 건네는 소리가 들렸다.

"나 지금 밖이야. 전화는 이따 내가 할게."

기억의 편집을 지속시키려면 휴대전화를 꺼놓는 편이 좋을 것 같았다.

"그래, 기다릴게."

잠시 적막이 흐른 뒤 통화가 종료되었다. 전원 버튼을 길게 누르고 어둑해지는 액정을 아쉽게 바라보았다.

택시는 숨 막히게 반듯하고 질서정연한 건물들 사이를 통과해 15층짜리 오피스텔 앞에 섰다. 지갑을 열어 체크카드를 내어주고 결제가 되기를 기다렸다.

"나쁜 놈 꼭 붙잡아서 요절을 내십쇼."

택시 기사가 영수증과 체크카드를 주며 씁쓸하게 웃었다.

"네?"

"살인 용의자 미행한다면서요. 검둥개 씻긴다고 흰개 못 돼요. 개는 개끼리 뫄놔야지."

　아이패드를 옆구리에 낀 청년이 조수석 문을 벌컥 열었다. 머쓱해진 택시 기사가 내게 가볍게 목례를 하고 새 손님에게 목적지를 물었다. 택시에서 내리자 총대처럼 핸드백과 서류가방을 어깨에 멘 직장인들이 떼 지어 거리를 행군했다. 얼마 전까지만 해도 내 유일한 희망 사항은 그들의 행군에 얌전히 합류하는 거였다. 이젠 꿈을 꾸는 것조차도 꿈이 되었다.

　현기증을 느끼며 가로수에 어깨를 기댔다. 갈 곳을 정해야 했다. 임 대리를 따라 오피스텔로 들어갈 것인지, 사무실로 찾아가 남 사장을 만날 것인지 쉽게 결론이 나지 않았다. 그때 머리 위로 녹은 눈 한 덩어리가 철퍽 떨어졌다. 그와 동시에 익숙한 걸음걸이 남자가 눈에 들어왔다. 카키색 항공점퍼에 묵직한 걸음걸이. 남 사장이었다. 택시에서 내린 그가 주위를 두리번거리며 오피스텔로 들어갔다. 차갑고 비릿한 물이 이마와 뺨을 타고 흘렀다. 번뜩 정신이 들었다.

나는 급한 대로 오피스텔 앞 토스트 포장마차에 들어가 남 사장을 지켜보았다. 불과 2미터 남짓한 거리였지만, 부윰한 비닐 천막이 가로막고 있어 몸을 숨기기에 적당했다. 남 사장은 오피스텔 1층의 커피숍에 자리를 잡았다. 누군가를 기다리는지 가끔가다 손목시계를 들여다보며 주위를 두리번거렸다. 잠시 후, 사이렌 소리와 함께 경찰차 한 대가 포장마차 옆에 도착했다. 바삐 걷던 사람들이 걸음을 늦췄다. 경찰차에서 내린 경찰 두 명이 날렵하게 회전문을 통과해 건물로 들어갔다. 곧이어 조수석 문이 열리고, 회색 반코트 차림의 중년 남자가 내렸다. 앞서 내린 경찰들에 비해 느긋한 표정과 걸음걸이였다. 남 사장이 자리에서 일어나 중년 남자를 향해 휘휘 손을 흔들었다. 아는 사이인지, 중년 남자가 앞니를 드러내고 히쭉 웃으며 남 사장이 기다리는 커피숍으로 들어갔다. 둘은 느긋하게 의자에 등을 기대고 앉아 커피를 주문했다.

경찰 출신인 남 사장에게 경찰 친구가 있다는 건 그리 놀라운 일이 아니었다. 사건 처리가 일사천리인 것도 중년 남자의 도움 때문인지 모른다. 둘은 토요일 오후, 낚시터에서 우연히 만난 동호회 회원처럼 반갑게 대화를 나눴다. 그들 앞에 커피가 서빙될 때 즈음, 오피스텔 입구에서 남자의 고함 소리가 들렸다.

"그럴 리가 없다니까요! 전 거기 그 아줌마가 살고 있을 줄 꿈에도 몰랐단 말입니다. 증명해줄 사람도 있어요. 전화 한 통이면 확인하실 수 있잖아요."

경찰에게 양팔을 내어준 임 대리가 사지를 비틀며 언성을 높였다.

"통화는 서에 가서 실컷 해."

경찰 중 한 명이 임 대리의 머리를 눌러 차에 태웠다.

"당신들 남 사장이 보내서 온 거 맞지?"

자동차 문이 닫히며 임 대리의 고함을 가뒀다. 커피숍에서 소동을 지켜보던 중년 사내가 휴대전화를 꺼내 귀에 붙였다. 차에 오르려던 경찰 한 명이 전화를 받았다.

"네, 용의자 신병 확보됐습니다. 먼저 들어가보겠습니다."

통화를 마친 경찰에 조수석에 타자 차가 출발했다.

"아가씨, 들어온 지가 언젠데 주문을 안 하고 있어요? 아침 장사 끝낼 시간 다 됐는데."

달구어진 철판에 마가린을 녹이던 포장마차 주인이 짜증이 잔뜩 밴 목소리로 물었다. 황급히 야채토스트를 주문하고 남 사장 쪽으로 눈을 돌렸다.

출근 시간이 끝나갈 무렵인지, 테이크아웃 손님이 빠져나간 커피숍은 한산했다. 중년 남자와 시시덕거리던 남 사장이 문득 자리에서 일어섰다. 그의 시선이 출입구 쪽을 향했다. 베이지색 모피코트에 하이힐을 신은 날씬한 여자가 출입문을 열고 커피숍으로 들어섰다. 반투명한 천막 탓에 여자의 얼굴이 뭉개져 보였다.

"오늘도 아주 패션쇼를 하네."

포장마차 주인이 식빵을 뒤집으며 구시렁댔다.

"누구요?"

"지금 커피 가게 들어간 여자 말이에요. 오피스텔 사는지 가끔 들락거리는 게 보이는데, 난 첨에 탤런트나 영화배운 줄 알았어. 밤이고 낮이고 시커먼 선글라스 끼고, 시베리아 사냥꾼마냥 치렁치렁 모피 휘두르잖아. 새끼 놓친 에미가 무슨 정신에 저러고 다니나 몰라. 살짝 맛이 갔나 봐. 아가씨, 두유는 안 마셔요? 아주 뜨끈한데."

포장마차 주인이 온장고를 가리켰다.

"새끼를 놓치다니요?"

내가 고개를 끄덕이자, 포장마차 주인이 두유 한 병을 꺼내 건네고 종이컵 두 장을 겹쳐 토스트를 담았다.

"저번에 찌라시 한 움큼 들고 우리 가게에 왔더라고. 쓱 훑어보니까 실종된 딸 찾는다는 내용 같던데, 사진도 없고 전화번호도 없는 거야. 내가 입이 뾰족해서 바른말은 못 참거든. 찾으려면 좀 성의 있게 만들어서 다시 가져오랬지. 여기 입구에 떡하니 크게 붙여주겠다고. 근데 내 말이 고까웠는지 샐쭉해서는 그냥 나가버리데? 그러곤 감감무소식이야. 싱거우면 케첩 쳐요. 우리 집은 셀프야."

포장마차 주인이 고무줄에 매달아놓은 케첩 병을 흔들었다. 나는 고개를 젓고 다시 커피숍을 염탐했다. 남 사장과 합류한 여자가 날씬한 다리를 우아하게 꼬고 앉아 메뉴판을 읽었다. 종업원이 그녀에게 다가가자 뺨을 가렸던 긴 머리카락을 쓸어 올리며 고개를 치켜들었다. 여성스럽고 매끈한 옆모습이 드러났다.

"엄마……?"

어느새, 나는 다운의 엄마를 엄마라고 부르는 데 익숙해져 있었다. 웰케어 요양병원에서 아빠의 기저귀를 갈며 악다구니를 지르는 나의 엄마보다 다운의 엄마를 바라보고 부르는 일이 더 잦아서인지도 모른다. 아니, 좀더 솔직해지자면 다운의 엄마가 내 엄마이기를 바랐던 순간이 많은 탓일 테다.

그녀는 부유하고 아름답고 교양 넘치는, 굳이 내 세계에서 비슷한 인물을 찾자면 오래전의 유나와 같은 부류였다. 둘을 향한 나의 동경은 오해에 가까웠다. 마치 어른이 될 때까지 상상만으로 맛을 단정 지어버린 치즈케이크처럼 말이었다. 코린 냄새와 지나치게 달고 텁텁한 맛을 혀로 느끼기까지, 나는 십수 년 동안 치즈케이크에 대한 환상을 품어왔다. 물론 그사이 나는 몇 번이나 치즈케이크를 먹을 기회가 있었다. 매달 적으나마 용돈이 생겼고, 프랜차이즈 제과점에 가면 단 돈 몇천 원에 살 수 있는 것이 치즈케이크였다. 하지만 나는 제과점에 갈 때마다 케이크 진열대를 외면하고 슈크림이나 페이스트리를 계산대로 가져갔다. 맛이 있는 케이크의 한 종류일 거라는 애초의 상상은 시간이 지날수록 맛이 없으면 안 되는 궁극의 요리로 진화해갔고, 종래에는 만에 하나 맛이 없을까 봐 맛볼 수 없는 두려움의 대상이 되어갔다. 스무 살 생일 날, 엄마의 손에 그것이 들려오기 전까지는 그랬다.

다운의 엄마는 내게 치즈케이크였다. 하지만 돈과 미모를 딥클렌징한 그녀의 민낯은 상상 이상으로 추악했다. 전남편을 살해하고, 새 인생을 위해 신분을 세탁하고, 범죄자인 딸을 은닉한 중죄인이 그녀의 진면목이었다. 그런 그녀를 엄마라고 불러버린 혀끝을 지그시 깨물었다.

"우린 낮잠 한바탕 자고 저녁 장사 나와야 하는데."

차갑게 식은 토스트를 들고 서 있는 내게 포장마차 주인이 대놓고 싫은 내색을 했다. 마침 남 사장과 중년 남자, 다운의 엄마가 자리에서 일어섰다. 남 사장이 출입문을 밀치고 나와 떠들었다.

"그 녀석 아주 죄질이 나빠. 누가 봐도 덜미 잡힐 거 같으니까, 해코지하러 찾아온 거 아니야. 경무관께서 우리 연숙이 잘 봐줘야 돼. 전남편은 하루아침에 경제사범 돼서 학교 들어갔지, 외동딸까지 그런 일 당했잖아. 누구든 보살펴줄 남자가 있어야지. 안 그래?"

뒤따라 나온 중년 남자가 얼굴을 붉히며 비실비실 웃었다.

"증언할 사람이 선배 말고 더 있어요?"

중년 남자의 물음에 남 사장이 고개를 끄덕였다.

"있긴 해. 아직 자는지 전화기 꺼놨는데, 집으로 찾아가보려고."

남 사장이 말한 증인은 아마도 나일 터였다. 그가 중년 남자와 다운의 엄마에게 손을 흔들고 횡단보도를 건넜다. 다운의 엄마가 오피스텔로 앞장서자 중년 남자가 조용히 그녀의 뒤를 따랐다.

이제 모든 게 선명해졌다. 다운이 내게 제안한 딜은 임 대리가 모든 죄를 뒤집어쓰고 침묵할 수 있도록 돕는 거였다. 마취제로 몸을 통제할 수 있게 되었으니, 어려울 것도 없는 일이었다. 다운이 굳이 체크카드를 사용하고 실내 블랙박스가 있는 택시를 골라 타서 살인 용의자를 운운한 것은, 훗날 법정에서 자신에게 유리한 증거를 만들기 위해서였다. 증언이 끝나면 확실한 입막음을 위해 쓸모가 사라진 몸을 내버려둘 리 없었다. 스물네 살, 빚이 재산의 전부인 비정규직 노동자에게 생활고나 취업난은 충분히 삶의 의욕을 가로막는 장해 요소였다. 사회면 사건사고란 한 귀퉁이도 차지하지 못할 만큼 흔해빠진 죽음이 저만치서 나를 기다리고 있었다.

"아가씨, 계산 좀 해줘요."

마감을 하려는지 포장마차 주인이 종이 상자에 남은 식빵과 마가린 통을 담고 스포츠신문으로 덮었다.

"원랜 선불 받거든. 가끔 오뎅에 김밥에 토스트까지 시킨 다음에 한 개씩 빠트리고 계산하는 손님이 있어서 그래. 오뎅은 꼬치라도 세면 되는데 배 속에 들어간 김밥, 토스트 같은 건 먹었단 증거가 없잖아. 미안해요, 응?"

포장마차 주인이 눈썹을 팔자로 늘어뜨리며 철판을 닦았다.

"고맙습니다."

다운이 미처 계획에서 빠뜨린 것이 하나 있었다. 꼭꼭 씹어 삼키지 않은 한 가장 강력하고 확실한 증거는 어딘가에 남아 있을 거였다. 가을의 시신이 유기된 장소를 찾아야 했다.

"고맙기는. 내가 뭘 했다고."

나를 얼떨떨하게 쳐다보는 포장마차 주인에게 오천 원권을 내어 주고 잔돈도 거슬러 받지 않은 채 거리로 나왔다. 정류장에는 모범택시뿐이었지만, 가려 탈 여유가 없었다.

"한양대 입구요."

남 사장이 우리 집에 들른 동안 사무실에 가서 단서를 찾아야 했다. 시신을 유기한 장소를 보란 듯이 적어놓지는 않았겠지만, 고속도로 통행료 영수증이라든지 사소한 메모 정도는 남아 있을지 몰랐다. 다행히 출근 시간이 끝난 터라, 도로 사정은 나쁘지 않았다. 택시기사를 독촉해 속도를 올렸다. 주머니에 든 휴대전화를 꺼냈다. 지금쯤 전원이 꺼진 그것으로 남 사장과 임 대리가 수도 없이 통화를 시도하고 있을 터였다. 하지만 증거를 확보하기 전까지는 전원을 켤 수 없었다.

택시에서 내리자마자 건물로 직행했다. 숨을 헐떡이며 계단을 뛰어올라 사무실 앞에 섰다. 손잡이를 돌려보았다. 예상대로 잠겨 있었다. 그래도 노파심이 누그러지지 않아 두어 번 노크를 하고 문에 귀를 가져다 붙였다. 사무실은 무덤처럼 고요했다. 재빨리 도어록 비밀번호를 누르고 손잡이를 당겼다. 익숙한 냄새와 풍경이 펼쳐졌다. 남 사장의 책상은 제일 안쪽 창문께였다. 결재판과 견적서, 거래처목록 등의 파일로 너저분한 그의 자리엔 특이할 만한 것이 없었다. 우려낸 지 오래되어 보리차처럼 노랗게 변색된 녹차, 반쯤 빈 껌 상자, 뱀처럼 대가리를 빳빳이 세운 충전기, 구권과 신권이 뒤섞인 천 원짜리 몇 장이 전부였다. 예상대로 서랍은 잠겨 있었다. 탕비실에 들어가 꾸러미를 들고 왔지만 맞는 게 없었다. 혹시나 싶은 마음에 창가에 내놓은 화분을 하나씩 들어보고, 임 대리의 책상까지 뒤졌지만 끝내 열쇠는 나오지 않았다.

나는 임 대리의 의자에 앉아 슴벅한 눈을 비볐다. 그때 한쪽으로 기울어진 장부가 눈에 들어왔다. 손을 뻗어 장부를 바로 세우자 열쇠 꾸러미와 손바닥만 한 지퍼백이 드러났다. 지퍼백 안에 든 것은 가끔 남 사장이 인심 쓰듯 돌리던 간장약이었다. 간장약은 시중에 파는 우루사보다 캡슐도 크고 마감이 견고하지 못해 안에 든 내용물이 쏟아진 것도 있었다. 제대로 된 제약회사에서 만든 것 같지 않아 매번 거절했지만, 임 대리나 곽 아저씨는 종종 받아먹어온 모양이었다. 지퍼백을 열어 캡슐 하나를 꺼냈다. 야무지게 여며지지 않은 캡슐 사이로 회갈색 분말이 쏟아졌다. 캡슐 양쪽을 잡아당겨 안에 든 내용물을 털어냈다. 톱밥처럼 거친 입자 사이에 길쭉하고 까뭇한 무언가가 섞여 있었다. 볼펜 끝으로 까뭇한 것을 끄집어내 가까이 들여다보았다. 섬유나 약재라고 하기엔 탄력이 있고 너무 빳빳했다. 굳이 비슷한 걸 찾자면 짧게 잘린 머리카락이었다. 다른 캡슐 하나를 더 뜯었다. 이번에도 가느다랗고 까뭇까뭇한 것들이 섞여 있었다. 그중 가장 길고 구불구불 것을 골라내 손끝에 올렸다. 반투명한 살점 같은 것이 매달려 있었다. 야생동물을 가공해 만든 약인지도 몰랐다.

캡슐을 모두 열어 내용물을 모았다. 쿰쿰한 냄새를 풍기는 회갈색 분말 속에는 암만 봐도 코털이나 음모, 머리카락이라고 의심되는 것들이 섞여 있었다. 게다가 상아색을 띤 제법 큰 입자는 치아나 뼈 정도로 딱딱해서 불펜 끝으로 눌러도 뭉개지지 않았고, 페인트인지 매니큐어인지 분간할 수 없지만 펄이 반짝거리는 연분홍색 염료 같은 것들도 눈에 띄었다. 나는 의자에서 벌떡 일어나 뒷걸음질을 쳤다.

남 사장은 한 달에 한두 번 어딘가로 출장을 다녀왔다. 그때마다 곽 아저씨는 혹시 두 집 살림 차린 거 아니냐고 농을 건네곤 했었다.

"내가 무슨 능력으로 투하우스를 차리나. 투잡이라면 모를까. 경주에서 약재상 하는 친구놈이 돈 좀 벌어보겠다고 서울 올라와서 공장을 차렸는데, 거기 슬쩍 발을 담갔어. 곽씨도 얼굴 보면 알 거야.

아직은 가내수공업 수준이고 원재료 구하기가 힘들어서 한 달에 한두 번 기계 돌리는데 판로는 많이 개척했지. 예전엔 원재료를 전판 중국에서 수입했는데, 아무래도 소비자 입장에선 국내산을 더 선호하게 되잖아. 비싸더라도 말야. 혹시 간 안 좋은 사람 있으면 말해."

연이어 다운의 몸으로 남 사장을 만나서 나눈 대화가 떠올랐다.

'전부 사망자들이야. 공통점이 있다면 모두 수급 대상자들이라는 거지. 그래 봐야 몇 푼 안 되는 돈이지만, 사망 신고를 해버리면 생계를 위협받는 사람들도 있기 마련이거든. 우리 쪽에서 그런 사망자들의 시신을 따로 화장해 장례까지 치러주고 신원을 사들여서 꼭 필요한 사람에게 되파는 역할을 하지.'

화장은 가스불에 오징어 굽듯 간단한 과정이 아니었다. 고열과 고압으로 순식간에 뼈까지 녹여낼 시설과 장비를 마련해야 하고, 인근 주민들의 동의 내지 묵인을 약속받아야 한다. 하지만 시체를 사들여 신분 세탁을 하는 브로커들이 일련의 복잡하고 성가신 과정을 얌전히 따랐을 리 없다. 화장을 해서 장례를 치러준다던 그의 말은 사실이 아닐 가능성이 더 컸다.

나는 임 대리 책상 위에 작은 봉분처럼 쌓인 회갈색 분말을 내려다보았다. 어쩌면 그것이 임 대리와 내가 간절히 바라던 증거물인지도 몰랐다. 나는 지퍼백 주둥이를 벌려 분말을 쓸어 넣은 다음, 휴지로 곱게 싸 주머니에 넣었다.

열쇠 꾸러미를 들고 유품보관실로 향했다. 원룸에서 나온 유품들은 대부분 경찰에 넘겨졌을 테지만, 허무맹랑한 내용이 적힌 스프링 노트라면 남아 있을 수도 있었다. 열쇠를 꽂아 비틀고 보관실 문을 열었다. 바닥과 천장을 연결한 철제 앵글 층층이 유품이 든 종이 상자가 쌓여 있었다. 의뢰자가 찾아가기로 해놓고 몇 달째 감감무소식인 경우도 있었고, 처분할 곳을 찾지 못해 대기 중인 물건도 많았다. 다운의 유품이 있던 자리엔 건초처럼 성기게 뭉친 회색 먼지와 마른 나뭇잎, 실보무라지 몇 가닥이 뒹굴고 있었다. 만에 하나 증거가 될 만한 게 있을까 싶어 손끝으로 먼지를 헤집어봤다. 그때, 번데기처럼 도르르 말린 나뭇잎이 발치로 떨어져 저절로 가만가만 움직이기 시작했다. 자세히 들여다보니 나뭇잎을 움직인 건 안에 들어 있던 거미였다. 얼룩얼룩한 긴 꽁무니에 통통한 몸, 큰 턱이 발달한 놈은 언젠가 수업 시간에 슬라이드로 본 적이 있는 염낭거미의 일종 같았다. 외국에선 거미 독으로 발기부전제를 만드는 데 성공했다고 입을 뗀 교수는 안타깝게도 한국의 거미 중엔 약으로 개발할 만큼 치명적인 독을 지닌 거미가 드물다고 말했었다.

"그나마 독성이 강하다고 알려진 토착종이 이 염낭거미예요. 치명적이지는 않지만 물리면 통통 붓고 꽤 욱신거리죠. 근데 이놈들 참 특이한 습성이 있어요. 생식기의 암컷은 새끼들의 생존률을 높이기 위해 나뭇잎을 주머니 형태로 말아서 육아낭을 만들죠. 하지만 얼마 지나지 않아 안락한 육아낭은 어미의 무덤이 되고 맙니다. 성장에 필요한 먹이를 구하러 나갈 수 없는 새끼거미들이 어미의 몸에 달려들어 배를 채우게 되니까요. 수컷인 저로서는 감히 이해하기 어려운 모성 본능입니다."

교수의 말과 달리 거미는 새끼가 아닌 성체였다. 나뭇잎에서 몸을 빼낸 거미는 몸을 돌려 자신이 나온 구멍을 바라보았다. 이윽고 참깨만 한 새끼거미 한 마리가 구멍을 통과했다. 운 좋게 무덤을 탈출한 어미구나, 하는 생각도 잠시, 어미가 아래턱을 벌리며 새끼에게 다가갔다. 그러고는 눈 깜짝할 사이 새끼를 먹어치우고 뒤따라 나온 다음 새끼에게 아래턱을 벌렸다. 어미는 새끼가 나오는 족족 쉬지 않고 턱을 움직여 여린 살점을 집어삼켰다. 새끼를 모조리 먹어 치운 어미는 아름다운 여덟 개의 다리를 하느작거리며 유유히 어둠 속으로 몸을 감췄다. 모든 어미가 모성을 갖는 것은 아니었다. 때로 다운의 엄마처럼 배를 채우기 위해 새끼를 낳는 어미도 있기 마련이다.

이제 마지막 희망은 곽 아저씨였다. 남 사장과 동업을 한다는 약재상을 곽 아저씨도 아는 눈치였으니, 구체적인 정보를 얻을지도 몰랐다. 임 대리의 책상 유리 밑에 손바닥만 하게 출력한 비상연락망이 있었다. 휴대전화 전원을 켰다. 통화는 할 수 없으니 문자메시지라도 보낼 심산이었다. 곽 아저씨가 메시지를 확인할 수 있을지는 미지수였다.

─아저씨, 저 이경이에요. 지금 어디 계세요?

남 사장이 들이닥칠지 몰라, 일단은 사무실을 벗어나기로 했다. 건물을 나와 습관처럼 버스 정류장으로 향했다. 벤치에 앉자마자 휴대전화가 울렸다. 남 사장 번호였다. 내가 집에 없는 걸 확인한 모양이었다. 통화를 거절하고 얼마 지나지 않아 다시 휴대전화가 울렸다. 이번엔 곽 아저씨였다. 진실을 알아내려면 통화를 해야 했지만, 시간이 편집되면 눌러놓았던 다운이 되살아날 터였다. 벨소리가 계속 울리는데 전화를 받지 않자 옆에 서 있던 아줌마가 입을 비죽거리며 눈을 흘겼다. 물러날 곳이 없었다. 직접 통화를 할 수 없다면 나대신 통화해줄 사람을 찾아야 했다. 통화를 거절하고 카톡을 열어 유나를 찾았다.

─지금 그쪽으로 갈게.

전송 버튼을 누르자마자 다시 택시를 잡았다. 그사이 메시지를 확

인한 유나가 약도가 담긴 사진 파일을 전송했다. 그녀와 나는 어느
새 '왜'를 생략해도 무례하지 않은 사이가 되어 있었다.

"홍제3동 주민센터 앞이요."

목적지를 말하자 지체 없이 택시가 내달렸다.

눈가가 뻘게진 중년 부인이 상담실을 나왔다. 연분홍색 치마저고리 차림의 유나가 그녀를 뒤따라 나와 배웅했다. 문이 닫히자 무표정했던 그녀가 광대를 들썩하게 웃으며 내게 다가왔다.

"꼭 와본 사람처럼 허접한 약도 가지고 잘도 찾아왔네? 안으로 들어가자. 실장님, 오늘 예약 올 캔슬. 퇴근하셔도 돼요."

나는 유나를 따라 상담실로 들어갔다. 그녀가 상담 테이블을 치우고 뒤통수에 매달아놓은 쪽을 풀어 던졌다. 짧고 푸석한 염색모가 어깨로 쏟아졌다.

"아까 그 아줌마 어쩌냐? 아들 실종됐다고 찾아왔는데, 점사엔 벌써 황천 갔다고 나오더라고. 한 해 실종자 수가 구만 명인데 그 사람들이 다 어디 갔겠어. 노망난 노인네 같으면 어디 시설에라도 짱 박혀 있겠지만, 젊은 애들은 거지반 못 찾아. 작정하고 지가 숨었든지, 나쁜 놈 만나 황천행 크루즈 탔든지 둘 중 하나니까.”

버선까지 벗어 던진 유나가 보료에 비스듬히 몸을 기댔다.

“부탁이 있어서 찾아왔어.”

“그래, 그런 거 같더라. 내가 뭘 해주면 좋을까?”

유나가 보료 밑에서 전자담배를 꺼내 입에 물었다.

“내가 지금 통화를 할 수 없는 상황이야. 설명하자면 너무 긴데……”

“오케이, 설명은 생략. 친구가 그렇다면 그런 줄 알아야지. 그럼 내가 너 대신 통화해주면 되는 거지?”

오랜 세월 손님을 상대해온 유나의 직관은 남달랐다. 그녀가 나를 향해 손을 내밀었다. 주머니에서 꺼낸 휴대전화를 그녀에게 건넸다.

“젤 위에 뜬 부재중 전화로 통화하면 돼.”

“뭐라고 말하면 돼?”

“약재상 하는 남 사장 친구를 아느냐고. 알면 어떤 사람이고, 작업장이 어딘지도 물어봐줘.”

유나가 고개를 끄덕이며 통화 목록을 열었다.

“취향 독특한 스토커나 대부업체 진드기 상대해달라는 줄 알았더니, 별것도 아니었네. 기다려봐. 나 이런 데 소질 있거든.”

그녀가 통화 버튼을 누르고 볼륨을 키웠다. 신호가 두 번 울리자 곽 아저씨의 목소리가 쩌렁쩌렁 울렸다.

“가시나 참말로, 문자 하나 띡 보내놓고 와 전화를 안 받노?”

"네, 선생님. 전 박이경이 아니라 그 가시나 친구 김유나라고 합니다."

유나가 송화기를 막고 큭큭 웃었다.

"와 친구가 전화를 하능교? 경이한테 무슨 일 있습니꺼?"

"아, 이경이가 목감기가 심해서 통화하기 힘들다네요."

생각지도 못한 핑계를 잘도 가져다 붙였다.

"그 아한테, 무슨 일 있는 거 아니지예?"

"그럼요, 지금도 옆에 있어요. 다름이 아니라, 이경이가 아저씨께 뭘 좀 여쭤보라고 해서요."

"몬데요?"

"약재상 하는 남 사장 친구분을 아시냐고?"

"아, 왕태봉이? 하모요, 알지예. 콧구멍만 한 시골동네에서 한 다리 건너면 다 친구 아이겠십니꺼. 지금은 금마 약재상 때리치고 남 사장캉 공장 차릿다 아잉교."

유나가 레몬향이 나는 수증기를 길게 뱉으며 고개를 주억거렸다.

"공장 낸 데가 어디래요?"

"글쎄예. 왕태봉이 금마 약재상 해서 돈을 억수로 벌었다 카든데, 머할라꼬 남 사장하고 일을 벌였는가 모리겠심더. 금마 큰 누부가 북한산 자락 몽운골에서 약초 말려 판다는 소문이 있었는데, 글루 알아봐야 안 하겠십니꺼?"

유나가 상담 테이블을 끌어다 메모를 했다.

"몽운골 자락 어디래요?"

"글케만 들었지 어딘지는 나도 모르지요. 그나저나 경이 갸는 아프면 병원부터 찾아가야지 와 친구랑 있능교?"

실망한 표정의 유나가 메모지를 구겼다.

"걱정 마세요. 여기도 병원 비슷한 데니까. 그럼 끊습니다. 아저씨 오늘 손재수 있는 날이니까 지갑 조심하시고요."

통화를 끝낸 유나가 피식 웃었다.

"병원 비슷한 데 맞지, 뭐. 몸 고치는 데, 마음 고치는 데 있으면, 영혼을 고치는 데도 있어야 할 거 아냐."

유나가 휴대전화를 내주었다.

"인상 펴고 나가자. 몽운골 여기서 금방이야. 약초 말리는 데면, 대로변은 아닐 거 같고 봉우리 밑이겠지? 일단 가보자고."

병풍 뒤에서 청바지와 티셔츠를 가져온 유나는 부끄러운 내색 없이 치마저고리를 훌훌 벗었다.

"전교에서 제일 섹시한 내 뒤태 아직 그대로지?"

유나가 깔깔거리며 청바지에 다리를 끼워 넣었다. 그녀의 웃음이 곧 내게로 전염되었다.

"너랑 짝이 된 게 영광이네."

내 응수에 유나가 배를 잡았다.

우리는 건물 뒤 주차장에서 그녀의 엄마가 물려줬다는 낡은 소나타를 타고 북한산 자락으로 달려갔다. 산 밑에는 평일 낮인데도 등산객이 줄을 이었다. 유나는 등산로 옆 사찰 방향 샛길로 차를 몰았다.

"절에 가서 물어보자. 드문 성씨니까 스님들은 알지도 모르지."

샛길 끝에는 한 칸짜리 법당과 산신각이 전부인 작은 암자가 있었다. 일주문에서 유나를 따라 짧게 합장을 하고 법당으로 들어섰다. 스님은 없었지만, 향에 불씨를 옮기는 공양주 보살이 우리를 맞았다.

"보살님, 말씀 좀 여쭐게요."

유나가 수인사를 하고 공양주에게 말을 붙였다.

"네, 그렇게 하세요."

"요 근처에 나물 말려 파는 집 있나요? 안주인이 왕가라고 하던데."

"절에 나물 대는 사람 중에 마나님이 왕씨인 집이 있기는 해요. 관절이 도졌는지, 요샌 통 안 내려오십니다만."

"어딘지 가르쳐주실 수 있으세요? 온 김에 나물이랑 버섯 좀 사가게."

"뭐, 그럽시다."

돌하르방처럼 투박하고 무뚝뚝한 생김의 공양주는 생각 외로 친절했다. 그녀는 빈 노트를 가져와 볼펜으로 약도를 그려주며 커피라도 마시고 가겠냐고 물었다. 나는 그녀의 친절에 진심으로 고마움을 느끼며 불전함에 만 원을 집어넣고 암자를 나왔다.

왕씨의 집으로 가는 길은 순탄치 않았다. 거리상으로는 1킬로미터 남짓이었지만, 고불고불하고 가파른 등산로에는 녹지 않은 눈이 수북했다. 그나마 운동화를 신은 나는 견딜 만했지만 유나는 바닥이 밋밋한 워커를 신어 넘어지기 일쑤였다.

"이 소리 안 들려?"

유나가 창백한 얼굴로 내 점퍼 뒷자락을 붙잡았다.

"무슨 소리?"

"아우성 같은 거. 너한테는 안 들린다니 이거 사람 소리가 아니구나. 나 거기 가기 싫어."

유나가 아까시나무 아래 주저앉았다.

"네가 무서운 것도 있어?"

"무서운 게 아니라 끔찍해. 다들 울고 있거든."

유나의 눈가에 눈물이 일렁였다.

"그럼 여기서 기다려."

나물 파는 왕씨가 왕태봉의 누나인지 확실하지도 않은 마당에 둘 다 고생할 필요는 없었다. 약도대로라면 머지않은 곳에 왕씨네 집이 있을 터였다.

"너 꼭 가야 돼?"

유나의 물음에 고갯짓으로 답을 했다.

"그래, 그렇다면 가야지. 어쩌겠니. 난 여기서 진정 좀 하고 뒤따라갈게."

"어떤 덴지 확인만 하고 바로 내려올 거야. 넌 그냥 여기서 기다려."

유나가 빨갛게 언 내 손을 보고는 가죽장갑을 벗어 건넸다.

"암말 말고 끼고 가."

그녀는 무당답게 내가 붙일 토씨를 미리 알고 잘라냈다. 나는 장갑을 마다하지 않았다. 유나의 체온에 덥혀진 소의 가죽은 따뜻했다.

길은 점점 더 험해졌고, 넘어지는 빈도도 더욱 잦아졌다. 다섯번째 무릎을 찧고 몸을 일으켰을 때, 언덕 너머로 닭 볏처럼 붉은 지붕이 보였다. 무릎을 털고 조심조심 언덕을 넘었다. 최근 쌓아 올렸는지 말끔한 콘크리트 담장으로 둘러싸인 농가 주택이 나타났다. 집 앞에는 스타렉스 한 대가 주차되어 있었다. 담장을 따라 돌아가니 내가 올라온 곳 반대편에 차 한 대가 빠듯하게 드나들 만한 길이 있었다. 담장 중앙에는 낡은 농가 주택에 어울리지 않는, 크고 묵직한 철문이 빈틈없이 여며 있었다. 담장 안을 들여다볼 수 없을까 싶어 철문을 손으로 밀자, 느닷없이 여러 마리의 개가 짖었다. 철문 안쪽에서 사람의 발소리도 느껴졌다.

이곳이 왕태봉과 남 사장의 공장이라면, 들켜서 좋을 것은 없었다. 나는 황급히 집 앞 스타렉스 뒤로 몸을 숨겼다. 숨을 죽이고 몸을 옹송그린 채, 철문이 열리기를 기다렸다. 이윽고 잠금장치를 해제하는 소리와 함께 철문이 열렸다. 열린 틈으로 깡마른 포인터 두 마리가 뛰어나와 흙바닥에 코를 처박고 냄새를 맡더니 내 쪽으로 뛰어왔다. 화살촉처럼 날렵하고 위협적인 두 마리가 붉은 잇몸을 드러내며 내 허벅지에 송곳니를 겨누었다.

"제리, 테드!"

가냘프지만 단호한 여자의 목소리가 개들의 공격에 올가미를 씌웠다. 개들이 내 쪽으로 향한 길고 가느다란 그림자에게 달려갔다.

개들이 맞이한 여자는 새하얀 패딩에 어그부츠를 신은, 단아름다
운이었다.

우리는 태어나서 한 번도 만난 적 없는 이복자매처럼 해야 할 말을 미룬 채 서로 다른 곳을 바라보았다.

"그래, 만날 때가 된 것 같다."

다운이 풀 죽은 목소리로 속삭이듯 말했다. 악귀처럼 내 몸을 휘두를 때와는 사뭇 다른 태도였다.

"여기…… 살아?"

내 질문에 그녀가 고개를 끄덕였다. 차양처럼 길게 뻗은 속눈썹이 오늘따라 처연해 보였다.

"기왕 온 거 들어갈래? 안에 일하는 사람이 한 명 있긴 한데 한창 바쁠 시간이라 괜찮을 거야."

둘만 아는 진실 게임을 하려면 조용한 장소가 필요했다. 내가 고개를 끄덕이자 다운이 철문을 밀고 마당으로 들어섰다. 그녀의 뒤를 따르자 개들도 귀를 펄럭거리며 걸음을 맞췄다. 다운이 밖을 한번 휘돌아보더니 문을 지치고 마당으로 들어섰다.

생각보다 담장 안은 넓고 깨끗했다. 새로 지은 듯한 샌드위치 패널 건물과 붉은 지붕의 황토집이 마당을 가운데 놓고 마주 보는 구조였다. 다운이 샌드위치 패널 건물 앞에 놓인 평상에 엉덩이를 붙였다.

"엄마 오시기로 했나 봐?"

내 질문에 다운이 고개를 가로저었다.

"아니, 여기 온 첫날 이후로 만난 적 없어."

말끝에 긴 여운이 남았다. 다운은 누군가 툭 건드리면 금방이라도 울음보가 터질 것 같은 표정을 지었다. 한 사람이 앉을 만큼 거리를 두고 나도 평상에 앉았다.

"오늘 맥도널드에서 상엽 오빠 만난 날 맞지?"

다운이 가볍게 코를 들이마시며 물었다.

"그래, 그날이야. 임 대리는 어떻게 돼? 넌 알고 있을 거 아냐."

내 질문에 다운이 패딩 주머니에 손을 찔러 넣고 먼 산을 바라보았다. 어디선가 머리카락 태우는 냄새가 풍겼다.

"아니, 몰라. 택시에서 네가 전화를 받은 다음부터 의식이 끊어졌어. 케타민 맞을 때 의사한테 용량 늘려달라고 한 게 문제였나 봐."

개들이 평상 뒤 샌드위치 패널 건물 문 앞으로 달려가 끙끙거리며 혀를 빼물었다. 굵은 침방울이 시멘트 마당 위에 혈흔처럼 아롱졌다.

"언제부터 내 존재를 알게 됐는지 가르쳐준댔지?"

개들의 고개가 향한 곳에서 희미하게 규칙적으로 기계 돌아가는 소리가 들렸다.

"청아빌라 청소 간 날, 아마 그때부터일 거야. 내 습관을 네가 흉내 내고 있다는 걸 깨달았을 때 알아차렸지. 미묘하지만 말투나 억양도 그렇고, 머리카락을 넘길 때 한쪽 어깨를 들썩하는 버릇도 내가 하는 그대로였어. 물론 의식해서 그랬다고 생각하진 않아. 누구든 마음에 드는 친구나 연예인을 자기도 모르게 따라할 때가 있으니까."

다운이 지그시 입술을 깨물었다. 가을은 성형으로, 나는 습관으로 무의식중에 다운을 닮아가려 애썼는지도 모른다. 하지만 아무리 노력해도 우리는 모조품에 지나지 않았다. 어긋난 패턴과 간격이 일정치 않은 재봉선, 불균형한 셰이프를 가진, 열여덟 살 중국 여공의 미숙한 손길에서 탄생한 이백 위안짜리 가짜 샤넬백들이었다.

"왜 모른 척했어?"

"거긴 엄마가 없으니까. 악몽이지만 지옥은 아니잖아."

다운의 뺨과 눈가가 잘 익은 복숭아처럼 연한 홍조를 띠었다.

"자수하러 가. 몸은 갇히겠지만 엄마로부터 자유로워질 수 있어."

중년 남자와 함께 오피스텔로 들어가던 다운의 엄마가 떠올랐다. 그녀는 삶의 방편으로 늘 부유하고 감정적으로 다루기 쉬운 부류의 남자들을 이용해온 것 같았다. 필요하다면 어린 딸을 미끼로 내걸고 홍정하듯 가정을 이루었는지도 모른다. 오랜 세뇌를 통해 수치심과 자존감을 잃어버린 다운은 엄마의 터무니없는 요구에 순순히 응했을 터였다. 어쩌면 그건 엄마에게 버림받지 않으려는 처절한 몸부림이었는지 모른다. 다운의 슬픔에 동요되고 싶지 않았지만, 눈이 시리고 코끝이 매웠다. 고개를 하늘로 치켜들고 차가운 공기에 눈을 씻었다.

"엄마가 살아 있는 한 난 자유로울 수 없어. 이인삼각 경기에서 한 명이 넘어지면 남은 한 명도 앞으로 나아갈 수 없는 것처럼."

"그러니까 엄마랑 너 사이의 끈을 끊으란 말야. 애꿎은 사람들이 죽고, 누명을 썼어. 그게 다 엄마 탓인 거 같아? 네 책임은 없고?"

"너도 알잖아! 그건 사고였어. 엄마가 남 사장을 고용해 사고를 은폐하지만 않았어도, 난 경찰을 불렀을 거야. 일을 복잡하게 만든 건 엄마란 말야."

다운이 비명에 가까운 고함을 질렀지만, 개들은 아랑곳하지 않고 문 앞에서 정신없이 꼬리를 휘저었다.

"핑계 대지 마. 넌 지금까지 누려온 안락한 생활을 포기하기 싫었던 거야."

다운의 너절한 변명을 더는 견딜 수 없었다. 저절로 언성이 올라갔다. 다운이 찬물을 뒤집어쓴 표정으로 나를 바라보았다.

"네 눈엔 너 빼고 모든 사람이 행복해 보이겠지. 주말마다 패밀리 레스토랑에서 스테이크 사진 찍고, 휴가 땐 더운 나라 가서 첨벙거리고, 철마다 새 옷에 해마다 명품. 다들 너보다 행복할 거 같지? 그렇지 않아. 곪은 곳을 숨기고 있을 뿐이야. 대놓고 궁상떨기 싫어서 감추고 사는 거라고. 내 생활이 안락하게만 보였니? 나로 살아보고도 그렇게 말할 수 있어? 엄마가 새아빠와 내 앞으로 들어놓은 보험이 몇 개인 줄 알아? 그게 뭘 뜻하는지 아느냐고. 난 태어난 순간부터 엄마를 위해 스탠바이된 제물이었어. 내가 입는 옷, 핸드백, 구두 전부 공짜가 아니었다고."

인터넷에서 코끼리 길들이는 법을 읽은 적이 있었다. 방법은 간단했다. 먼저 과일을 미끼로 어린 코끼리를 유인한다. 그런 뒤 발목에 쇠사슬을 채워 말뚝에 매어두기만 하면 끝이다. 처음엔 코끼리도 발버둥을 치며 쇠사슬을 벗어나려고 애쓴다. 하지만 얼마 지나지 않아 코끼리는 탈출이 불가능하다는 걸 깨닫는다. 채찍을 휘두르거나 고함을 지를 필요도 없다. 영리하기 때문에 체념도 빠르다. 놈은 사육사들이 가져다준 먹이를 먹으며 발목을 옥죄는 쇠사슬과 활짝 열린 우리 문을 바라본다. 자연에서 누리는 자유는 생명을 담보로 하지만, 우리 안의 구속은 안락한 여생을 약속한다. 코끼리는 새로운 모험을 원하지 않게 된다. 성체가 된 후엔 발길질 한 번이면 두 동강 내버릴 허술한 나무 말뚝이지만, 유년기에 깊숙이 자리한 두려움은 코끼리를 항거불능 상태로 만들기 충분하다. 다운에게 엄마는 나무 말뚝이었다. 그러고 보면, 가을의 죽음을 통해 무언가를 얻는 사람은 다운이 아니라 그녀의 엄마와 남 사장이었다. 엄마를 배신하지 않는 한 다운은 죽은 목숨이나 다를 바 없었다. 나와 임 대리를 구하는 길이 어쩌면 모녀의 악연을 끊는 유일한 방법인지도 몰랐다.

"네가 못 끊는다면 내가 끊어줄게."

다운이 있는 곳을 알았으니 가까운 지구대에 들러 신고하면 그만이었다. 그다음은 내 알 바가 아니었다.

"그건 안 돼."

다운이 들릴 듯 말 듯 작은 목소리로 말했다. 별안간 자리에서 일어난 그녀가 샌드위치 패널 건물로 다가가 문에 달린 도어록 비밀번호를 눌렀다.

"지옥이 아무리 괴로워도, 악마의 집은 거기야. 이젠 너도 못 돌아가."

야무지게 일갈한 다운이 문을 열어젖혔다. 문 앞에서 대기하고 있던 개들이 겅둥거리며 건물 안으로 뛰어들었다. 시커먼 구멍 같은 그곳에서 진청색 비닐앞치마에 장화를 신은, 반백의 사내가 양손에 한 마리씩 개들의 목덜미를 움켜쥐고 마당으로 걸어 나왔다. 사천왕처럼 덩치가 크고 붉은 얼굴을 가진 사내였다.

"쟨 누구냐?"

사내가 다운을 향해 물었다.

"우리 일을 다 아는 애예요. 신고하겠다고 협박하러 찾아왔어요."

사내의 미간이 험악하게 구겨졌다. 개들이 사내의 발치로 모여들어 앞치마에 앞발을 올려놓고 코를 킁킁댔다. 둘 중 덩치가 큰 녀석이 앞치마에 달린 주머니에 주둥이를 밀어 넣더니 불긋한 뭔가를 물어냈다. 기다리던 한 놈이 녀석의 주둥이에 물린 그것을 빼앗으려 앞니를 드러내고 으르렁거렸다. 공격을 받은 개가 컹컹 짖는 통에 입에 물었던 그것이 시멘트 바닥에 떨어졌다. 사람의 귓바퀴였다.

나와 철문 사이의 거리보다 사내와 나 사이의 거리가 5미터쯤 가까웠다. 도망쳐봐야 얼마 못 가 붙잡힐 터였다. 섣부른 행동을 하다가 무슨 일을 당할지 몰랐다. 그러는 사이 개들이 귓바퀴를 먹어 치우고 피 섞인 침을 질질 흘렸다.

"거참, 일도 많은데……."

커다란 덩치에 불에 덴 듯 붉은 얼굴, 튀어나온 눈을 가진 사내가 나를 향해 성큼성큼 다가왔다.

"그럼, 나 이거 치운다."

사내가 내 앞에서 다운을 돌아보며 확인하듯 물었다. 그녀가 노염 가득한 얼굴로 고개를 끄덕였다. 사내가 글러브만 한 손으로 내 손목을 한데 틀어쥐고는 번쩍 들어 올려 어깨에 짊어졌다. 축축한 사내의 어깨가 배에 깔렸다. 첩첩산중에서 비명은 도움이 안 될 게 뻔했다. 죽을힘을 다해 발버둥을 친다 해도 사내와 대형 사냥견 두 마리를 이겨낼 엄두가 나지 않았다. 섣부른 저항은 폭력을 부르기 십상이었다. 최대한 비위를 맞추다 달아날 기회를 찾아야 했다.

사내가 자꾸만 달려드는 개들에게 발길질을 하고 샌드위치 패널 건물로 들어섰다.

"옌장, 난쟁이똥자루만 한 년이 끔찍이도 무겁네."

골이 빠개질 듯한 악취와 락스 냄새가 얼굴로 훅 끼쳤다. 보통 사람들이라면 단 몇 초도 참아내기 힘든 악취일 테지만, 나는 그럭저럭 견딜 만했다. 지난 육 개월간 일주일에 두세 번씩 맡아온, 괴롭지만 익숙한 냄새였다. 이런 냄새가 모이는 곳은 대개 피와 살과 배설물 따위가 한데 고여 분해되는 육신의 정화조였다. 게다가 건물 안은 의외로 한여름처럼 덥고 소란스러웠다. 짐승의 신음처럼 음산하고 괴이쩍은 소리와 후끈한 열기는 출입구 반대편 또 다른 문 너머에서 뻗어왔다. 사내가 나를 내려놔야 할 자리를 찾느라 건물 안을 서성거렸다. 철판으로 단단히 봉해진 창문 아래엔 업소용 대형 개수대가 있었고, 그 옆으로 철제 책상 한 세트가 보였다. 뚜껑형 김치냉장고 석 대와 사무실에서 보았던 캡슐이 든 바구니 몇 개도 눈에 들어왔다. 사내가 철제 책상 서랍을 열어 청테이프를 꺼낸 뒤 앞니로 찢어 내 손목과 발목을 칭칭 감았다. 그제야 김치냉장고 사이 빈 공간에 나를 내려놓은 그가 발치에 쪼그려 앉았다.

"그렇게 사람 봐가며 덤비지 그랬어? 아까 걔, 얘기 들어보니까 상또라이던데. 뒷감당은 어떻게 하려고 그랬냐? 기다려. 일단 급한 것부터 먼저 처리하자고."

사내가 이기죽거리며 책상 위에 놓인 라디오를 켜고 용접용 장갑을 끼었다. 라디오에선 살사풍의 트로트곡이 한창이었다. 마스크를 귀에 건 사내가 앞치마 주머니에서 열쇠를 꺼내고는 반대편 문으로 다가섰다. 찰칵, 열쇠가 제 구멍을 찾는 소리가 들렸다. 열린 문으로 훨씬 강해진 냄새와 소음, 후끈한 열기가 뿜어져 눈을 뜨기조차 쉽지 않았다. 이윽고 짐승의 신음이 뚝 그치고 가벼운 마찰음이 들렸다.

"으랏차!"

사내의 기합에 슬며시 실눈을 떴다. 그가 울퉁불퉁하게 부푼 포대자루 두 개를 질질 끌고 문 안에서 걸어 나왔다. 가뜩이나 붉은 얼굴이 벽돌색으로 익어 있었다. 사내가 포대자루를 철제 책상 뒤 검정색 포장비닐 앞으로 끌고 갔다. 자루 위로 무럭무럭 김이 올라왔다.

"이것 좀 봐봐. 방앗간에서 쓰는 롤러식 분쇄기를 개조했어. 설계부터 용접까지 나 혼자 했지. 롤러가 무려 네 개라고. 압력조절핸들도 자동식으로 바꿔서 버튼만 눌러주면 오케이야. 굉장하지?"

포장을 벗겨내자 허름한 공간에 어울리지 않는 웅장하고 견고한 분쇄기가 모습을 드러냈다. 그는 묵직하게 빛을 뿜어내는 자신의 피조물을 도취된 눈길로 바라보았다.

"끝내주게 잘 빠졌어. 밖에 그 계집애처럼 말야."

그가 아쉬운 듯 천천히 눈길을 거두며, 접이식 사다리를 펼치고 올라서 사각형의 투입구 아래 달린 붉은 스위치를 눌렀다. 그러고는 포대자루 두 개 중 하나의 주둥이를 벌려 안에 든 플라스틱 바가지로 내용물을 퍼냈다. 바싹 말려서 한약재처럼 보이는 진갈색 덩어리 몇 개가 바닥으로 굴러떨어졌다. 듬성한 백모 몇 가닥이 붙은 두피였다.

"갑갑한 유골함에 담겨서 곰팡이나 뒤집어쓰느니 아픈 사람 창자에 들어가 뼈가 되고 살이 되는 편이 낫지 않겠어? 발전적이잖아."

투입구로 쏠려 들어간 덩어리들이 요란한 소리를 내며 분쇄되더니 이윽고 배출구 아래 놓인 고무함지로 조금씩 쏟아졌다. 사내는 고무함지에 모인 거친 분말을 다시 투입구에 쏟아 넣었다. 분말은 점점 고와졌다. 그는 이마에 맺힌 땀을 연신 소매로 훔쳐내며 포대자루에 든 원료를 떡가루 정도의 입자가 될 때까지 빻고 또 빻았다.

"어려서부터 손재주 좋다는 소리를 많이 들었어. 중학교 땐 자전거에 모터를 달아서 오토바이 비스무레한 걸 만들어 팔기도 했지. 가족들은 내가 전파상이나 고물상 주인이 될 거라고 믿었어. 뭐, 아주 멀리 간 것도 아니지. 우리가 하는 일도 어떻게 보면 재활용 산업에 속하니까. 하, 좀 쉬자."

고운 분말이 소복한 고무함지에 허룩해진 포대자루를 덮은 사내가 의자에 털썩 주저앉았다. 그리고는 책상 서랍을 열어 지퍼백 하나를 꺼냈다. 안에는 대여섯 자루쯤 되어 보이는 담배가 있었는데, 필터가 없었다. 사내는 그중 한 개비를 꺼내 손끝으로 한쪽 끝을 비틀어 마감하고는 라이터로 불을 댕겼다. 연기에서 낙엽 타는 냄새가 진하게 풍겼다.

"내 꿈은 왕이 되는 거야. 우습게 들릴지 몰라도 농담이 아냐. 돈과 배포만 있으면 누구든 이룰 수 있는 꿈이거든. 시랜드 공국처럼 말이지. 왜 영국 옆에 붙은 인공 섬 있잖아. 모르나?"

취업 준비를 하느라 한동안 코를 박고 살았던 일반상식 책에서 읽은 기억이 났다. 시랜드 공국은 제2차 세계대전이 직후 영국의 해상 요새로 사용하던 콘크리트 구조물을 베이츠란 인물이 불법 점거하여 탄생했다. 하지만 사내는 재정 위기에 내몰린 시랜드 공국이 천이백억짜리 매물로 국제시장에 나왔다는 사실은 전혀 알지 못하는 눈치였다.

"난 이 일에 내 인생과 전 재산을 걸었어. 약초 작두에 손가락 잘려가며 죽을 둥 살 둥 모은 돈 전부를 털어 넣었다고. 곧 섬 하나를 통째로 사서 내 이름을 딴 국가를 건설할 생각이야. 대마초나 필로폰은 합법화시킬 거고, 매춘부나 거지에게도 작위를 줄 생각이지. 연애는 자유지만 결혼은 금지야. 위반하면 왕의 직권으로 무조건 사형이고. 결혼은 누구 말대로 정말 미친 짓이니까. 남해 쪽에 찍어둔 섬도 하나 있지. 딱 이십억만 모아서 그리로 튈 거야. 섬 끝에 근사한 위령비도 세워줄게."

푸르스름한 연기가 사내의 몸을 휘감았다. 섬을 떠올리는지, 연초가 안겨주는 쾌락을 음미하는지 그의 눈빛이 몽롱해졌다. 사내가 입가심을 하듯 입안에 연기를 가두었다 길게 뿜어내고는 자리에서 일어섰다.

"돈을 벌어야지. 아무렴."

사내가 개수대에 꽁초를 처박고 물을 틀었다. 그러고는 캐비닛에서 체스판만 한 나무상자를 가져와 책상 위에 올려놓고 뚜껑을 열었다.

"내가 좀 말이 많지? 여기 처박혀 있다 보면 미치도록 사람이 그리워지거든. 꼭 군대 다시 온 기분이야. 밖에 그 계집애는 도통 나랑 말을 안 섞어. 냄새난다고 밥도 따로 먹는다니까."

나무상자는 뚜껑과 바닥에 백여 개의 요철이 맞물리는 구조였는데, 캡슐에 내용물을 집어넣기 위해 고안된 도구처럼 보였다. 사내는 상자의 뚜껑과 바닥의 오목한 구멍에 캡슐을 일일이 끼워 넣었다. 간혹 바닥에 떨어지는 것이 생기면 도로 주워 바구니에 던져 넣었다. 작업에 몰두한 그의 옆모습은 언뜻 체스를 두는 사람처럼 보이기도 했다. 땀을 뻘뻘 흘리며 캡슐을 모두 끼운 사내는 한숨 돌릴 틈 없이 비닐봉지를 벌린 뒤 책상 위에 놓인 플라스틱 컵으로 내용물을 가득 퍼 올렸다. 사무실에서 발견한 캡슐과 같은 색깔이었다. 그러고는 엄지손가락만 한 철제 깔때기로 캡슐에 내용물을 채운 뒤 상자를 맞물려 꾹 눌렀다. 곧이어 정체불명의 알약 백여 개가 지퍼백으로 옮겨졌다. 사내가 종이 상자 하나를 조립해 알약이 든 지퍼백을 담고 서랍에서 의료용 소독바늘과 손바닥만 한 크기의 플라스틱 상자를 꺼냈다. 그는 내 묶인 손을 끌어다 소독바늘로 찌르곤 플라스틱 상자 속 시료 투입구에 피를 짜냈다.

"세상 참 좋아졌어. 피 한 방울이면 간염 검사를 할 수 있거든. 우리 제품엔 원재료의 이력서가 따라붙어. 일종의 품질보증서 개념이지. 나름 차별화 전략이야. 고객들 대부분은 노인이나 환자인데, 자기들보다 나을 바 없는 원료를 비싼 돈 주고 사 먹으려 하지 않거든. 그렇다고 공급이 원활한가? 그건 또 아니란 말이지. 그래서 아가씨처럼 젊고 건강한 원재료가 입고되면 꼭 여러 장 사진을 찍어두는 거야. 그럼 대여섯 번은 더 우려먹을 수 있으니까. 원재료 이력이 좋으면 스무 배쯤 올려 받아도 줄을 선다고."

사내가 셔츠에 달린 주머니에서 돋보기를 꺼내 결과지를 확인했다. "품질을 확인했으니 인증샷을 남겨야겠지?"

이번엔 서랍에서 소형 디지털카메라를 꺼냈다. 그는 카메라 전원을 켜 간염검사 키트를 찍은 다음 내 얼굴에 플래시를 터트렸다. 정면을 시작으로 좌우 프로필을 찍고, 손끝에 찍힌 바늘 자국도 메모리에 담았다. 사진을 다 찍고는 흐뭇한 표정을 지으며 내 옆에 앉았다.

"봐, 아주 잘 나왔지? 실물보다 낫잖아."

그가 액정화면에 담긴 사진들을 돌려가며 보여주었다. 메모리를 오랫동안 지우지 않았는지, 스포츠머리에 작은 눈을 치뜬 젊은 청년의 사진도 들어 있었다.

"앤 일수꾼 라인에서 입고됐을 거야. 겨우 스무 살짜리가 자기 아버지 빚 때문에 신체포기각서를 썼다는데, 명문대생답게 아주 달변가였어. 하마터면 택시 태워 집에 보낼 뻔했다니까. 하지만 진짜 프리미엄은 따로 있지."

사내가 호기롭게 다음 사진을 보여주었다. 얌전히 감은 눈꺼풀, 볼록한 이마, 잡티 없는 하얀 피부와 높게 치솟은 콧날, 그리고 코끝에 까뭇하게 매달린 미인점이 눈에 익었다. 가을이었다.

"한번 품어주고 싶을 만큼 사랑스러운 아가씨였지. 물론 난 그런 변태가 아니니까 안심해도 좋아. 이 아가씬 스물네 살 먹은 마사지사였다는데 키도 크고 체지방이 적어서 효율이 좋았어."

가을의 사진을 끝으로 사내가 카메라 전원을 껐다.

"넌 왜 아무 말이 없지? 다들 자기가 얼마나 불쌍한 사람인지, 왜 살아야 하는지 쉬지 않고 떠드는데."

그가 몸을 일으키며 물었다. 내게 불행은 척추를 공유한 샴쌍둥이처럼 벗어날 수 없는 운명의 일부분이었다. 막연히 죽음이 두렵긴 했지만 살아남아야 하는 이유 같은 건 생각해본 적이 없었다.

사내는 내 대답을 기다리지 않고 김치냉장고 뚜껑을 열었다. 냉장고 안에서 끌어올린 건 김칫통이 아니라 붉은 살덩이가 가득 든 김장봉투였다. 그가 능숙한 솜씨로 봉투 안에 든 내용물을 개수대로 옮겼다.

"아저씬 왜 이런 일을 해서까지 왕이 되고 싶은 거죠?"

조롱하려는 의도는 없었다. 단지 사내가 얼마나 불쌍한 사람인지, 왜 이렇게 살아가는지 궁금할 뿐이었다. 그가 바삐 움직이던 손을 멈추었다.

"이 공장 동업하는 놈, 아, 우리 일을 다 안됐지. 그래, 남 사장 말이, 왕의 자식으로 태어나지 못한 놈이 왕좌에 앉으려면 당연히 손에 피를 묻혀야 한댔어. 왕이 되면 자연히 역사는 새로 쓰일 거고, 그땐 아무도 감히 왕의 흉허물을 혀 위에 올려놓지 못한다고."

대답은 거침이 없었지만, 미세하게나마 그의 눈빛이 촛불처럼 흔들리는 걸 포착했다. 남 사장과 사내의 관계는 다운의 엄마와 다운처럼 종속적인 형태로 유지되는 것 같았다.

"남 사장, 싱가포르로 이민 준비하는 건 알고 있어요?"

지난번 다운의 엄마와 남 사장의 대화에서 싱가포르 투자이민을 핑계로 웃돈을 요구했던 게 떠올랐다. 그게 사실이라면 사내는 남 사장의 돈벌이 수단에 지나지 않을 터였다. 이런 긴박한 상황에서 진실을 일깨우는 게 무슨 소용인가 싶었지만, 더 이상 나빠질 것도 없었다.

"네가 뭘 알아?"

일순간 그의 눈빛이 뇌꼴스럽게 변했다.

"생각보다 많이 알고 있어요. 다운이랑 그 애 엄마, 아까 사진으로 보여준 여자애까지요. 아저씨 이름이 왕태봉인 것도."

사내가 양팔을 늘어뜨리고 가슴을 오르내리며 숨을 골랐다.

"난 여자 말은 안 믿어. 믿었던 계집 치고 내 뒤통수 갈기지 않은 년이 없었어. 젊은 놈하고 바람난 주제에 내 인감으로 장난치다 걸린 전 마누라, 그 여편네 지금 어디 있는 줄 알아? 저기 건조실 구석에 처박혀 있어. 일 년째 말이지."

광대에서 관자놀이를 잇는 굵은 힘줄이 도드라졌다. 소음의 근원지는 다름 아닌 건조실이었다. 드디어 캡슐의 정체가 명확해졌다. 이제 이해와 공감의 대화보다는 본격적인 설득이 필요할 때였다.

"청소용역업체를 운영했던 건 투자이민 자격 취득 때문이었고,

아저씨랑 공장 차린 것도 자금을 마련하려는 목적이었대요. 싱가포르가 아시아 국가 중 유일하게 우리나라와 범죄인 인도조약이 체결되지 않은 나라라는 건 알고 계신가요?"

사내의 소복한 눈두덩이 움찔했다.

"그게 무슨 소리야?"

"범죄인 인도조약이 체결되지 않은 나라끼리는 전적 국가에서 중범죄를 저지르고 도피했더라도 체포할 수 없어요. 그러니까 남 사장이 어떤 범죄를 저질렀든 그 나라로 도망치면 처벌은 불가능해져요. 이 공장이 발각되면 아저씨 혼자 덤터기를 쓰게 될 거란 얘기예요."

사내가 고무장갑을 벗고 앞치마 주머니에서 휴대전화를 꺼냈다. 통화 버튼을 누르는 손길에서 초조함이 느껴졌다.

"너 똑똑히 듣고 확인해. 거짓말이면 너도 내 전 마누라 옆에 눕게 될 테니까."

사내가 나를 쏘아보며 엄지로 통화 볼륨을 올렸다.

"왜, 무슨 일이야?"

전화를 받은 사람은 남 사장이었다.

"너 이 계집애 말이 사실이야?"

"앞뒤 잘라먹고 대체 뭔 소리야? 계집애는 누구고, 무슨 말을 했는데 전화로 따져? 똑바로 말 안 할래?"

남 사장의 다분히 고압적인 말투로 둘의 서열 관계를 확인할 수 있었다.

"싱가포르 이민 준비하고 있다며? 기야, 아니야? 그것만 말해."

"이제 보니 연숙이 딸년 하는 말 듣고 이러는구만. 너 그렇게 나를 못 믿어? 마누라 먹따놓고 지 목숨 구걸하러 찾아왔던 쓰레기새끼가 이제 배에 기름 좀 꼈다고 개기냐?"

"기야, 아니야? 그것만 대답하라니까?"

"야, 인마 왕태봉! 너 누구 땜에 밥 빌어먹고 사는지 잊지 마. 벼엉신 같은 새끼가 누굴 등신 머저리로 알아."

남 사장의 고함에 사내가 주먹을 틀어쥐었다.

"기냐고, 아니냐고 물었다."

"그게 기면 군대 간 내 새끼 땡크에 갈려 죽어도 할 말이 없다. 됐냐?"

그 말을 끝으로 남 사장은 전화를 끊었다. 원하는 대답을 얻었음에도, 사내는 휴대전화를 귀에 붙인 채 한참이나 멍하니 서 있었다. 그러고는 의자에 털썩 주저앉아 끅끅 울음을 삼키며 손톱으로 제 머리와 목을 쥐어뜯었다.

"내가 지 아들놈…… 의병제대한 것도 모르는 줄 아나. 술 처먹고 지 입으로 떠벌린 등신 머저리 같은 새끼가."

아들까지 의병제대를 했으니, 남 사장 가족은 언제든 이민을 떠날 수 있을 터였다. 사내는 확신을 얻은 듯했다. 그의 얼굴이 붉다 못해 검어졌다.

"아저씨, 자수하고 경찰에 딜 같은 걸 제안하면 어때요? 왜 영화 보면 공급 루트나 유통망 같은 걸 증언하고 형량을 줄이기도 하잖아요."

사내가 의자에서 일어섰다. 툭 불거진 눈에 그물처럼 핏줄이 올라와 있었다.

"감형? 사형에서 무기징역으로? 멍청한 소리 하지 마."

사내가 앞치마를 풀고 건조실로 들어갔다. 스위치를 올렸는지 다시 지독한 소음이 시작되었다. 건조실 문을 나온 사내의 손에는 쇠스랑 한 자루가 들려 있었다.

"이대로 당하고만 있을 왕태봉이 아니야. 아니라고."

그는 한 마리 야차처럼 저돌적인 걸음으로 출구를 빠져나갔다. 개들이 할딱거리는 소리가 잠깐 들리는가 싶더니 문이 닫혔다. 건조실 소음이 요란한 탓에 문밖의 소리가 전혀 들리지 않았다. 무슨 일이 벌어지고 있는지 궁금했지만 확인할 방법이 없었다. 목을 길게 빼서 실내를 휘돌아보았다. 책상 위에는 사내의 휴대전화가 있었다. 혀나 턱을 이용하면 전화를 걸 수도 있을 것 같았다. 1, 1, 2. 세 자리만 누를 수 있으면 된다.

손발이 묶였지만 등으로 벽을 지지해 엉덩이를 들면 몸을 일으킬 수 있을 것 같았다. 등허리와 팔꿈치를 벽에 단단히 붙이고 다리에 힘을 주었다. 무게중심이 상체로 쏠렸다. 몸을 일으키기 전에 앞으로 고꾸라질 판이었다. 짧고 뚱뚱한 몸으로는 역시 무리였다. 이번엔 목과 어깨죽지를 벽에 붙이고 다시 엉덩이를 밀어 올렸다. 힘들기는 했지만 조금씩 무릎이 펴지기 시작했다. 이 정도 높이에서 앞으로 고꾸라지기라도 하면 코나 쇄골이 골절되기 십상이었다. 얼굴로 비 오듯 땀이 쏟아졌다. 발꿈치를 조금씩 들어가며 휘청거리는 몸의 균형을 잡아갔다. 거의 십 분 만에야 간신히 벽에 기대설 수 있었다. 책상까지는 대여섯 걸음 남짓이었다. 빨리 가는 것도 중요하지만 넘어지면 일어설 길이 막막했다. 욕심을 접고 낮게 깡충 뛰었다. 김치냉장고에 팔꿈치를 지지하고 다시 깡충 뛰었다. 휴대전화가 빤히 내려다보였다. 이제 서너 번만 더 뛰어 허리를 숙이면 닿을 것 같았다. 입술을 앙다물고 다시 공중에 몸을 띄웠다. 밖에서 개 짖는 소리와 퉁탕거리는 소음이 들렸다. 미적거릴 시간이 없었다. 아랫배에 힘을 주고 크게 점프했다. 책상다리에 무릎이 찧기는 했지만, 허리만 숙이면 휴대전화에 닿을 만한 거리였다. 액정 화면에는 사내의 얼굴에서 묻어난 기름이 번들거렸다. 혀끝을 입술 밖으로 내밀어 홈 키를 누르고, 액정 화면을 가볍게 핥았다. 단조로운 구성의 홈 화면이 나타났다. 하단의 전화기 모양 아이콘을 누르자 키패드가 열렸다. 혀를 길게 뻗어 두 번의 1과 한 번의 2를 눌렀다. 마지막으로 통화 버튼을 누르려는 찰나, 도어록 열리는 소리가 들렸다.

"네 저승 동무 데려왔다."

사내가 한 손에는 쇠스랑을, 다른 한 손에는 몸을 늘어뜨린 다운의 손목을 움켜쥐고 서 있었다. 그녀의 하얀 패딩 점퍼 옆구리에 선명한 핏자국이 보였고, 쇠스랑 끝에는 거위털 한 움큼이 엉겨 있었다.

사내는 나와 마찬가지로 다운의 손목과 발목에 청테이프를 감은 뒤 쇠스랑 끝을 그녀의 목덜미에 겨누었다.

"난 여길 뜰 생각이야. 물론 빈손으로 나갈 생각은 추호도 없어. 남 사장 몫의 잔금이라도 챙겨야겠어."

다운이 이글거리는 눈으로 사내를 올려다보았다. 몸싸움이 있었는지, 그녀의 뺨과 목덜미, 손등 위로 붉은 멍이 올라왔다.

"나 이미 죽은 사람인 거 잊었어요? 돈은 산 사람한테 받으셔야지."

다운의 당돌한 대답이 떨어지기 무섭게 사내가 쇠스랑을 바짝 들이댔다. 얇은 피부 위로 방울방울 피가 맺혔다.

"그럼, 그럼. 돈은 산 사람한테 받아내야지. 네 어미한테."

사내가 배릿하게 웃으며 쇠스랑을 내렸다. 그가 책상에 놓인 휴대전화를 들었다. 검지로 꾹꾹 번호를 누르고는 나와 다운 쪽으로 액정 화면을 돌렸다. 검은 액정 화면 한가운데 사람 모양의 아이콘과 함께 영상통화라는 글씨가 보였다. 그러고는 다시 휴대전화를 자기 방향으로 돌렸다. 신호음이 몇 차례 울리더니 여자 목소리가 전화를 받았다.

"연숙 씨? 나 왕이요. 영상통화는 처음인가 보오. 귀가 아니라 얼굴 쪽으로 카메라를 돌려야지."

수신자는 다운의 엄마였다. 사내가 카메라에 대고 능청스럽게 웃었다.

"이게 무슨 결례예요? 중요한 일 아니면 끊겠어요."

찬바람이 쌩 도는 말투였다.

"둘이 얼굴 본 지 오래됐잖소? 딸은 매일 기다리는 눈치던데."

사내가 카메라를 다운 쪽으로 돌렸다. 옅은 화장에 목욕 가운을 걸친 다운의 엄마가 손을 입으로 가리며 나직이 탄식했다.

"너 목에 그거 뭐야? 피, 피 맞아? 대체 왜 이렇게 된 거야?"

다운이 고개를 외로 돌렸다.

"무슨 수를 쓰든 삼십 분 내로 잔금 넣어요. 계좌번호는 문자로 쏠 테니."

사내가 다시 쇠스랑을 들어 다운의 목덜미를 가볍게 찔렀다. 그녀의 목에 검붉게 맺혔던 피가 주르륵 흘러내렸다.

"지금 내 딸 목숨을 미끼로 돈을 뜯겠다는 거야? 남 사장도 당신

이러는 거 알아?"

"당신 딸은 이미 죽었어. 경찰에 죽은 애가 또 죽게 생겼다고 신고할 수도 없는 노릇 아냐. 남 사장이 근두운을 타고 날아온 대도 삼십 분 안에 여기 도착할 거 같아? 엉뚱한 수작 부릴 시간에 입금이나 하는 게 좋을 거야. 지금 시각, 열두시 팔분 십이초. 수단과 방법을 가리지 돈 넣으시오. 이상 끝."

사내가 전화를 끊었다. 문자를 보내는지, 액정 화면이 한동안 환했다. 패딩 점퍼가 터진 자리에 출혈이 심한 모양인지 다운의 고개가 자꾸 내 어깨로 기울었다.

"삼십 분씩이나 기다릴 거 없이, 지금 죽여."

다운이 턱을 덜덜 떨며 외쳤다.

"그래도 약속한 시간은 기다려야지. 나 그 정도 인정은 있는 사람이야."

사내의 말에 다운이 벽에 뒷머리를 찧으며 킬킬 웃었다.

"당신한테 돈 뜯겼다고 우리 사정 봐줄 남 사장이 아니잖아. 무슨 협박을 해서든 받아내겠지. 그럼 이중으로 돈이 나간단 얘긴데, 엄마가 그런 거금을 치러가면서까지 나를 살려낼 거라고 생각해? 차라리 깨끗이 포기한 뒤에 내 보험금 밑천 삼아 새로운 돈줄 찾겠지. 그게 특기니까. 엄마랑 나, 둘 중 누구 하나 죽지 않으면 절대로 안 끝나. 그러니까 그만 죽여줘."

다운이 초점을 잃어가는 눈을 곤두세우며 목소리를 쥐어짰다. 어쩐지 사내에게 퍼붓는 말이라기보다 자조 섞인 신세 한탄처럼 느껴졌다. 기운이 많이 소진되었는지, 다운의 고개가 힘없이 내 어깨로 떨어졌다. 조금만 어깨를 추썩이면 그녀의 고개를 떨쳐낼 수 있었지만, 그러지 않았다. 내게 다운이 끝없는 동경의 대상이자 증오의 축이었던 것처럼, 다운에게 그녀의 엄마 또한 절대적인 존재일 터였다. 여린 살을 파고드는 굽은 발톱 같은.

사내는 몇 분 간격으로 시간을 확인했다. 틈틈이 마른 입술에 침을 바르고, 책상에 손가락을 튕기며 다리를 떨었다. 내 어깨에 기댄 다운은 쌕쌕 가쁜 숨을 몰아쉬며 그린 듯 가지런한 눈썹을 찡그렸다. 그러는 사이 약속한 시간이 다가왔다. 사내가 휴대전화를 들고 더듬더듬 키패드를 눌렀다. 희미하게 은행 안내 멘트가 들렸다. 그는 주민번호와 계좌번호를 누르고 당일 입금 내역을 확인했다. 하지만 조회할 입금 내역이 없다는 멘트가 나왔다. 믿어지지 않는다는 표정의 사내가 다시 처음으로 돌아가 거듭 확인했지만 결과는 같았다. 사내가 텔레뱅킹을 끊고, 새로 키패드를 눌렀다. 이번에는 전원이 꺼져 있다는 멘트가 나왔다.

"어떻게 에미란 년이……!"

전원을 꺼놓은 사람은 다운의 엄마였다. 사내는 몇 번이나 더 텔레뱅킹 입금 내역을 확인하고 다운의 엄마에게 전화를 건 뒤에야 다운의 말이 사실이라는 걸 인정했다. 핏기가 가신 창백한 얼굴의 사내가 저벅저벅 우리 곁으로 다가왔다. 걷는 동안 그의 눈빛이 잠시 흔들렸지만, 멈춰 섰을 땐 냉정을 되찾은 듯 단호했다.

"유감이지만 약속을 지킬 때가 됐어."

사내가 인정을 베풀기에 우리는 그의 과거와 현재에 관한, 너무 많은 것을 알고 있었다. 지금 짜버리지 않으면 언제든 덧나고 말 종기였다. 또한 변절한 남 사장과 천륜을 저버린 다운의 엄마에 대한 복수이기도 했다. 사내는 나를 먼저 건조실로 옮겼다. 내게 기댔던 다운이 보릿단처럼 픽 쓰러졌다. 건조실에서 들리던 웽웽거리는 굉음은 천장에 매달린 대형 송풍기가 진원지였다. 송풍기 아래에는 가장자리를 바짝 당겨 평평하게 만든 대형 쇠그물이 걸려 있었다. 꾸덕꾸덕해 보이는 회갈색 덩어리 몇 개가 사내의 발길에 차였다. 처음이자 마지막으로 최선을 다해 몸을 뒤틀어보았지만, 바위처럼 거대한 사내는 꿈쩍도 하지 않았다. 그가 나를 구석 자리로 떠밀어 주저앉힌 뒤 밖에 남아 있던 다운을 데려와 옆에 뉘였다. 힘겹게 눈을 떴던 그녀가 나를 확인하곤 다시 눈을 감았다.

잠시 우리를 일별한 사내가 돌아서려다 말고 주춤했다. 그는 주머니에서 팩소주만 한 플라스틱 물병을 꺼냈다.

"이거 물뽕이야. 한 모금이면 기분 좋게 알딸딸해질 거고, 두 모금이면 한숨 푹 자게 돼. 고통은 없을지도 모르지."

그가 물병을 돌려 딴 뒤 입구를 내 입에 대주었다. 지금껏 막연하게나마 죽음이 두렵다고 생각했던 건 마지막 순간 필연적으로 따라붙을 고통을 견뎌낼 자신이 없기 때문인지 몰랐다. 나는 거절하지 않고, 꿀깍꿀깍 두 모금을 삼켰다. 맹물이라고 해도 이상하지 않을 만치 아무 맛도 느껴지지 않는 약이었다. 사내가 이번에는 다운의 입에 조금 흘려 넣고는 건조실을 나갔다. 자물통 채우는 소리가 들리자, 핑 현기증이 돌며 의식이 몽롱해졌다.

"박이경, 나 졸려."

다운이 힘겹게 눈을 뜨며 속삭였다.

"그래, 나도 졸리다."

다운이 소리 없이 입을 벙긋거렸다. 무슨 말을 하려나 싶었는데, 그녀의 눈가에 눈물이 맺혔다.

"하품한 거니?"

내 질문에 그녀가 미세하게 고개를 끄덕였다. 이윽고 다운의 하품이 내게 옮겨 붙었다. 손이 자유로웠다면 인디언처럼 손바닥으로 입을 튕기고 싶을 만큼 길고 긴 하품이었다. 그 바람에 눈물이 찔끔했다.

"하품, 참 맛있게도 하네."

다운이 힘없이 뇌까리곤 흐느끼듯 웃었다. 불과 몇 분 사이, 그녀의 눈가에 맺혔던 눈물이 엷은 소금 자국으로 변했다. 우리는 경쟁을 하듯 하품을 나누며 깨어날 기약 없는 잠에 서서히 빠져들었다. 영원한 밤이 시작되었다.

사위가 시끌벅적했다. 송풍기 소음이 아니라 여러 사람의 발소리와 목소리가 한데 뒤섞였다. 누군가 내 빰을 세게 두드리는지 고개가 돌아갔다. 감각이 무뎌져 통증은 느껴지지 않았다.

"정신 들어요? 제 목소리 들립니까?"

묻는 말에 대답을 하고 싶었지만 도무지 입이 떨어지지 않았다. 입술도 혀도 납처럼 무거웠다. 그렇게 안간힘을 쓰는 동안 등허리 밑으로 여러 명의 손이 기어들었다. 몸이 들썩하는 느낌이 들더니 뜨거운 공기가 빠져나가고 몸에 오한이 들었다. 요철이 심한 곳을 지나는지 몸이 튕겼다. 개 짖는 소리가 아련하게 들렸다. 차가운 금속제가 티셔츠 아래로 들어와 서걱서걱 소리를 냈다. 가위인 모양이었다. 왼쪽 팔뚝이 조여드는 느낌, 아마도 혈압계일 터였다. 일련의 상황으로 미루어 내가 누운 곳은 구급차 안 같았다.

"여기 한 명 더 들어갑니다."

바퀴 끌리는 소리와 함께 또 다른 인기척이 느껴졌다. 함께 실려
온 걸 보면 다운이 틀림없었다. 찰싹찰싹, 피부를 두들기는 소리와
목소리가 들리느냐는 고함이 이어졌다.

"네⋯⋯."

가냘프지만 분명한 대답이었다.

"제가 손가락 누르고 있는 데 느껴지세요?"

"네⋯⋯."

"그럼, 성함 좀 말씀해보세요. 이름!"

다운은 의식과 감각을 되찾은 듯싶었다. 하지만 어째서인지 내 몸
은 여전히 열쇠 잃은 자물통이었다.

"그쪽은 몰라도 얜 내 친구 박이경이에요. 같이 좀 타고 갑시다."

옅은 향내, 강단 있는 말투, 유나였다. 따뜻한 손이 내 뺨과 턱을
부드럽게 쓸었다. 구급차가 출발하는지 차체가 가볍게 흔들렸다.

"아무래도 감이 안 좋아서 경찰 불렀어."

유나의 나직나직한 목소리가 듣기 좋았다. 마치 집으로 돌아와 매
일 저녁 보던 일일연속극을 틀어놓은 느낌이었다.

"그때 말한 그거, 지금 시작할 거야. 친구니까 싸게 해줄게. 대신
언제든 만나면 꼭 갚아야 돼. 알았니?"

유나의 목소리가 젖어들었다. 맘껏 슬퍼할 새도 없이 그녀가 큼

큼, 기침을 하고 내 손을 감아쥐었다.

"나무동방 목귀살신 남무남방 목귀살신 남무서방 목귀살신 남무
북방 목귀살신…… 엄엄급급 여율령 사파하……."

입안에서 웅얼거리는 듯한 주문이 간지럽히듯 귓가를 맴돌았다.
무언가 찢기는 소리가 들리는가 싶더니 어렴풋이 손목을 동여매는
느낌도 났다. 양 볼을 눌러 입을 벌리고는 쌀 알갱이 같은 것이 한 움
큼 쏟아져 들어왔다. 그러고는 귀와 코, 입에 따뜻하고 포근한 솜이
파고들었다.

"아가씨, 그거 뭐 하는 겁니까?"

"염한다."

구급대원인 듯한 사람의 질문에 유나가 벼락대신의 굵직한 목소
리로 대답했다.

"산 사람한테 무슨 짓이에요?"

"네 놈 눈엔 이게 산 사람으로 보이냐? 이런 밥 빌어다 죽 쒀 먹을
놈아. 눈 똑바로 뜨고 다시 들여다봐."

몹시 긴박한 경고음이 좁은 공간을 가득 메웠다. 심실제동기와 들
어도 모를 주사약 이름이 구급대원의 입에서 쏟아져 나왔다.

"그럼 또 만나자, 친구."

반쯤 유나로 돌아온 허스키한 목소리가 내게 마지막 인사를 건넸
다. 박이경으로 산 이십사 년이 그렇게 끝나갔다.

눈꺼풀 위로 발그스름한 빛이 느껴졌다. 희미한 소독약 냄새와 복숭아 통조림 냄새가 코끝을 스쳤다. 익숙한 목소리의 개그맨이 익살스럽게 유행어를 주절거리자, 조개껍질을 맞비빈 것처럼 경쾌하고 가벼운 웃음이 터졌다.

"정신 들었으면 눈 떠. 눈알 굴러가는 거 다 보이니까."

따뜻한 손이 뺨을 가볍게 쓰다듬었다. 살며시 눈꺼풀을 들어 올렸다. 뭔가를 입에 넣고 오물거리는 유나가 보였다.

"먹을래? 빈손으로 오기 뭣해서 하나 샀는데 맛있어."

유나가 복숭아 통조림 깡통을 들어 올리며 물었다.

"나 안 죽었구나."

목소리가 갈라졌다.

"명 하나는 오지게 길다고 했잖아."

고개를 돌리자 노란색 링거액과 폴대가 보였다. 병원인 모양이었다.

"니 이름 최혜민인 거 알아?"

깡통을 내려놓고 조심스럽게 주위를 살펴본 유나는 다른 침상이 신경 쓰이는지 레일에 걸린 커튼을 닫았다.

"내 이름이 뭐?"

"원무과에서 나한테 서류 주면서 인적사항을 적으라는데 뭘 알아야 적을 거 아냐. 입고 온 옷엔 암것도 없고. 이거 큰일이구나 싶더라. 안 되면 야매 의사라도 찾아가야겠다고 생각했는데, 간호사가 니 주민증을 갖다주는 거야. 누가 입원수속까지 싹 끝내고 갔다. 찬찬히 주민증을 살펴보니까, 최혜민이라고 적혀 있었어. 아주 사진까지 떡 박아서 정교하게 위조했더라고. 왜 신분을 바꿨는지 모르겠지만, 알아봤자 골치 아픈 일일 거 같아서 궁금해하지 않기로 했어. 여하튼 넌 박이경으로 태어나서 단아름다운의 몸으로 살며 최혜민의 이름을 쓰게 된 거야. 일단 깼으니 장례식이나 보러 가자."

"누구 장례식?"

유나가 자신의 무릎에 올려놨던 청회색 핸드백에서 손바닥만 한 손거울을 꺼내 내밀었다.

"박이경의 장례식."

손거울 속에는 초췌한 몰골의 다운이 커다란 눈을 부릅뜨고 있었다. 간신히 목숨을 구한 건 내가 아니라 다운이었다. 그녀가 남 사장으로부터 사들인 새로운 신분이 최혜민인 모양이었다. 이제 나는 박이경도, 단아름다운도 아닌, 최혜민으로 다시 태어났다. 그야말로 지독한 난산 끝에 얻은 새 인생이었다.

"나 지금 어떤 표정이야?"

유나에게 물었다.

"아마 나랑 비슷할걸."

어금니를 앙다물었는지 굵게 힘살이 잡힌 뺨과 늘어진 입꼬리, 쉬이 제자리를 찾지 못하고 들썩거리는 눈썹이 유나의 불안한 심리를 대변했다. 그녀가 핸드백에서 전자담배를 꺼내 물었다.

"전에도 말했잖아. 그냥저냥 살다 단명할 팔자를 고생고생하며 징글맞게 장수하는 팔자로 바꾸는 게 옳은 건지는 모르겠다, 고. 선택은 내가 했지만 감당은 네가 해야 할 거 아냐. 울 엄마도 나 무당 만들었을 때, 아마 이런 심정이었겠지."

유나에 대한 원망은 없었다. 내가 그녀였더라도 같은 선택을 했을 터였다.

"개똥밭에 굴러도 이승이 낫다며. 다시 눈뜨게 해줘서 고마워."

내 말에 유나가 니코틴 섞인 수증기를 코로 뿜으며 가볍게 웃었다.

"걱정 마. 개똥밭에는 안 굴릴 테니까. 넌 자느라 몰랐겠지만, 벌써 경찰 만나서 한 고비 넘기고 왔어."

다른 육체와 신분으로 살아가려면 해결해야 할 문제가 많았다.

"경찰이 의심하진 않고?"

"박이경 친구라고 말해줬어. 셋이 등산 왔다가 박이경이랑 최혜민이는 산나물 사러 그 집에 갔고, 나만 지갑을 깜빡해서 다시 차로 내려간 거라고. 근데 올라가보니까 문은 잠겨 있고, 둘 다 전화를 안 받아서 신고했다고 둘러댔지."

유나의 말에 따르면 나는 꼬박 사십팔 시간 동안 잠을 잤다. 마치 갓난아기처럼 몸을 동그랗게 말고 배냇짓하듯 뺨을 옴찔거리며, 서서히 기력을 회복한 거였다. 함께 구급차를 탔던 박이경은 단아름다운과 영혼을 바꾼 뒤 곧바로 숨을 거두었다. 하지만 몽운골에서 벌어진 일은 유나의 몇 마디로 덮어질 규모가 아니었다. 경찰이 건조실 안을 수색했다면 캡슐의 원료를 발견하지 못했을 리 없고, 임 대리가 자신의 결백을 주장하려면 남 사장과 박이경, 단아름다운, 그리고 주연숙의 관계를 털어놓았을 게 틀림없었다. 게다가 도주한 왕태봉이 검거되기라도 하면 모든 일이 만천하에 드러날 거였다. 이렇게 경찰이 잠잠한 것이 수상쩍었다.

"빨리 가보자. 장례식 아니면 다시 만나기 어렵잖아. 너희 부모님."

유나의 말에 퍼뜩 부모님의 얼굴이 떠올랐다. 육신에 대한 미련은 없지만, 딸을 앞세운 늙고 가난한 부모님을 생각하니 마음이 편치 않았다.

"무슨 낯으로 부모님을 만나."

"그것도 너와 부모님의 운명이야. 뭣보다, 다운의 명복을 빌어줘야 하잖아. 그게 도리야."

딸을 잃은 부모님만큼이나 아름다운 육체를 남기고 불귀의 객이 된 다운도 가련하긴 마찬가지였다. 가난한 추녀 박이경의 눈에 다운의 삶은 비단 구두였다. 조붓한 폭에 앞코가 뾰족한 오색 비단 구두는 하루만 신다 벗어버려도 여한이 없을 것 같았다. 하지만 몰래 훔쳐 신은 비단 구두가 편할 리 없었다. 투박한 뒤꿈치와 무지에서 수포가 터져 진물이 흐르지만 이제 주인은 가고 없으니, 발에 신을 맞추어 먼 길을 떠나야 할 때다. 침상에서 일어서 슬리퍼를 꿰어 신었다. 내딛는 한걸음 한걸음이 낯설고 고통스러웠다.

　장례식장은 별관 지하였다. 건물 입구에 삼베 완장을 찬 남자 셋이 한숨 쉬듯 담배를 피우고 있었다. 하나같이 피로한 낯빛에 머리는 떡이 지고 수염이 파랗게 돋아난 몰골이었다. 그들을 지나 엘리베이터를 타고 지하로 내려갔다. 국화향과 육개장 냄새가 뒤섞인 지릿한 냄새가 코를 찔렀다. 디귿 자 구조로 이루어진 장례식장엔 총 여덟 개의 빈소가 마련되어 있었다.

　"8호실인가 보네."

　상주는 아빠였다. 어울리지 않는 역할이었다. 집에서 아빠는 늘 가장자리에 머물러 있었다. 젊은 날엔 생계를 엄마에게 떠맡긴 채 복권 명당을 찾아 헤맸고, 더 이상 잃을 게 없어지자 방구석에 틀어앉아 애꿎은 담배만 피워댔다. 그런 아빠를 볼 때마다 나는 수거비용 몇천 원이 아까워 수년째 베란다에 방치한 김치냉장고를 떠올리곤 했다. 손때와 먼지를 뒤집어쓴 채 서서히 부식되고 있는 김치냉장고와 아빠, 둘 중 누가 먼저 이 집을 떠나게 될지 궁금해했다. 그 순서에 엄마와 나를 배제시킨 게 실수였다. 유나의 어깨와 폴대를 의지해 무거운 발걸음을 뗐다.

"형님, 몸도 성치 않은 양반이 무신 술을 그래 마시능교? 자식 앞세웠으면 남보다 더 모지락스럽게 살아야 할 거 아입니꺼?"

8호실 앞에 서자 곽 아저씨의 목소리가 쩌렁쩌렁 울렸다. 고개를 들어 빈소를 둘러보았다. 주민등록증 사진을 확대한 게 틀림없는 영정 사진과 '삼가 고인의 명복을 빕니다. 크린서포터 대표 남인호'라고 적인 근조 화환, 그리고 벗어놓은 양말처럼 초라하게 구겨진 아빠가 차례로 눈에 들어왔다. 아빠는 곽 아저씨의 어깨에 기대 소주병에 꽂힌 빨대를 입에 물고 있었다. 그렇게 해서라도 꼭 술을 마셔야 직성이 풀리겠냐고 한바탕 잔소리를 늘어놓고 싶었지만, 이젠 내 권한 밖의 일이었다.

"본관에 입원했다는 친군가 보네. 들어와요. 밥 먹고 가."

누워 있었는지 머리가 봄동 잎사귀처럼 뭉개진 엄마가 내게 손짓을 했다. 눈가가 짓무르고 입술이 허옇게 튼 엄마에게서 시큼한 술냄새가 풍겼다. 유나가 나 대신 폴대를 빈소로 올렸다. 슬리퍼를 벗고 올라서보니 맨발이었다. 양말을 사 신고 다시 와야 하나 싶어 머뭇거렸다.

"남자 거라 크긴 할 테지만, 이거라도 신을래요?"

입술로는 고맙습니다, 라고 대답을 했지만 목이 메어 아무 소리도 나오지 않았다. 그런 나를 바라보는 엄마의 눈가가 발그스름하게 달아올랐다. 내 딸은 죽었는데, 너는 어째서 사지 멀쩡히 살아남았느냐고 따져 묻고 싶은지도 몰랐다. 하지만 엄마는 말이 없었다. 엄마는 무엇이든 잘 참았다. 빚 독촉도 대상포진도 아빠의 댓진내도. 문득, 고장 난 김치냉장고를 버리지 못한 이유가 몇 푼 안 되는 수거비용 탓이 아니라 매일 아침 어디론가 달아나고 싶은 엄마의 발등에 스스로 박아놓은 말뚝 같은, 극기의 일종이 아니었을까 생각했다.

유나가 핸드백에서 부조금 봉투를 꺼내자 곽 아저씨가 접수대에 앉았다. 나는 남 사장이 보낸 조화 옆에서 양말을 신었다. 자꾸 손에 힘이 빠져 발뒤꿈치를 올리지 못하자, 엄마가 다가와 옆에 앉았다.

"발 이리 내봐요."

엄마가 팔을 뻗어 내 발목을 잡았다. 그러곤 환자를 다루던 솜씨로 능숙하게 양말을 신겼다. 양말이 너무 커서 발목이 휘휘 돌았다.

"너무 크네. 넘어지면 안 되니까 내 거라도 신을래요?"

엄마는 내 대답을 기다리지 않고 자리에서 일어섰다.

"괜찮아요. 되는대로 신는 거죠, 뭐."

휴게실을 향해 걸음을 떼던 엄마가 멈춰 섰다. 작은 어깨가 크게 한 번 들썩였다. 그러고는 소쿠리처럼 입을 벌리고 끄으, 신음을 뱉었다. 금세 굵은 눈물이 뺨을 타고 흘렀다. 엄마의 발등에 박아놓았던 우지끈 뽑혀나갔다.

"미안해요. 말투도 그렇고 우리 이경이가 나한테 잘하던 말이라서……. 용돈 떨어졌으면 좀 주랴 물어도 되는대로 달라 하고, 변변한 반찬 없이 뭐 해서 밥 먹냐 물어도 되는대로 먹는다 하고, 또 휴학하면 졸업은 언제 하나 물어도 되는대로……. 부모 속 끓이지 않으려고 하는 말이 맨날 그놈의 되는대로."

유나가 얼른 접수대 위에 놓인 크리넥스를 뽑아 엄마에게 내밀었다. 엄마는 눈물 대신 팽, 소리가 나게 코를 풀고 치매 환자처럼 자꾸만 미안하다는 말을 반복했다. 유나가 영정 앞으로 내 손을 잡아끌었다. 그녀의 간섭이 없었다면 엄마와 나는 몇 시간이고 그렇게 서 있었을지 몰랐다.

장례식은 처음이었다. 어떻게 해야 할지 몰라 허둥거리고 있는데, 유나가 국화 한 송이를 내게 건넸다. 나는 그녀를 따라 영전에 헌화하고 손을 모은 뒤 잠시 묵념을 했다. 보잘것없는 지난 생이 머릿속을 빠르게 내달렸다. 무거운 고개를 들어 영정 사진을 바라보았다. 두껍게 내린 앞머리에 화가 난 듯 비죽 내민 입술, 너무 숙여서 두 겹이 진 턱을 유심히 훑었다. 다시 그 삶을 살아야 한다면, 그땐 절대 되는대로 살지 않을 테다, 남들처럼 수능시험 끝나면 쌍꺼풀 수술하고, 죽기 살기로 살을 뺀 뒤 바보 소리 듣도록 헤벌쭉 웃고 다닐 테다, 허망한 다짐을 해봤다.

부모님이 기다리는 방향으로 몸을 돌렸다. 엄마가 아빠의 겨드랑이 사이로 어깨를 밀어 넣어 몸을 일으켜 세웠다. 내게 작은 눈과 큰 코, 우락부락한 얼굴형을 물려준 아빠가 입술 새로 침을 흘리며 무어라 주절거리고는 방석 위로 곤드라졌다. 팔에 링거가 꽂혀 있다는 것도 잊은 채 아빠에게 팔을 뻗었다.

"괜찮아요. 많이 취해서 그런 거니까. 우린 이경이가 죽었다고 생각하지 않아요. 월급 많이 주는 직장에 붙어서 가난하고 무식한 부모 떠나 훨훨 날아갔다고 믿어요. 지가 벌어 지가 시집가고, 자식 낳고 집 넓히면서도 야속하게 연락 한 번 안 하는 괘씸한 딸년이라고 생각하면 살 만해요. 우린 정말 괜찮으니, 저기서 밥이나 먹고 가요."

엄마는 마다하는 우리를 식당으로 이끌었다. 굳이 엉덩이 밑에 방석까지 받쳐주곤 손수 밥과 국을 상으로 날랐다.

"이거 우리 이경이가 취직 턱 내는 거니까, 입에 안 맞더라도 많이 먹어요."

엄마는 애써 울음기를 몰아낸 얼굴로 나지막이 속삭이곤 아빠에게로 발길을 돌렸다.

"반주 한잔하게요?"

멀거니 상에 놓인 음식을 쳐다보고 있는데, 불쑥 종이잔과 소주를 든 곽 아저씨가 옆에 앉았다.

"주시면 받죠."

유나가 소주가 든 종이잔을 넙죽 받았다.

"내는요, 인자부터 갱찰 안 믿십니더. 멀쩡하든 아가 저래 됐는데, 갱찰은 안즉까지 코빼기도 안 비칩니더. 단순 사고사라는 게 말이 되냐 이깁니더. 그나마 이경이 댕기든 청소 회사 사장이 갱찰 출신이라가꼬, 그 양반이 두루두루 알아보고 댕기는 모양인데, 어데 그리 숩게 결판이 나겠습니꺼. 죽은 놈만 불쌍한 거지."

곽 아저씨가 맥주컵에 소주를 따라 단숨에 꼴딱 삼켰다.

"그걸 남 사장이 알아보고 다닌다고요?"

경찰이 유나의 허술한 증언에 별다른 토 한 마디 달지 않고 넘어간 것은, 남 사장의 입김이 작용한 덕분인지 몰랐다. 그가 다운의 엄마에게 소개해주던 남자를 경무관이라고 부른 걸 보면 제법 단단한 동아줄을 여러 가닥 쥐고 있을 가능성도 있었다.

"경아가 아가씨들한테 남 사장 얘기도 했는가베? 잘됐네. 쪼매 있으믄 그 양반 이리로 올 낀데, 속 시원하게 한번 털어놔봐요."

곽 아저씨가 안주도 없이 거푸 소주를 마셨다. 다운의 몸으로 남 사장을 만나는 게 이로울 것이 없었다.

"일어나자. 그만 가는 게 좋겠어."

유나에게 눈짓을 보내며 몸을 일으켰다. 소주를 홀짝거리던 유나가 계피떡 하나를 입에 넣고 나를 따라 일어섰다.

"또 오셨어요?"

등 뒤에서 엄마의 목소리가 들렸다.

"뒤숭숭해서 일이 손에 잡혀야 말이지요. 문상객은 좀 왔습니까?"

남 사장의 목소리였다.

"지금 막 이경이랑 거기 같이 갔던 친구들이 왔어요."

"그렇잖아도 만나고 싶었는데, 잘됐군요."

남 사장의 목소리가 점점 가까워졌다. 머리 위로 긴 그림자가 드리웠다.

"혜민이하고 유나라고 들었는데, 맞나?"

남 사장이 곽 아저씨를 내보내고 가부좌를 틀었다. 도우미가 얼른 남 사장 몫의 밥과 국을 내왔다. 그가 일회용 숟가락으로 뻘건 국물을 입에 떠 넣었다.

"김유나, 최혜민이요."

유나가 최혜민이라는 내 새 이름을 힘주어 발음했다.

"유나 씨, 내 부탁 하나만 들어줬으면 좋겠는데."

숟가락으로는 감질이 났는지, 남 사장이 그릇에 입을 대고 국을 홀홀 마신 뒤 냅킨으로 입을 닦았다.

"무슨 부탁인데요?"

"혜민 씨랑 조용히 나누고 싶은 얘기가 있어요."

"박이경에 대한 거라면 저도 같이 들을래요. 친구니까."

유나가 남 사장에게 쐐기를 박았다.

"믿을 수 있는 분이니 괜찮아. 넌 내 심부름 하나만 해줘."

목숨을 구해준 것만으로도 유나는 제 할 도리를 다했다. 남 사장과 더 이상 얽히게 해선 안 되었다. 유나가 괜찮겠냐는 눈빛으로 나를 바라보았다. 남 사장과 대면하는 일이 껄끄럽긴 했지만, 피한다고 해결될 일이 아니었다. 유나를 향해 고개를 끄덕였다.

"무슨 심부름인데?"

"내복 두 벌만 사서, 장례도우미한테 맡겨줘. 여자 건 85, 남자 건 95로."

내가 취직을 해 떠났다는 엄마의 믿음을 공고히 해주고 싶었다. 남 사장을 만나지 않았어도 긴히 부탁하고 싶었던 일이었다.

"알았어. 빨간색으로 두 벌 사서 맡길게."

남 사장의 인자한 미소를 확인한 유나가 목례를 하고 자리를 떠났다. 그녀의 모습이 완전히 사라지자, 남 사장이 빈소와 식당을 연결하는 미닫이문을 닫았다. 장례 도우미는 밥솥에 몸을 기대고 낮게 코를 골았다.

"이제 어떻게 된 건지 차근차근 설명해볼까?"

싸늘하게 식은 남 사장의 눈빛이 뺨을 할퀴었다.

"왕태봉이 우릴 건조실에 가둬놓고 떠났어요."

"그건 나도 아는 거고. 이후 상황을 설명하란 거야. 유나라는 애,

너랑 박이경을 둘 다 아는 것 같은데 어떤 인물이지? 통화 내역 살펴보니까 쟨 니 친구가 아니라 박이경 친구 같던데, 아닌가?"

남 사장이 종이잔에 물을 따라 끌어다놓고 담배에 불을 붙였다.

"박이경하곤 원래 친구지만, 저랑도 아는 사이예요. 가끔 점 보러 다니던 점집 무당."

"묘하게 꼬였군. 좋아, 그럴 수 있다 쳐. 근데 어떻게 저 애가 네 새 이름을 알고 있지?"

남 사장이 내 얼굴을 향해 연기를 뿜었다. 확실히 매듭짓지 않으면 유나에게 무슨 짓을 할지 알 수 없는 인물이었다. 하지만 어떻게 유나와 나 사이를 설명해야 할지 아득하기만 했다. 한 번 꿰어낸 만두는 새 만두피로 덮지 않는 한 반드시 속이 미어져 나오기 마련이었다. 비밀은 언제나 새로운 거짓말을 낳는다.

"돈 주고 고용했어요. 최혜민으로 완벽하게 살아가려면 오래된 친구 하나쯤은 만들어둬야 요긴하지 않겠어요? 보시다시피 지금도 잘 써먹고 있잖아요. 그 애가 경찰을 부르지 않았으면 우린 다 죽었을 거예요."

남 사장이 상체를 내 쪽으로 숙인 뒤 귓가에 속삭였다.

"건조실에서 나온 증거물이 자그만치 여덟 포대야. 지금 이 시간에도 임 대리란 놈은 계속해서 내 이름, 니 이름 주워섬기며 결백을 주장하고 있지. 왕태봉도 꼬리 잡힐 때가 머지않았어. 근데 왜 무사하냐고? 증거물은 소각됐고, 임 대리의 주장은 묵살되고 있거든. 왕태봉이 잡힌다 해도 임 대리 꼴밖에 더 나겠어? 어떻게 그런 일이 가능하느냐, 궁금하겠지. 우리 공장 단골 치고 방귀깨나 뀌는 사람이 어디 한둘인 줄 아나? 사건 커지면 자기들 목도 날아갈 게 뻔한데 두고 보기만 하겠냐고. 니가 지금 그 요망한 입을 자유롭게 나불거릴 수 있는 건 그 계집애 때문이 아니라 내 덕분이란 걸 알아줬으면 좋겠군."

내 예상이 들어맞았다. 사건을 축소, 은폐시키는 건 남 사장의 힘이었다. 그가 죽지 않는 이상 앞으로 내게 자유는 없을 터였다.

"네 엄마, 주연숙이는 이제 너한테 관심 없어. 늘 자기 살 궁리만 하는 여자니까 지금도 어딘가 숨어 있겠지. 돌아와서 너를 거둘 거란 희망은 버려. 어떡해서든 잔금에 추가 수수료는 다 받아낼 거야. 이번 일로 보통 속을 끓인 게 아니거든. 리스크도 이만저만이 아니고. 그리고 지금 당장 김유나라는 계집애 떼어버려. 못 하겠으면 내가 해줄 수도 있어."

남 사장의 엄지가 내 뺨 위를 가볍게 훑었다.

"내 말 알겠나?"

차멀미 하듯 속이 메스껍고 현기증이 일었다. 가까스로 병실에 돌아와 몸을 뉘였다. 남 사장은 장차 자신의 사업에 방해가 될지도 모를 위험 요소를 느긋하게 지켜볼 위인이 아니었다. 유나를 다시 만나게 해선 안 되었다. 나는 사물함을 열어 옷걸이에 걸어놓은 패딩 주머니를 뒤졌다. 유나가 말한 주민등록증과 약간의 현금이 든 지갑이 나왔지만 휴대전화는 없었다. 있다 하더라도 유나의 전화번호를 외우지 못했으니 연락할 방법도 없었다. 혹시 둘이 마주치게 될까 봐 조바심이 났다. 시간이 흐를수록 불안은 눈덩이처럼 커져갔다. 그때, 침대 옆에서 전화벨이 울렸다. 내선전화였다. 조심스럽게 송수화기를 들었다.

"뭐 이상한 거 묻진 않았어?"

유나였다. 그녀를 만나기 전까지 나는 스스로를 지극히 독립적인 유형의 인간이라고 믿어왔다. 하지만 기댈 곳이 생겨버리자, 눌러놓았던 의타심이 고개를 들기 시작했다. 유나를 잃고 싶지 않았다.

"경찰에 아는 사람이 있어서 잘 해결될 거래. 넌 걱정 말고 잘 지내."

"왜 이래? 안 만날 사람처럼."

유나의 목소리가 샐그러졌다.

"당분간은 병원에 오지 않는 게 좋겠어. 경찰도 들락거릴 거고, 다운이네 가족이 찾아올 수도 있으니까."

"알았어. 대신 퇴원하면 우리 집으로 오는 거야. 내가 다시 태어나게 했으니 책임도 내가 질 거야."

"그래. 너밖에 없다."

"예약 손님 들어온다. 몸조리 잘하고 있어. 혼자 돌아다니지 말고."

송수화기를 내려놓고 침대에 누웠다. 불안한 마음은 좀처럼 가시지 않았다. 피로와 긴장으로 눈꺼풀이 파르르 떨렸다. 다시 눈을 붙이고 싶었지만 홀로 잠드는 게 두려웠다.

때마침 저녁 식사가 도착했다. 도무지 입맛이 나지 않았지만, 하루빨리 병원을 떠나고 싶었다. 멀건 국에 밥을 말아 힘껏 욱여넣었다. 병원의 하루는 저녁 식판이 물러난 다음에야 끝난다던 엄마의 말이 떠올랐다. 일곱시도 되지 않았는데, 옆 침상 보호자가 전등 스위치를 내렸고, 보호자 침대에 누워 일일연속극이 방영되는 내내 꾸벅꾸벅 졸았다. 옆 침상 환자는 코골이가 심했다. 자정 무렵이 되자 보호자마저 베개와 모포를 들고 휴게실로 잠자리를 옮겼다. 적막으로 밤을 지새우는 것보다 누군가의 곤한 잠을 귀로 확인하는 편이 나았다.

깜빡 졸았다 눈을 뜨니 여섯시였다. 간호사가 트롤리를 끌고 들어와 채혈을 하고 혈압과 체온을 쟀다. 언제쯤 퇴원할 수 있냐고 묻자, 아침 회진 때 주치의와 상의해보라는 대답이 돌아왔다. 곧이어 눈에 잠이 닥지닥지 붙은 옆 침상 보호자가 칫솔을 물고 나타나 밤새 코를 골던 환자를 데리고 뒤뚱뒤뚱 화장실로 향했다.

부옇은 창문 너머로 별관 옥상이 내다보였다. 폴대를 끌고 창가에 다가섰다. 별관 뒤 주차장에 검정색 미니버스가 보였다. 상복에 휠체어를 탄 아빠가 내 영정 사진을 들고 미니버스로 향했다. 그 뒤로 붉은 융이 덮인 관과 축 늘어진 채 두 사람의 부축을 받는 엄마가 느릿느릿 따라붙었다. 영하의 기온에 카디건 한 장 걸치지 않은 엄마는 자꾸 걸음을 멈추고 멀거니 땅바닥을 바라보았다. 영구차 트렁크에 관이 실리자, 꿋꿋이 버티고 서 있던 엄마가 바닥에 주저앉아 손으로 얼굴을 감쌌다. 짧은 저고리가 들려 올라가 빨간색 내복이 드러났다. 눈을 감아도 붉은 내복, 관을 덮은 붉은 융, 아빠의 붉은 눈자위, 엄마의 붉은 뺨이 화인처럼 잔상으로 남았다. 그저 비루한 육신이 사라지는 것일 뿐, 나는 여기 잘 있다고 말해주고 싶었다. 하지만 이제 다시는 정해진 운명을 거스르고 싶지 않았다.

나를 임신했을 무렵, 엄마는 이유 없이 속이 미식거리고 신물이 넘어오자 회충이 동했다고 생각했단다. 효과 좋다는 구충제를 지어다 거푸 먹었지만 별다른 차도는 없었다. 뒤늦게 임신 사실을 알았을 때, 아빠는 낙태를 원했다. 구충제로 인한 유산이나 기형을 염려하는 척했지만 기실 첫애가 고추였으면 하는, 그 시절 아버지들다운 소망 탓이었다. 하지만 엄마는 끝내 수술대에 눕지 못했다. 때마침 엄마의 사촌언니가 소파수술을 받다 마취에서 깨어나지 못하고 죽은 게 결정적인 이유였다. 다행히 나는 건강하게 태어났지만 엄마의 근심은 그때부터 시작되었다. 엄마는 내가 잔병치레를 할 때마다 임신 초 생각 없이 복용했던 구충제를 후회하며, 없는 형편에도 미역국과 떡을 차려놓고 삼신할미에게 손을 비볐다. 감기나 배탈, 수두 같은 질병은 물론이거니와 남보다 월경이 늦은 것조차 엄마에겐 구충제 탓이었다. 그 어리석고 황당한 믿음은 내가 중학교에 입학해 머릿니가 옮아왔을 때서야 끝이 났다. 엄마는 신문지를 깔아놓고 참빗으로 내 머리를 빗기며 아주 평온한 목소리로 속삭였다. 됐다, 이제 됐어. 목숨이 빌붙어 사는 걸 보니 이제 약이 다 씻겨 나간 거야. 내 새끼, 살았다. 이제 살았어. 엄마는 자신의 삶이 나와 아빠에게 서서히 빨려들고 있다는 건 전혀 모르는 눈치였다. 미니버스 앞에서 하염없이 눈물을 짜고 있는 엄마에게 말해주고 싶었다. 오랫동안 빌붙었던 목숨 하나가 제 갈 길을 찾아 떠났을 뿐이라고. 이제 되는대로 살아도 좋다고. 패씸하도록 오래 살아남아 멀리서라도 엄마와 아빠의 마지막을 배웅할 오기가 생겼다.

화장실에서 요란하게 물 내리는 소리가 들렸다. 황급히 눈물 자국을 지우고 창문에서 등을 돌렸다. 웅얼웅얼 말소리가 들리더니 화장실 문이 열렸다. 환자가 입가에 치약 거품을 묻히고 걸어 나왔다. 하얗게 머리가 센 환자는 팔십 줄이었다. 팔뚝에 도드라진 정맥으로 보아 꽤 오랜 시간 병원을 들락거린 모양이었다. 그녀가 나를 흘끔 쳐다보고는 창문을 열었다. 선뜩한 바람 한 줄기가 병실 안으로 새어들어 산짐승처럼 날뛰었다.

"니 아버지 말마따나 죽고 싶을 때 꾹 눌러 끌 수 있는 스위치 같은 거나 있으면 좋겠다. 흙내가 이렇게 고소한데 죽지를 못하고 있으니 원. 어이구, 지겨워."

뒤따라 나온 보호자가 아무 대꾸도 하지 않고 텔레비전 전원을 켰다. 노인의 한탄처럼 죽음이 스위치 내리듯 간단한 것이라면, 아무도 그걸 두려워하지 않을 거란 생각이 들었다. 끌 수 있다는 건 언제든 마음만 바꾸면 다시 켤 수 있다는 뜻이기도 하니까. 유나가 가까스로 내려간 스위치를 올려주었으니, 이제 그걸 지켜내는 건 내 몫이다.

"잠은 잘 주무셨어요?"

상념에 잠겨 있는 사이 회진이 시작되었다. 흰 가운을 펄럭이며 병실로 들어온 의사는 젊고 훤칠했다. 그는 내게 아침 인사를 건네며 청진기를 꺼내들었다. 환자복을 열어 호흡을 체크하고 목과 옆구리에 난 상처를 슬쩍 들여다보았다.

"현기증이 좀 나는데……"

불편한 것이 없냐는 주치의의 질문에 대답을 꺼냈다.

"현기증 나는 건 전해질이 떨어져서 그래요. 오늘 아침부터 나간 약 드시면 괜찮을 거예요. 오렌지주스 사다 물처럼 자주 마시세요. 상처는 잘 아물고 있는데 흉이 좀 남을 거 같아요. 완전히 아문 뒤에 성형도 고려해보죠."

"그럼 퇴원은 언제쯤 가능할까요?"

"일단은 하루이틀 더 지켜보는 게 좋겠어요."

주치의는 퇴원을 허락하지 않았다. 남 사장의 눈을 벗어나려면 마냥 병원에 머무를 수는 없었다.

"여사님은 오늘 퇴원하셔도 되겠어요. 지금 앓고 계신 질환은 아무리 좋은 약을 써도 완전히 낫긴 힘들어요. 혈당은 어느 정도 잡혔으니까 이틀 후에 외래 잡아드릴게요. 그때 봬요."

커튼 너머에선 희소식이 들렸다. 옆 침상 보호자의 웃음이 커튼을 넘어왔다. 좀 전까지만 해도 스위치 타령을 하던 환자가 돌아가는 길에 을밀대 냉면이나 한 그릇씩 하자며 신을 냈다. 그들은 냉장고에 남아 있던 오렌지와 파일애플 통조림을 내게 선물하고 재빨리 짐을 꾸렸다. 병실이 비면 링거를 뽑고 짐을 챙겨 떠나야겠다고 마음을 굳혔다.

점심 식사를 물리고 약을 먹을 즈음 옆 침상이 비었다. 간호사가 시트를 갈고 새 침구를 옮겨놓았다. 그녀에게 언제쯤 자리가 채워지겠냐고 묻자, 벌써 새로운 환자가 입원수속 중이라는 대답이 돌아왔다. 시간이 많지 않았다. 간호사가 떠나길 기다렸다 팔뚝에 휴지를 꾹 누르고 링거를 뽑았다. 사물함을 열어 옷을 꺼낸 뒤 화장실에서 갈아입었다. 쇠스랑이 지나간 자리에 핏자국이 선명했다. 이대로 거리에 나서면 사람들의 이목이 집중될 게 자명했다. 그나마 다행이라면 패딩 점퍼 안에 입었던 스웨터는 진한 초콜릿색이라 핏자국이 가려졌다. 패딩 점퍼는 사물함에 도로 집어넣고 지갑과 신분증을 청바지 주머니에 찔렀다. 이제 간호사실 앞만 무사히 지나가면 된다. 심호흡을 하고 문손잡이를 잡았다. 손목에 힘을 주기도 전에 손잡이가 돌아갔다. 반대편에서 누군가 문을 열고 있다는 얘기였다.

"난 병원 기웃거리다 죽기 싫어. 그래서 내년엔 다 팔고 실버타운 들어갈 거야. 양로원 말고 진짜 실버타운."

주절거리며 문을 열고 들어온 사람은 백발이 성성한 노파였다. 고개와 어깨는 뒤로 물러서고 가슴은 톡 불거진 데다 심한 안짱다리였다. 백내장으로 뿌연 눈동자가 나와 마주쳤다.

"얘가 개유?"

노파가 고개를 돌리고 물었다.

"네, 저 애가 어르신 손녑니다."

노파의 질문에 대답을 한 사람은 뒤따라 들어온 남 사장이었다. 그가 내 옷차림을 위아래로 훑었다.

"인사해. 너희 할머니야. 진짜 최혜민이 법적보호자. 퇴원수속 하려고 모셔 왔어."

노파는 심히 못마땅한 눈길로 나를 노려보았다. 노파는 아마도 죽은 손녀의 수급비를 가로채 연명할 터였다. 정도가 다를 뿐, 노파 또한 다운의 엄마와 다르지 않은 부류였다.

"막대기를 삶아 처먹었나? 어째 늙은이를 보고도 모가지 까딱할 체를 안 하누?"

노파가 입술을 실룩거리며 빈 침상에 걸터앉았다. 남 사장이 사람 좋은 미소를 띠며 노파에게 다가가 보조 테이블 위에 놓여 있는 오렌지를 벗겼다.

"요즘 애들이 어디 어른 어려운 줄을 아나요?"

남 사장이 깨끗하게 벗겨낸 오렌지를 노파에게 건넸다.

"그나저나 밭 한번 갈아야 하지 않을까?"

"밭은 왜요?"

노파가 듬성한 앞니로 과육을 뭉개며 고개를 가로저었다.

"누가 와서 캐보면 어떡해? 요샌 피 한 방울만 있어도 누구 건지 다 알아낸다잖아."

"그럴 일 없습니다. 있어도 다 피해가는 수가 있고요. 그동안 숱하게 뿌리고 다닌 영업비가 그런 용도 아니겠습니까?"

남 사장이 뭔가 말을 덧붙이려는데 병실 문이 열렸다. 퇴원 서류를 들고 온 간호사였다.

"최혜민 씨 보호자가 누구세요?"

간호사가 남 사장과 노파를 번갈아 바라보았다.

"나유, 왜?"

대답을 하는 노파의 입에서 덜 씹힌 오렌지 과육이 흘러나왔다.

"여기 서류에 서명해주시고요, 원무과 가서서 수납하시면 돼요. 처방전 있으니까 잊지 마시고 발급기에서 뽑아 가세요."

간호사가 노파에게 퇴원 서류와 볼펜을 건넸다.

"요즘 병원은 이런 게 글러먹었어. 옛날 같으면 퇴원할 때 약은 공짜로 줬는데, 요샌 병원비, 약값 따로 받아내잖아. 도둑놈 심보지 뭐야."

간호사가 예전에도 약값은 공짜가 아니었다고 일러주었지만, 들은 척도 하지 않았다. 고작 이름 석 자 사인하는 데에 노파는 쉬지 않고 눈을 부라리며 구시렁댔다. 그러는 사이 남 사장이 내 어깨에 팔을 감았다. 남의 눈엔 사이좋은 부녀처럼 보일 법한 모양새였다.

"어때? 생각보다 빨리 퇴원해서 좋지?"

남 사장이 천연덕스러운 목소리로 내게 물었다.

"그런 건 입 아프게 물어서 뭐 해. 병원살이가 지옥살이지. 간호원, 글씨 받았으면 얼른 우리 퇴원시켜줘."

간호사가 사인된 서류를 넘겨받고 병원비 청구서를 노파에게 건넸다.

"가까운 병원으로 옮기신다니까, 외래는 안 잡아드릴게요. 어르신, 손녀분 전해질 수치가 낮아 현기증이 있을 수 있어요. 조심해서 들어가세요."

노파가 대답 대신 콧방귀를 뀌었다. 민망해진 간호사가 나와 남 사장에게 어색한 눈인사를 건네며 병실을 나갔다. 그녀의 발소리가 멀어지자 남 사장이 점퍼 주머니에서 흰 봉투를 꺼냈다.

"약속했던 사례입니다."

심드렁하던 노파의 표정에 생기가 돌았다. 봉투를 열어 돈을 헤아린 노파가 듬성한 앞니를 드러내며 웃었다.

"저 애 하숙비랑 밥값은 따로 셈하는 거 맞지?"

"그럼요. 따로 챙겨드려야지요. 병원비 계산은 이걸로 하시면 됩니다. 그럼 볼일 보시고 주차장으로 내려오세요."

남 사장이 지갑에서 신용카드를 꺼내 내밀었다. 노파가 종묘사 이름이 적힌 나일론 주머니에 병원비 청구서와 카드를 넣고는 팔을 휘저으며 병실을 나섰다. 닫힌 문을 한참 동안 응시하던 남 사장이 더듬더듬 내 쪽으로 시선을 옮겼다. 피곤한 모양인지 그의 눈이 씀벅

해 보였다.

"내가 싱가포르 가는 날까지 넌 입 다물고 저 할멈 집에 있어야 돼. 할멈도 우리 사정을 어느 정도 알고 있어. 손녀딸 판 돈으로 밭을 사서 나한테 빌려주고 있거든. 공장에서 처리하기 곤란한 폐기물은 모두 그 밭에 묻혔지. 왕태봉도 혀를 내두를 만큼 모지락스러운 구석이 있으니 까불지 않는 게 신상에 이로울 거야."

남 사장이 내 손목을 틀어쥐고 걸음을 뗐다. 병실을 나가자마자 잔뜩 굳어 있던 남 사장의 미간이 풀어지며 사람 좋은 미소가 스멀스멀 올라왔다. 그는 복도에서 마주치는 흰 가운들에게 일일이 목례를 하며 엘리베이터에 올랐다. 엘리베이터로 지하 2층에 내려간 뒤, 연결 통로를 따라 별관 뒤 주차장으로 나왔다.

남 사장이 주차장 가장자리의 승용차로 다가갔다. 늘 타고 다니던 화물차가 아닌 중형 세단이 기다리고 있었다.

"다시는 연락하지 않을 테니, 유나한테 접근하지 말아요."

남 사장이 조수석 문을 열고 나를 앉혔다. 그러고는 잠시 의아한 눈빛으로 나를 내려다보다 별안간 손을 치켜들어 내 뺨을 갈겼다.

"왜 너까지 나를 개새끼 취급하지? 사고는 니들이 다 쳤잖아. 돈 몇 푼 쥐여주고 살려달랄 땐 언제고, 지금 와서 나만 쓰레기 취급을 하는 거냐고? 봐. 난 아무도 안 죽였어. 그런데 책임은 나 혼자 떠맡고 있다고. 제 밑 하나 못 닦아서 남의 손 빌리는 주제에 같잖은 상전 행세 할 생각 마. 쪽팔린 줄 알면 입 다물고 살 궁리나 하란 말야!"

남 사장이 조수석 문을 힘껏 닫고 운전석으로 갔다. 그의 손길이 스쳐 지나간 귀뺨이 뜨끈했다.

차에 탄 노파가 남 사장에게 영수증과 카드를 건넸다. 약이나 처방전은 없었다. 노파는 기나긴 대기 시간과 원무과 직원의 불친절에 대해 욕설을 섞어가며 불평을 늘어놓았다. 남 사장은 맞장구 없이 운전에만 몰두했다. 자동차는 오래지 않아 송추IC로 접어들었다. 방향으로 보아 의정부나 양주 정도가 목적지인 것 같았다. 그러는 사이 뒷좌석에 앉은 노파는 몇 개 남지 않은 이를 빠득빠득 갈며 잠이 들었다. 남 사장이 운전석 창문을 반쯤 열고 담배 한 개비를 물었다. 두 대를 연달아 피운 그가 충전기에 꽂아놓은 휴대전화를 들어 한 뼘통화를 눌렀다. 꽤 여러 번의 신호음 끝에 여자의 목소리가 들렸다. 다운의 엄마였다.

"다운인요?"

인사를 생략하고 다운의 엄마가 물었다.

"딸 걱정을 다 하는 걸 보니 경무관이 옆에 없나 보군."

"꼬지 말아요. 내가 식당에서 설거지라도 했으면 좋겠어요? 여자 홀몸으로 사는 게 쉬워 보이나 보죠?"

다운의 엄마가 앙칼지게 응수했다.

"자식 있는 여자가 어떻게 홀몸이라고 말할 수 있나? 둘 중 하나가 죽어야 끊어지는 게 부모 자식 간의 탯줄이야. 그러니까 더 바지런히 살아야지. 이참에 혼인신고도 하자고 해. 경무관 재작년에 상처했잖아."

스피커로 거친 숨소리가 들렸다.

"설교 끝났어요?"

"처음부터 그런 여자인 거 몰랐던 것도 아니고, 이제 본론으로 들어가지. 메모지 한 장 꺼내봐. 머리 좋으니까 외우든지. 양주시 남면 조암리 6번지. 오만 원권으로 육천 장 만들어서 가져와. 잔금에 추가금, 딸 보관료, 중매수수료까지 전부 포함된 금액이야. 내 수고에 비하면 아주 저렴하다고 생각해. 난 왕태봉처럼 단순 무식한 놈이 아니니까 정확히 하루 주지. 경무관이 제아무리 부처님 가운데 토막 같은 사람이어도 주연숙의 본명과 과거 행적을 들으면 마음이 달라지지 않겠어?"

확실히 남 사장은 왕태봉보다 영리했다. 다운의 엄마는 딸을 인질 삼아 협박해봤자, 눈 하나 까딱할 사람이 아니었다. 그녀를 유일하게 움직일 수 있는 건 그녀 자신의 안전과 미래 뿐이었다. 다운의 엄마는 한동안 대답이 없었다. 정말 주소를 받아 적는지, 여러 가지 경우의 수를 놓고 해야 할 말과 행동을 고르는지 분간할 수 없었다.

"절차가 복잡해서 보험금은 아직 청구도 못 했어요. 수중에 있는 돈 다 긁어모아도 삼억은 부족해요."

김이 식은 목소리였다.

"알 게 뭐야? 난 어제 날짜로 싱가포르 이민 확정됐고, 청소 사무실도 정리했어. 경무관한테 장문의 문자 한 통 보내놓고 비행기 타 버리면 그만이라고. 쫄리는 건 너야."

"…… 주소, 한 번 더 불러줘요."

무릎을 꿇은 쪽은 다운의 엄마였다. 남 사장이 배릿하게 웃으며 다시 한 번 주소를 불렀다.

"이번이 마지막이에요. 더 요구하면, 경무관하고도 끝내고 숨어버릴 거예요."

"이제 난 싱가포르로 떠날 테니, 너랑 네 딸하고 연락할 일은 영원히 없어. 염려 놓으라고."

노파를 의식했는지, 싱가포르 이야기를 할 때는 목소리가 작아졌다. 전화기 너머에서 다운의 엄마가 울먹거렸다. 남 사장이 통화 종료 버튼을 누르고 짧은 한숨을 내쉬었다. 쓴 입맛을 다시는 그와 룸미러로 눈이 마주쳤다.

"들었지? 일찌감치 포기하고 네 쪽에서 탯줄을 끊어. 다음 주에

나 싱가포르로 떠나면 너도 자유야. 가급적 먼 곳으로 가서 네 엄마처럼 적당한 남자 찾아 시집이나 가. 경찰 앞에서 지문 날인하는 멍청한 짓만 안 하면 무탈하게 살 거야."

남 사장의 말에 어렴풋한 동정이 묻어났다.

서울을 벗어나며 부쩍 두터워진 구름이 실비를 뿌리기 시작했다. 어느새 자동차는 소도시의 변두리로 접어들었다. 드문드문 소단지 아파트와 24시 편의점, 사료 공장 따위가 보였다.

"어마!"

과속방지턱에 차가 꿀렁거리자, 노파가 잠에서 깨어났다.

"깨셨어요?"

남 사장의 질문에 노파가 입아귀에 흐른 침을 손등으로 문지르며 멋쩍게 웃었다.

"나 저 앞 사거리 지나서 바른쪽에 세워줘."

노파가 손목에 나일론 주머니를 걸고 내릴 채비를 했다.

"거긴 왜요?"

"나 작년 가을에 영구 임대 당첨됐잖아. 살림은 아파트에서 하걸랑. 그 집이 어지간히 추워야 말이지. 밭에는 전기울타리 처났으니까 사람이고 짐승이고 드나들 일 없잖우. 아파트에서 김치랑 쌀 좀 챙겨 올라갈게."

어쩐 일인지 노파의 말투가 들척지근하게 변한 것 같았다. 눅눅한 마음 위로 곰팡이 같은 불안이 피어났다.

"전기랑 수도는 들어오나요?"

"전기는 들어오고, 수도야 우물 물 펌프질해서 쓰는 거니까 콸콸이지."

버스 정류장과 철물점, 닭강정집이 옹기종기 모인 사거리가 다가왔다. 노파가 손가락으로 횡단보도를 가리켰다. 적막한 길옆으로 생뚱맞게 들어선 주공아파트가 보였다. 자동차가 멈추자 노파가 나일론 주머니에서 열쇠 한 꾸러미를 남 사장한테 넘겼다.

"넙죽한 놈이 대문 열쇠야. 뭔 일 있으면 전화해."

남 사장이 열쇠를 넘겨받아 점퍼 주머니에 밀어 넣었다. 노파가 차에서 내려 되똥되똥 아파트를 향해 걸었다.

다시 자동차가 도로를 달리기 시작했다. 그나마 드문드문 보였던 낮은 건물들도 백미러에서 점점 멀어졌다. 한여름이었다면 참외나 수박을 쌓아놓고 팔았음직한 원두막과 간판조차 없는 구멍가게가 잊을 만하면 하나씩 나타났다. 국도에서 샛길로 빠져나가 십 분쯤 달리자, 포장도로가 끊기고, 자갈과 마사토를 깔아 만든 오솔길이 나왔다. 길이 점점 좁아질 무렵, 폐쇄된 축사 한 채가 나타났다.

"할멈 죽은 아들이 운영하던 축사야. 저래 봬도 꽤 규모가 있는 목장이었는데, 구제역 파동 때 쫄딱 망하고, 아들며느리는 목을 맸다지. 그때 폐사한 소들은 전부 할멈네 밭에 묻혔어. 그 노인네가 얼마나 영악한 줄 알아? 우리 공장에서 폐기물이 나오면 밭에 파묻고 그 위에 목장에서 폐사한 소뼈를 얹어 흙을 덮었어. 누군가 냄새를 맡고 밭을 파헤치더라도 소뼈가 먼저 나오면 싱겁게 덮이고 말 테니까. 그러고도 증거물이 나올까 전전긍긍하고 있지."

계기판에 표시된 바깥 온도는 영하 9도였다. 서울에 비해 4도나 낮았다. 남 사장이 새로운 담배에 불을 붙이고 차창을 열자, 추위에도 두엄 썩는 내가 풍겼다. 자동차가 멈춘 곳은 축사에서 일 킬로미터 떨어진 허름한 주택 앞이었다. 지은 지 오래된 모양인지 푸른색 슬레이트 지붕엔 검은 이끼가 얼어붙었고, 담쟁이덩굴이 뒤덮은 담장은 거미줄처럼 금이 가 있었다. 주택 옆으로는 두 마지기 정도 되어 보이는 붉은 밭이 있었다. 남 사장이 차에서 내려 꽁초를 밭에 던지고는 조수석 문을 열었다. 헐겁게 직조된 스웨터 틈으로 칼바람이 스며들었다. 남 사장의 손에 이끌려 마당을 딛는 순간, 현기증이 일며 눈앞이 아찔했다.

"무슨 수작이야?"

"주치의 얘기가, 전해질이 부족하댔어요. 약이 필요해요."

매서운 추위에도 식은땀이 배어났다.

"이런 시골구석에서 무슨 수로 약을 구하겠나? 병원은 내가 싱가포르 간 다음에 가든 말든 하고 지금은 좀 참아."

남 사장의 목소리에서 짜증이 배어났다.

"아직은 괜찮지만 얼마나 버틸 수 있을지 몰라요. 통증 같은 게 아니라 참을 방법도 없고요. 약이 없으면 주스 같은 거라도 마셔야 돼요."

내 얘기를 듣는 둥 마는 둥 남 사장이 대문으로 걸음을 옮겼다.

"정말 주스면 되겠어?"

대문 앞에 선 남 사장이 물었다. 내가 고개를 끄덕이자, 그가 차로 걸어가 휴대전화를 귀에 붙였다.

"망할 늙은이, 뭔 일 있으면 전화하라더니 받지도 않는군."

노파에게 전화를 건 모양이었다. 한 번 더 통화를 시도했지만 여전히 불통 같았다. 성질을 다스리지 못한 남 사장이 대문을 발로 걷어찼다. 그러자 잠겨 있을 줄만 알았던 대문이 녹내 나는 비명을 지르며 벌어졌다. 대문에 감겨 있어야 할 쇠사슬이 바닥에 놓여 있었다.

"노인네, 치매군."

안마당은 엉망이었다. 붉은 빛깔의 고무호스와 호미, 슬리퍼, 썩은 베니어합판 따위가 발 디딜 틈 없이 어질러져 있었고, 깨진 장독에선 썩은 간장 냄새가 진동했다. 자갈에 시멘트를 개어 만든 우물이 마당 한가운데 있었는데, 뚜껑조차 덮여 있지 않았다. 남 사장이 헛간에서 고무대야를 하나 가져와 우물 옆에 엎어놓았다.

"며칠 버티려면 기력을 비축해놓는 게 좋을 거야. 둘러보고 올 테니 꼼짝 말고 있어."

도망을 쳐봤자 남 사장에게 따라잡힐 게 뻔했고, 지금의 체력으론 오래 걷는 것조차 불가능했다. 고무대야에 걸터앉아 눈으로 남 사장의 동선을 따랐다.

그가 가장 먼저 들른 곳은 문이 활짝 열린 부엌이었다. 아궁이와 무쇠솥, 미어진 채반 따위가 남 사장의 어깨 너머로 보였다. 그 옆으로 두 칸짜리 싱크대와 새카맣게 주접 든 가스레인지, 그리고 금성 상표가 붙은 소형 냉장고가 있었다. 남 사장이 냉장고 문을 열었다. 노라발간 불이 그의 얼굴 위로 번졌다. 다행히 냉장고 코드를 꽂아놓은 모양이었다. 먹을 만한 게 나올 리 없다고 생각했는데, 냉장고 안으로 뻗친 남 사장의 손에 반쯤 남은 이온음료 병이 달려 나왔다. 남 사장도 믿을 수 없다는 표정으로 음료수 병을 바닥에 내려놓고 다시 냉장고에 손을 넣었다. 개봉하지 않은 줄줄이 비엔나와 반합에 단긴 밥 한 덩이, 소포장된 단무지가 연달아 나왔다. 남 사장이 들고 있던 단무지를 바닥에 집어 던지고 싱크대를 뒤졌다. 그가 찾아낸 것은 시뻘겋게 녹이 슨 데다 끝이 부러져 나간 부엌칼 한 자루였다. 멀리서도 그의 거친 호흡이 느껴졌다. 뭔가 심상치 않은 낌새를 느낀 모양이었다.

"너무 애쓰지 마. 이 집에서 쓸 만한 칼은 딱 이거 한 자루거든."

등 뒤에서 저음의 남자 목소리가 들렸다. 고개를 돌릴 틈도 없이 관자놀이에 선뜩한 쇠붙이가 달라붙었다. 작두에서 분리한 칼인지 길고 견고했지만 끝이 뭉툭해 보였다.

"왕태봉!"

남 사장이 내 쪽을 향해 시선을 고정시켰다. 냉장고를 채운 사람은 왕태봉이었다.

"이 집 늙은이 잔머리 하나는 기가 막힌 거 몰랐어? 돈만 집어주면 처녀 불알도 사 올 위인이지."

왕태봉의 굵은 손가락이 내 턱을 들어 올렸다.

"너도 팔자 한번 참 드세다."

붉고 투박한 얼굴이 불쑥 다가와 뺨을 비볐다. 굵게 올라온 수염
이 얇고 건조한 피부를 아프게 긁었다.

"늙어도 계집이야. 그렇게 당하고도 아직 계집년 말을 믿어?"

남 사장이 녹슨 부엌칼을 겨누고 신중한 한 걸음을 떼었다. 살기
등등한 두 남자가 불꽃을 튀기며 눈싸움을 시작했다.

"처음엔 나도 내 몫만 챙겨 가려고 했어. 노인네한테 돈을 좀 났었
거든. 사돈인지 팔촌인지가 포천에서 큰 고물상을 하는데, 배 한 척
사서 디밀면 나중에 고물값으로 두 배를 튀겨준다잖아. 그래 본전이
라도 챙기려고 어젯밤에 노인네 아파트에 찾아갔더니 웬걸, 한판 거
하게 벌어졌더구만."

왕태봉이 말을 끊고 실소를 터트렸다. 고약한 구취가 풍겼다.

"한판?"

"짓고땡. 그 와중에 노인네 패는 황이더군."

왕태봉이 한숨을 내쉬자 관자놀이를 겨눈 칼에 긴장감이 빠졌다.

"네 몫을 놓친 건 내 탓이 아니야. 해코지를 하려거든 내가 아니라
노인네한테 해야지."

"늙은이 모가지 따봐야 옷밖에 더 버리겠어? 게다가 할멈 말도 꽤
일리가 있는 거야. 네놈이 나 몰라라 한국 뜨고 나서 누구든 입 한 번

만 잘못 놀리면 옴팡 뒤집어쓰는 건 노인네거든. 위자료라도 좀 챙겨야 보내주는 마음이 덜 서운할 거 아냐. 근데 때마침 네 전화가 걸려온 거였지."

왕태봉은 어젯밤, 남 사장과 노파의 통화로 오늘 우리가 올 걸 미리 알고 있었다. 애초 그와 노파는 남 사장을 겁박한 뒤 자신들 몫의 돈을 받아 챙기려는 계획을 모의했지만, 오늘 낮이 돼서야 다운의 엄마가 거액을 들고 찾아온다는 새로운 정보를 얻었다. 서울에서 양주로 오는 동안, 노파는 잠들지 않았던 거였다.

"이거 기가 막혀서 말이 안 나오는구만. 이 싸움에서 누가 지든 이기는 건 노인네야. 운 좋게 네가 내 주머니를 후려내도 나눠 먹는 건 노인네고, 반대로 네가 죽사발 나서 밭에 거름이 돼도 빚을 까는 건 노인네란 말이지. 미련 반푼이 같은 새끼."

남 사장이 부엌칼을 거두며 비아냥거렸다. 그때, 녹슨 대문이 다시 한 번 비명을 질렀다. 나와 왕태봉, 남 사장이 동시에 대문으로 시선을 옮겼다. 찰캉, 쇠마찰음이 들렸다.

"말본새 들어보니까 돈 받아내긴 텄네, 텄어. 왕씨 저 새끼, 입으로는 호랑이로 육회도 처먹을 것같이 떠들어재끼더니만 대구빡이 저렇게 안 돌아가서야 잔칫집 앞에서 비럭질이나 해먹겠어? 기왕지사 이렇게 된 거 난 살아남은 놈하고만 흥정을 할 테니까 그리들 알아. 다 끝나면 문 두드리라고."

노파의 카랑카랑한 음성이 남 사장과 왕태봉을 얼어붙게 했다. 며칠 전, 몽운골에서 겪었던 일이 재연되었다. 다시 고립된 공간 안에서 지칠 대로 지친 몸을 이끌고 살아남아야 했다. 징그럽게 명이 길다던 유나의 말을 지금 이 상황에서조차 믿어야 할지 의문이었다. 그녀라면 뭔가 돌파구를 찾아줄 수 있을 것 같았다.

왕태봉이 내 관자놀이에서 작두칼을 거두고 대문으로 뛰어갔다. 체중을 실어 손잡이를 흔들어보았지만, 쇠사슬 부딪히는 소리만 요란했다.

"할멈! 내가 이까짓 문 하나 못 열 거라고 생각해? 이따위 거적문 하나를?"

왕태봉이 대여섯 걸음 뒤로 물러나 대문에 몸을 부딪혔지만 도로 튕겨 나와 바닥에 나뒹굴었다. 그러는 사이, 남 사장이 부엌으로 들어가 바닥에 내려놓은 이온음료를 가져왔다. 그가 내 고개를 뒤로 젖혀 입을 벌리게 하고는 음료를 흘려 넣었다.

"이제 어쩔 셈이죠?"

왕태봉은 대문에 매달려 안간힘을 쓰느라 정신이 없어 보였다.

"누구든 한 명은 죽어야 여길 빠져나간단 얘긴데, 네 눈엔 누가 죽고 누가 살아남을 거 같나?"

남 사장이 빈 페트병을 우물로 던져 넣고 내게 물었다.

"엄마한테 받은 돈 절반을 떼어주면 협조할게요."

살아남는 것도 중요하지만, 살아남은 다음도 생각해야 했다.

"목숨을 구걸해도 모자랄 판에 지금 협상하자는 거야? 네가, 나를 상대로?"

남 사장이 껄껄껄, 소리 내어 웃었다.

"상대는 무기가 있어요. 맨손으로 덤벼 이길 자신 없으면 같이 궁리라도 해야 할 거 아니에요. 내게도 생각이 있으니 결정적인 순간에 기여를 한다면, 내 몫을 약속해요. 그렇지 않으면 왕태봉 쪽으로 붙겠어요."

엄청난 거구에 위협적인 무기를 든 왕태봉은 극도의 흥분 상태였다. 그를 상대로 목숨을 부지하려면 힘이 아니라 꾀가 필요했다.

"별 같잖은 소리를 다 듣겠군. 좋아, 좋을 대로 해. 대신, 짐이 될 거 같으면 난 한 치의 망설임도 없이 너를 버린다. 알겠나?"

남 사장이 검지로 내 이마를 찍어 누르며 어금니를 깨물었다.

생각이 있다고 둘러댔지만, 아직 구체적인 건 없었다. 고무대야에서 일어나 유심히 집 안을 휘돌아보았다. 부엌 옆에는 쪽마루와 이어진 안채가 있었고, 그 맞은편에 나무문 하나가 보였다. 창고거나 사랑방일 터였다. 나무문을 당겼다. 시커먼 들쥐 한 마리가 문 안에서 튀어나와 마당을 질주했다. 남 사장이 다가와 등 뒤에 섰다. 스위치를 눌러 전등을 켰다. 도저히 본래 색깔이 무엇인지 가늠할 수 없는 갈색 벽지에 종이 장판이 깔린 작은 방이 드러났다. 혜민이라는 노파의 손녀가 쓰던 방으로 보였다. 더러운 벽지 위엔 뿌연 거울과 샤이니 브로마이드가 붙어 있고, 행거엔 청바지와 티셔츠 몇 벌이 걸려 있었다. 문짝이 떨어져 나간 경대엔 화장품이나 액세서리 대신 약봉지가 수북했다. 뒤따라 들어온 남 사장이 손을 뻗어 천장을 두들겨보고는 창호지로 마감된 창문 쪽으로 다가갔다. 그가 검지로 창호지에 구멍을 뚫고 긴 흠집을 냈다. 회색 벽돌이 드러났다. 혹시 모를 사태를 대비에 밭에는 전기울타리를 치고 집은 요새처럼 꾸며놓은 거였다. 노파는 생각보다 꼼꼼하고 엽렵했다.

남 사장이 바닥에 너부러진 이불을 걷어차고 방을 나섰다. 방 밖에선 여전히 왕태봉이 대문과 씨름 중이었다. 그는 들고 있던 작두칼을 대문 틈에 끼워 넣고 체중을 실었다. 왕태봉이 몸을 튕길 때마다 대문 틈이 조금씩 벌어졌다. 문을 봉해놓은 쇠사슬이 닿았는지 왕태봉이 눈에 생기를 띠며 칼을 더욱 깊숙이 밀어 넣고 손잡이를 비틀었다. 깡! 요란한 굉음과 함께 왕태봉이 자신의 손을 잡고 몸을 웅크렸다. 중간에서 기역 자로 휜 작두칼이 바닥에 나뒹굴었다.

"네 놈 눈엔 내가 물렁떡으로 보이냐? 이 호랑말코 같은 새끼야. 살고 싶으면 둘이 붙어서 하나만 나오라니까, 으른 말을 무시해."

문 틈새로 노파의 암상 돋친 눈이 보였다. 밖으로 삐쳐 나온 작두칼을 도구로 내리친 모양이었다. 그 반동으로 작두칼이 뒤집어지며 왕태봉의 오른쪽 손등을 덮친 거였다. 검붉은 피가 김을 뿜으며 소매를 타고 흘렀다.

"왕태봉, 이 상황에서 너랑 나 둘 중 누가 살아남을 것 같나?"

남 사장이 다시 마당으로 돌아왔다.

"그야 두말할 것 없이 나지. 어떻게든 이 좆같은 문을 깨부수고 나가서 저 늙은이를 족치고, 너도 박살 낼 거야."

왕태봉이 거친 숨을 씨근덕거리며 대답했다.

"살아남은 놈하고만 흥정을 하겠다는 건 아직 흥정을 할 카드가 남아 있는 놈한테만 해당되는 얘기야. 내일, 저 계집애 엄마가 돈을 들고 찾아왔을 때 과연 생전 처음 보는 늙은이한테 순순히 돈 가방을 쥐여줄까? 살아 나가는 쪽은 나야. 영화를 보면 왜 수만 마리 좀비가 고작 서너 명의 생존자들에게 당하는 줄 알아? 대가리가 썩어서 그래. 너처럼."

남 사장의 말에 왕태봉의 눈이 세모꼴로 변했다. 손등에 난 상처가 깊은 모양인지 좀처럼 피가 멎질 않았다. 배신감과 통증, 자기연민이 배어난 신음이 음산하게 울려 퍼졌다. 해는 아직 짧았다. 겨우 다섯시 정도밖에 되지 않았을 텐데, 노파의 마당은 어슴푸레했다.

남 사장과 왕태봉이 서로에게 이를 가는 사이 나는 마당 한 귀퉁이의 쪽문을 열고 들어갔다. 타이어를 잘라 만든 여물통이며 바닥에 깔린 썩은 짚으로 보아, 한때는 여물간으로 쓰였던 모양이었다. 나는 한참 동안이나 어둠을 응시했다. 플래시가 없으니 눈이 어둠에 충분히 적응하기를 기다렸다. 서서히 어둠이 옅어지며 벽에 걸린 망태와 동강 난 코뚜레, 여름 슬리퍼 한 짝, 개절치 않게 접어놓은 천막, 삼태기에 든 비닐 끈과 엉킨 철사 뭉치 따위가 보였다. 비닐 끈을 꺼내 당겨보니 군데군데 흠집이 나 쉽게 끊어졌다. 이번엔 철사 뭉치를 꺼내 풀었다. 울타리용으로 쓰고 남은 것인지, 굵기도 가늘지 않았다. 추위에 곱아드는 손을 호호 불며 철사를 올가미 형태로 구부렸다. 끝이 풀리지 않게 여러 번 매듭을 짓고 손목을 넣어 당겨보았다. 올가미가 작아지면서 손목을 죄어들었다. 용도는 아직 확실하지 않지만, 위기의 순간 내 한 목숨을 부지할 수 있을지 몰랐다. 허리춤에 올가미를 끼워놓고 외양간을 나왔다.

왕태봉이 피 흐르는 손목을 부여잡고 몸을 버르적거렸다. 작두칼은 이미 쓸모를 다했고, 체력도 방전 상태일 거였다. 왕태봉의 눈에 찰나의 두려움이 스쳤다. 남 사장이 고무대야에 앉아 왕태봉의 고전을 씁쓸한 표정으로 지켜보았다.

"그래, 방법은 찾아냈나?"

남 사장이 왕태봉에게 시선을 고정한 채 내게 물었다.

"난 됐는데, 그쪽도 협조할 준비가 됐나요?"

"배짱 좋군. 과연 주연숙이 딸다워. 그럼 이제 눈치게임을 시작해볼까?"

남 사장이 알쏭달쏭한 말을 주워섬기고 고무대야에서 일어서 왕태봉에게 향했다.

"넌 늘 당해왔어. 아둔했으니까. 김성락이 기억하지? 네 월사금 이백 원 훔쳐 간 양조장집 아들 말야. 그놈이 오리발 내미는 바람에 우리 반 전체가 한밤중까지 얼차려 받았던 거, 잊지 않았겠지? 내 두 눈으로 똑똑히 목격했는데도, 넌 단지 그놈이 부잣집 아들이란 이유로 내 말을 믿지 않았어."

남 사장은 뜬금없이 둘만 아는 옛날 이야기를 꺼냈다.

"월사금은, 그건 너랑 내가……."

왕태봉이 가뜩이나 큰 눈을 홉뜨며 말끝을 흐렸다.

"멍청한 건 죄야."

남 사장이 차갑게 뇌까린 뒤 대문을 등지고 왕태봉 앞에 바짝 다가가 무릎을 꿇었다. 그러고는 점퍼 지퍼를 조금 내리고 왕태봉의 다친 손을 끌어다 자신의 가슴에 들이댔다.

"다 망가졌지만, 그나마 무기라도 있을 때 덤벼."

남 사장이 대문을 등지고 섰다. 그는 왕태봉을 향해 손바닥 날을 세워 자신의 목을 긋는 시늉을 했다.

"썹새끼, 나랑 해보자는 거냐? 아무리 주둥이를 나불거려도 칼자루는 내가 쥐었어."

왕태봉이 어금니를 앙다물고 몸을 일으켰다. 출혈량은 줄었지만, 손가락 세 마디가량 벌어진 상처는 싸움의 승패를 가로막았다. 남 사장이 단단히 주먹을 움켜쥔 뒤 천천히 내 쪽으로 몸을 옮기며 자세를 낮췄다.

"덤벼, 새끼야!"

왕태봉이 작두칼을 치켜들고 남 사장 쪽으로 돌진했다. 남 사장이 재빠른 동작으로 몸을 옮겨 칼을 피하자, 작두칼이 벽을 찍었다.

"왕태봉, 고작 그거밖에 못 해? 장난치지 말고 덤벼. 우리 전에 같이 킥복싱 배운 거 다 까먹었나? 레프트 잽, 레프트 잽, 아렌타, 라이트훅. 인마, 어딜 봐. 턱을 봐야지!"

남 사장이 가볍게 몸을 튕기며 내가 있는 우물 뒤쪽으로 돌아갔다. 약이 바짝 올랐는지, 숨소리가 거칠어진 왕태봉도 작두칼을 휘두르며 남 사장을 따랐다. 칼날에 토막 나는 차가운 공기 속으로 두 남자가 뿜어내는 뜨거운 입김이 담배 연기처럼 퍼졌다. 본능적으로 양손을 바닥에 붙이고 엉금엉금 기듯 우물가를 벗어났다.

"씨발, 너 이 새끼……!"

등 뒤에서 비명과 함께 차마 끝맺지 못한 욕설이 들렸다. 히뜩 고개를 돌려보니, 왕태봉이 바닥에 누워 버르적거리고 있었다. 남 사장이 피 묻은 점퍼를 벗어 왕태봉에게 집어 던지고 거친 숨을 몰아쉬었다.

"할멈! 봤나?"

남 사장이 시뻘겋게 출혈된 눈을 부릅뜨고 우물 앞으로 걸어 나왔다. 대문 틈새에 노파의 부윰한 눈동자가 배겨 있었다.

"진짜 뒈진 거 맞아?"

노파가 까랑까랑한 목소리로 물었다.

"들어와서 확인해."

"난 내일 온다는 사람 못 기다려. 문틈으로 카드 주고 비밀번호 대. 실버타운 가려면 일억 칠천오백십만 원이 모자라거든. 딱 그만 큼만 빼올게."

남 사장이 내가 앉아 있던 대야를 발길로 걷어찼다.

"시키는 대로 하니까, 내가 호구처럼 보이지? 누가 입출금통장에 그런 목돈을 넣어놓을 거 같아? 돈을 찾으려면 내가 직접 은행에 가 는 수밖에 없다고. 이해돼?"

"살려고 지 불알친구 죽이는 놈 말을 어떻게 믿어. 노파심이라는 말이 괜히 있는 줄 알아? 나한테 뭔 짓을 할 줄 알고."

처음 기세와 달리 노파가 잔뜩 몸을 사렸다.

"좋아, 그럼 이 계집애한테 날 묶으라고 하면 어때? 원한다면 은 행까지 묶인 채로 가주지."

주름이 늘어져 게뚜더기처럼 보이는 노파의 눈이 재빠르게 움직 였다.

"그렇게까지 해준다면…… 믿어봐야지, 뭐."

노파의 대답이 떨어지자 남 사장이 자신의 벨트를 풀어 내 손에 쥐여주었다.

"눈치게임은 아직 안 끝났어. 이번 술래는 너야."

남 사장이 숨을 몰아쉬며 나를 향해 양손을 내밀었다. 피로 흠뻑 젖어 있었지만 외상은 없어 보였다. 나는 그의 요구대로 손목에 벨트를 감았다. 자동식 벨트인 덕에 따로 고정할 필요 없이 버클을 잡고 힘껏 당기자 어렵지 않게 손목이 고정되었다. 남 사장이 왕태봉의 옆으로 걸어가 우물에 등을 기대고 앉았다. 그때 죽은 줄 알았던 왕태봉이 두 눈을 번쩍 뜨고 나를 바라보았다. 그걸 목격한 남 사장의 표정에 변화가 없는 걸로 봐서, 이미 합이 짜인 상황이었다. 우물이 바리케이드 역할을 해주고 있어 노파의 눈에는 그 둘의 움직임이 보이지 않을 터였다.

"나 이제 문 따도 돼?"

문밖에서 쇠사슬 푸는 소리가 들렸다.

"손재주가 좋더군. 잘만 하면 한 번에 성공할 수 있을 거야. 계약 사항 잊지 마. 실수하면 너도 죽는다. 알았나?"

남 사장은 내가 외양간에서 올가미를 만드는 걸 훔쳐본 것 같다. 그의 제안을 받아들이고 올가미의 용도를 결정하는 건 어디까지나 내 몫이었다. 마음만 먹으면 누구든 올가미에 가둘 수 있다. 어느 편에 서는 것이 옳은지 확신이 서지 않았다. 여기 있는 사람들은 오래전에 인간의 자격을 잃었다. 온갖 비리와 편법으로 악랄하게 돈을 그러모은 남 사장, 나와 다운을 건조실에 가두고 죽음을 방조한 왕태봉, 죄책감 없이 손녀의 시신을 팔아 치우고, 살인을 부추긴 늙은 염낭거미 노파. 문득 장례식장에서 만난 부모님의 얼굴이 떠올랐다. 만약 이 자리에 부모님이 옆에 있었다면 옳은 것보다 살아남는 방법을 택하라고 응원했을 거였다. 정말로 왕태봉이 죽고, 남 사장이 노파에게 돈을 나눠줄 의사가 있다면, 노파가 무엇을 하든 나와는 상관이 없다. 가진 것 없고 쇠약한 데다, 죽은 손녀의 신분으로 살아가게 될 여자아이에게 노파는 굳이 해코지를 하지 않으리라. 그러나 왕태봉은 죽지 않았고, 남 사장 또한 손이 묶였다 한들 팔순 노파에게 당할 만큼 호락호락한 인물이 아니었다. 염낭거미 새끼는 옳지 않은 줄 알면서도 살아남기 위해 어미를 먹는다. 생존이 목적이 되는 모든 행위는 언제나 정당하다. 이제 어느 편에 서야 할지 판단이 섰다. 철사 올가미를 허리춤에서 꺼내 등 뒤로 감췄다.

"옆에서 사람이 죽었는데, 쩍 소리도 안 하네. 에구, 독한 년."

노파가 대문을 열고 지척지척 마당으로 들어서며 심술보를 터트렸다. 그녀가 나일론 주머니를 열어 신문지에 둘둘 만 무언가를 꺼냈다. 신문지를 풀자 잘 벼린 낫이 나왔다. 아직 상표 스티커가 붙어 있는 걸로 보아, 들어오는 길에 준비한 모양이었다. 마당을 빙 둘러본 노파가 최종적으로 걸음을 멈춘 곳은 왕태봉 앞이었다. 의심 많은 회색 눈동자가 흙바닥에 엎어진 왕태봉의 꼭뒤를 오래도록 바라보았다.

"정수리 가마에 땀이 송골송골하잖아. 안 뒈진 거 같은데?"

노파가 왕태봉의 옆에 쪼그려 앉은 남 사장에게 물었다.

"내가 봤을 땐 확실히 죽었어. 못 미더우면 숨소리라도 들어보든지."

쥐어짠 오이지같이 쪼글쪼글한 입술에 긴장이 감돌았다. 노파의 검정색 방한화가 왕태봉의 뒷목을 지르밟았다. 노파의 발에 밟힌 붉은 피부가 잠시 허예졌다 제 색을 되찾았다. 생존의 증거였다.

"이런, 개잡놈의 종자들!"

노파가 낫을 번쩍 들어 올리며 목에 핏대를 세웠다. 목표 지점은 왕태봉의 뒷목일 터였다. 등 뒤에 감추어둔 철사를 써야 할 때가 왔다. 몸을 튕기고 일어나 노파의 목에 올가미를 씌웠다. 체중을 실어 올가미를 잡아당겼다. 노파가 양팔을 허우적거리며 낫을 휘둘렀다. 엎드려 있던 왕태봉이 날렵하게 굴러 몸을 피했다.

"나 좀…… 놔줘. 살려……주어."

허공을 헤매던 낫이 노파 자신의 허벅지를 찔렀다. 진보라색 누빔바지가 터지며 피에 젖은 솜뭉치가 삐져나왔다.

"혜민아, 이년아! 할미가…… 잘못…….."

사과는 상대방이 살아 있을 때 해야 한다. 뒤늦은 사과는 자기 자신을 위한 변명에 지나지 않는다. 이를 맞물려 꽉 다물었다. 노파의 등허리를 발로 밀며 있는 힘껏 허리를 세웠다. 발바닥을 통해 노파의 요란한 심박동과 호흡이 고스란히 전해졌다.

"그만해. 그만! 이제 끝났으니까."

남 사장인지, 왕태봉인지 알 수 없는 목소리가 광기에 사로잡힌 내 몸짓을 가로막았다. 하지만 한 번 뜨거워진 피는 쉽사리 식지 않았다. 철사가 손가락을 파고들어 피가 맺혔다. 노파의 목덜미가 가지색으로 변했다. 누군가 내 손목을 움켜쥐고 고함을 질렀다. 모든 감각이 서서히 무뎌져갔다. 이제 나는 살인자다.

눈을 떴다. 더러운 이불이 몸을 휘감고 있었다. 이불을 헤치고 몸을 일으켰다. 혜민의 방이었다. 저녁에 있었던 일이 마치 전생 체험을 한 것처럼 비현실적으로 느껴졌다. 하지만 피딱지가 엉겨 붙은 손가락과 규칙적으로 경련을 일으키는 팔다리의 근육이 현실을 증명했다. 반쯤 열린 방문으로 불빛이 새어들었다. 무릎걸음으로 다가가 방 밖을 내다보았다. 처마 밑엔 모닥불이 타고 있었고, 그 옆으로 두 남자가 반듯하게 누워 두런두런 대화를 나누고 있었다.

"무슨 확신으로 나한테 김성락 얘기를 꺼냈지? 내가 기억 못 하면 어쩌려고."

왕태봉이 물었다.

"그 일을 잊을 리 없잖아. 우리가 처음으로 공모했던 범행인데."

남 사장의 대답에 왕태봉이 코웃음을 쳤다.

"범행은 무슨. 고작해야 이백 원 갖고."

"그땐 선생 월급도 채 만 원이 안 되던 시절이었어. 가난한 소작농의 자식들한텐 적지 않은 부담이었지."

남 사장이 자리에서 일어나 앉았다. 가난했던 어린 시절을 떠올리는지 그의 얼굴에 애수가 감돌았다.

"그랬는지도 모르지. 지금 생각해도 꽤 치밀한 계획이었어. 난 애당초 가져오지도 않은 월사금을 잃어버렸다며 담임 앞에서 보란 듯이 울고 짰고, 넌 내가 책보에서 월사금을 꺼내 세어보는 걸 봤다고 거짓 증언을 했잖아. 평소 그리 친하지도 않은 두 놈이 합작한 일이라곤 아무도 의심하지 않았지."

누워 있어 잘 보이진 않지만 왕태봉이 남 사장의 표정을 이어받았으리라.

"그때 담임 이름이 기억나지 않는군. 꽤 강직한 양반이었지. 그냥 줄빠따 한번 돌리고 말면 될 일을 반 전체를 끌고 나가 밤이 깊도록 운동장에 굴렸잖아. 입에서 단내가 날 때까지 볶아치니 제일 힘아리 없는 성락이 놈이 훔치지도 않은 돈을 훔쳤다고 자백해버렸던 게지. 담날 그놈이 이백 원을 가져왔던가?"

남 사장이 왕태봉에게 물었다.

"아니, 그날로 내놨지. 어린놈의 새끼가 그 큰돈을 가방에 넣고 다닌다는 게 참 신기했어. 그날 밤 집에 오면서 그 돈을 정확히 반으로 나눠 너한테 줬었지. 백 원, 어디 썼는지 기억나?"

그들의 이야기를 종합해보면, 어린 시절 월사금을 내지 못할 정도로 가난했던 두 소년은 담임의 독촉을 면하기 위해 잔꾀를 부렸다. 왕태봉은 어렵게 마련한 월사금을 잃어버렸다며 소동을 부렸고, 남 사장이 돈 세는 걸 목격했다는 허위 진술을 했다. 기껏해야 월사금 독촉이나 면해보자며 벌인 일이었지만, 담임은 범인이 자백할 때까지 아이들에게 기합을 세웠다. 그러던 중 부유하지만 허약한 체질의 김성락이 훔치지도 않은 돈을 왕태봉에게 내놓으며 사건은 일단락되었다.

남 사장이 왕태봉과 격투를 벌이기 전, 그날 사건의 결말을 재가 공해 꺼내놓은 건 앞으로 벌어질 일이 연극임을 암시한 거였다.

"난 그 돈으로 봉지쌀을 샀어. 그리고 다음 날부터 성락이 놈을 산으로 끌고 가 흠씬 두들겨 팼지. 놈은 하루도 예외 없이 내 손에 쌀한 봉지값의 돈을 내밀었어. 나를 먹여 살린 건 우리 아버지가 아니라 성락이, 그 녀석이었어."

추위 탓인지 남 사장이 어깨를 움츠리며 무릎을 끌어당겼다.

"그때처럼, 한 번만 더 나를 도와주지 않겠나?"

왕태봉이 울고 있다는 느낌이 들었다. 남 사장은 아무 대꾸도 하지 않았다.

"왕이 되고 싶다는 말은 진심이었어. 늘 따라지였으니까. 열등감이 나를 괴물로 만들었지. 아내를 살해하고, 범죄에 가담하고, 수배자가 되고. 이젠 차라리 아무것도 될 수 없어서 다행이라는 생각이 들어. 네가 고통을 끝내줘."

왕태봉은 정말 울고 있었다. 거구의 사내가 부끄럼 모르는 아이처럼 온몸으로 흐느끼며 친구에게 애원했다. 한동안 바위처럼 꼼짝 않던 남 사장이 자리에서 일어섰다. 그러고는 왕태봉을 덮고 있는 자신의 점퍼를 걷어내 모닥불에 던졌다. 그의 배 한가운데에 검고 진득한 피가 꿀렁꿀렁 쏟아지고 있었다. 의도했는지 실수였는지 가늠할 수 없지만, 왕태봉은 남 사장에게 빼앗긴 칼로 복부에 큰 상처를 입었다.

"잘 가게, 친구."

남 사장이 모닥불 옆에 놓인 낫을 들었다. 이윽고 왕태봉의 단발마가 외딴집의 적막을 잡아 찢었다. 온갖 비리와 범죄를 주도해왔지만 한 번도 살인을 저질러본 적 없다던 남 사장이 자신의 손에 잡힌 피 묻은 낫을 물끄러미 내려다보았다. 울거나 괴성을 지르거나 허공에 주먹질을 날리지는 않았지만, 여태껏 보아온 남 사장의 모습 중 가장 화가 난 표정이었다.

"깼으면 나와서 나 좀 돕지 않겠나."

바닥에 낫을 내려놓은 남 사장이 구두끈을 고쳐 매며 내게 도움을 청했다. 진작부터 내가 깨어 있다는 걸 눈치챈 모양이었다. 혜민의 방을 나와 남 사장에게 다가갔다. 그가 얕은 한숨을 내쉬며 입자 고운 어둠으로 마른세수를 했다.

"구제역 파동 때, 저 밭에 죽은 소들이 묻혔다고 얘기했었나? 노인네 말로는 그때 독수리와 까마귀가 부리로 흙을 파내고 소들의 살점을 뜯어먹었다는군. 땅이 얼었다 녹고, 다시 녹았다 언 다음 해에도 독수리와 까마귀 떼는 찾아왔다지. 전기울타리나 폭죽으로 쫓아내보려고 했지만 놈들은 한 해도 잊지 않고 밭을 찾아왔어. 그게 포식자들의 본능인 거야. 단 한 번의 만찬을 위해 평생을 굶주리기도 하지. 우리야말로 독수리와 까마귀군. 저대로 두면 곧 만찬이 시작될 것 같군. 몸이 식기 전에 처리해야겠어."

밭쪽에서 날짐승의 날갯짓 소리가 들렸다. 남 사장의 말에 고개를 돌려 대문 밖을 쳐다봤다. 노파의 집을 둘러싼 굴참나무 사이에서 수십 개의 노란 눈동자가 되록거렸다. 그중 가장 높은 가지에서 도사리고 있던 한 쌍의 눈동자가 푸드덕 날갯짓을 하며 대문간에 내려앉았다. 놈을 따라 다른 눈동자들도 이동을 시작했다.

남 사장이 처마 밑에 너부러져 있는 왕태봉에게 걸어갔다.

"내가 상체를 들어 올릴 테니, 넌 발목을 잡아."

남 사장이 뒤에서 끌어안듯 왕태봉을 들어 올렸다. 그의 지시대로 발목을 잡고 우물로 향했다. 그믐밤의 수면은 고래 배 속처럼 어둡고 고요했다.

"셋, 둘, 하나!"

남 사장이 카운트했다. 그의 신호에 맞춰, 왕태봉이 다이빙하듯 우물로 넘어갔다. 마치 검고 낫낫한 살결 위에 뺨을 비비듯, 매끄럽게 다이빙을 한 왕태봉은 다시 떠오르지 않았다.

이번엔 남 사장이 허리를 접은 채 우물가에 누운 노파에게 다가섰다. 그는 노파의 목에서 철사를 벗겨내 던져버리고 가슴팍에 어깨를 집어넣어 몸을 들어 올렸다. 그러고는 망설이는 기색 없이 노파를 우물에 던져 넣었다. 역시 첨벙, 하는 소리와 함께 차가운 지하수가 우물 벽을 뛰어넘었다. 숨이 차는지 남 사장의 가슴팍이 오르락내리락했다. 그의 눈동자 위로 검은 물결이 일렁거렸다.

나는 모닥불 옆에 몸을 웅크리고 앉았다. 한 번 달아난 잠은 다시 돌아오지 않았다.

"네 엄마 본명 아나?"

남 사장이 각목 하나를 부지깽이 삼아 잉걸불을 뒤집었다.

"아뇨. 들은 적 없어요."

고개를 가로저었다. 아마 다운이라 해도 같은 대답이었을 터였다. 어느 시대건, 독재자는 치욕의 역사를 기록하지 않는 법이다.

"역시 그렇군. 대단한 여자야. 나라면 술김에라도 한 번쯤 얘기했을 것 같은데 말야."

남 사장의 눈가로 불티가 튀었지만 그는 꿈쩍도 하지 않았다.

"본명이 조애정이었어. 나이는 네가 알고 있는 것보다 세 살 어리지. 아마 이제 마흔다섯 살 정도 됐을 거야."

남 사장이 자신의 턱수염을 쓰다듬으며 기억에 몰두했다.

"애정인 방학마다 농촌 봉사활동을 한다며 내 고향마을로 내려왔었지. 애정이 한번 보겠다고 먼 마을에서 군내버스를 타고 찾아온 녀석도 있을 정도로 참 예뻤지. 근데 딱 하나 흠이 있어. 그 예쁜 입으로 거짓말을 달고 사는 거. 지금 생각하면 넘어간 놈들이 쪼다지만 그땐 다들 애정이가 꾸민 말을 철석같이 믿었지. 파리에서 열린 발레콩쿨에 나가야 하는데 돈이 없어 비행기표를 못 사고 있다는 둥, 기숙사 비용이 부담돼서 대학을 중퇴해야겠다는 둥, 어렵사리 어느 유명한 무용수의 수제자가 되었는데 수업료를 마련하지 못하고 있다는 둥, 핑계도 참 다양했지. 웃긴 건 그런 거짓말이 읍내에 쫙 퍼져서 얼굴도 모르는 여자애 장학금 마련 모금행사까지 벌어졌단 거야.”

남 사장의 얼굴이 모닥불에 발갛게 익었다.

“여차저차해서 꽤 큰돈을 쥐고 서울로 올라갔는데, 연락이 뚝 끊어졌어. 알고 보니 애정인 농활 나온 학교 학생도 아니었고, 청강생으로 그 학교에 드나들긴 했지만, 어디에 사는 누구인지 아는 사람이 아무도 없다더군. 난 그 이듬해 경찰 시험에 합격해서 인천으로 발령을 받았지. 그리고 우연히 애정이를 다시 만났어. 역시 무용과 여대생인 척 사기를 치다 덜미를 잡혔다고 했어. 호적을 뒤져보니 조실부모해서 제대로 배우지 못하고 얼굴과 입으로 먹고살아온 모양이었어. 사기죄로 처벌이 가능한 상황이었지만, 그때 애정인 피해자의 아이를 임신 중이었지.”

남 사장이 바지 주머니에서 차 키를 꺼내며 일어섰다.

"이젠 정말 차에 가서 눈 좀 붙이고 와야겠어."

다운은 태어나기 전부터 엄마에게 이용되어왔다. 전과를 막아주고, 가정을 꾸리게 하고, 잠시나마 평온한 삶을 누리게 한 적절하고도 합법적인 구실. 다운이 마지막 순간까지 끊어내지 못한 탯줄을 다운의 엄마는 필요할 때마다 목걸이나 팔찌처럼 자신의 몸에 휘감고 살아왔다. 다운의 영혼은 사라졌지만, 그녀가 남기고 간 육신은 내 의지와 상관없이 무섭게 전율했다.

모닥불은 꺼졌지만 대신 마주 보이는 산등성이가 오렌지빛을 띠기 시작했다. 이제 몇 시간 후면 다운의 엄마, 조애정이 도착할 터였다. 다운 대신 그녀를 맞이할 준비를 해야 했다.

혜민의 방에서 잠깐 졸았나 싶었는데, 제법 깊은 잠을 잔 것 같았다. 방문을 열어보니 남 사장은 아직 차에 있는 모양이었다. 요의가 느껴졌다. 화장실을 찾으러 방을 나오자, 간밤의 흔적이 적나라하게 드러났다. 타고 남은 목재와 피 묻은 낫, 구부러진 작두칼, 왕태봉이 남기고 간 구두 한 짝, 그리고 노파의 나일론 주머니 따위가 제각각 널브러져 있었다. 여물간 옆에 작은 문이 하나 보였다. 가까이 다가서자 암모니아 냄새가 진하게 풍겼다. 재래식 화장실인 모양이었다. 선택의 여지가 없었으므로 손잡이를 당겼다. 예상대로 정화조에 나무판을 놓아 만든 화장실이 눈에 들어왔다. 나일론 끈에 못을 박아 휴지를 걸어놨지만, 눈비에 젖고 마른 흔적이 역력해 사용할 엄두가 나지 않았다. 혹시 나무판이 무너지는 건 아닌가 싶어 한쪽 발을 딛

고 체중을 실어보았다. 삭은 널빤지가 힘없이 휘어졌다. 화장실에서
돌아 나오는데 멀리서 자동차 엔진음이 들렸다. 조애정일지도 모른
다는 생각이 들었다. 가까이 다가오던 엔진음이 멈추고 자동차 문이
열리고 닫히는 소리가 들렸다. 우물 옆에 떨어져 있는 철사 올가미
를 청바지 허리춤에 끼워 넣었다.

"애는 어쩌고 차에 혼자 계세요?"

조애정의 목소리였다.

"안에 있어. 돈은 준비했나?"

"트렁크에 있어요. 일단 다운이 먼저 확인해야겠어요."

"난 여기서 기다릴 테니, 좋을 대로."

또각또각, 리드미컬한 하이힐 소리가 들렸다. 곧이어 감색 투피스
에 롱부츠를 신은 조애정이 대문을 열고 마당으로 들어섰다.

"다운이 안에 있니?"

그녀는 과장된 제스처로 코를 틀어막으며 고개를 설레설레 저었다.

"오랜만이네."

마당 한가운데로 나가 조애정을 맞았다. 그녀가 가죽장갑 낀 손으
로 입을 가리며 눈을 동그랗게 떴다.

"우리 아기……! 어쩜 좋니. 엄마가…… 늦게 와서 미안해."

조애정이 가냘픈 어깨를 파르르 떨며 내게로 걸어왔다.

"엄마 사정 뻔히 아는데, 뭐. 지금이라도 와줬으니 됐어."

대수롭지 않다는 투로 조애정을 달랬다. 마스카라와 리퀴드 아이

라이너로 강조한 애정의 커다란 눈에 눈물이 듬뿍 고여 올랐다.

"다 엄마 잘못이야. 낯선 사람과 함께 두는 게 아니었어. 비밀은 언젠가 새어 나가기 마련이잖니. 그래서 우리 같은 사람들은 친구를 만들면 안 돼. 엄마가 늘 얘기했잖아. 누구를 만나든 직장 동료만큼 거리를 유지해야 한다고. 그 원칙만 지키면 안전해."

조애정이 연기인지 진심인지 구분할 수 없을 만큼 많은 눈물을 흘렸다. 조금도 감정의 동요가 생기지 않았지만, 함께 울어주는 게 덜 어색할 것 같았지만 아무리 노력해도 눈물은 흐르지 않았다.

"울지 마, 아가. 엄마가 다 해결해줄게. 늘 그래왔잖아."

조애정이 손을 뻗어 내 이마와 뺨을 쓰다듬었다.

"알았어. 기다릴게."

고개를 끄덕이며 자연스럽게 조애정의 손을 밀어냈다.

"아저씨한테 당분간 네 생활비 맡길 거야. 그거 떨어지기 전에 꼭 데리러 올게. 어떻게든 여권 만들어서 유학 가자."

달착지근한 거짓말이었다. 행복한 새 출발을 하려면 악행의 증거물인 딸은 골칫거리일 터였다. 필요하다면 새 남편으로부터 새로운 딸을 낳는 것도 불가능하진 않을 테니, 이제 다운의 쓸모는 다했다. 어느새 말갛게 눈물이 마른 그녀가 핸드백에서 선글라스를 꺼내 끼었다. 호들갑스러운 허례와 허식이 끝나간다는 걸 의미했다.

"화장 다 번졌는데, 얼굴 닦고 가야지. 아저씨가 흉봐."

아직 내 용무가 더 남아 있었다. 돌아서려던 조애정이 걸음을 멈추었다.

"티슈 있어?"

조애정이 가죽장갑을 벗고 자신의 빰을 매만졌다.

"화장실에. 멀리 갈 텐데 들렀다 가면 좋잖아."

"더러울 거 아냐. 차에 있는 걸로 닦을게."

조애정의 입아귀가 어색하게 올라갔다.

"나도 참고 쓰는 화장실인데 엄만 더러워?"

조애정의 선글라스에 골부림 내는 내 얼굴이 반사되어 보였다.

"엄마가 말실수한 거야. 네가 기껏 내 생각해서 꺼낸 말인데, 생각 없이 대답해서 미안해."

한시바삐 외딴집을 떠나고 싶은 조애정이 곧바로 사과를 하고 사위를 두리번거렸다. 손가락으로 화장실 문을 가리켰다. 검푸른 렌즈 아래에서 당황스럽게 굴러가는 그녀의 눈이 나와 마주쳤다. 그녀의 걸음이 조촘조촘 화장실로 향했다. 마지못해 문고리를 잡은 그녀가 손등으로 코와 입을 막았다. 휴지를 끊으려면 화장실 안으로 한 걸음 더 들어가야 했다. 조애정이 고개를 돌려 나를 한 번 쳐다보고는 내키지 않는 한 걸음을 뗐다. 우지끈, 널빤지 부러지는 소리와 동시에 조애정의 새된 비명이 들렸다. 문 앞으로 다가가 화장실 바닥을 내려다보았다. 널빤지 두 줄이 무너지며 제법 큰 구멍이 생겼다. 그 틈 사이에 조애정이 끼어 있었다. 간신히 가슴께가 걸려 완전히 빠지지는 않았지만, 다른 널빤지들도 얼마 버티지 못할 터였다.

"다, 다운아. 나가서 아저씨 좀 불러줘."

사색이 된 조애정이 손으로 변좌를 붙잡고 애원했다.

"태어나지 말았어야 했어."

조애정의 희고 매끈한 피부 아래로 붉은 거미줄처럼 실핏줄이 터졌다.

"어떻게 그런 말을 할 수 있니?"

조애정은 딸의 목숨과 돈을 저울질하는 여자였다. 그녀의 딸이라면 충분히 할 수 있는 대답이었다.

"나 말고 엄마 말이야. 이제 그만 엄마하고 잘 어울리는 곳으로 가버려."

아빠의 등에 칼을 꽂는 어린 다운의 모습이 환영처럼 눈앞에 펼쳐졌다. 과도를 잡은 야윈 손, 터질 듯이 두근거리는 작은 심장, 곤두선 솜털과 멈추지 않는 눈물. 소녀는 엄마를 대신하여 손을 더럽혔다. 공포와 죄책감에 사로잡힌 소녀는 과도를 내던지고 침대 밑으로 기어들어갔다. 잠시 후, 납작 엎드린 소녀는 방바닥으로 추락한 아빠와 눈을 마주쳤다. 비명이 터져 나오는 순간, 조애정의 손이 침대 밑으로 들어와 다운의 입을 틀어막았다.

'엄마가 하는 얘기 잘 들어. 누가 물으면 아빠를 해친 건 너라고 대답해야 돼. 시키는 대로 하지 않으면…… 고아원에 보내버릴 줄 알아.'

환영이 걷혔다. 널빤지 하나가 조애정의 체중을 버티지 못하고 부서졌다. 그녀의 한쪽 어깨가 정화조로 기울었다.

"엄마가 잘못했어. 다신 안 그럴게! 아가…… 아가……! 내 아가!"

조애정의 콧등에 얹힌 선글라스가 콧방울까지 흘러내렸다. 손을 뻗어 선글라스를 빼냈다. 시커먼 눈물이 뺨을 타고 흘러내렸다.

"다시는 그럴 수 없는 거겠지. 잘 가요. 그리고 다음번엔 인간으로 태어나지 마요, 조애정 씨."

허리춤에 끼워놓았던 철사 올가미를 화장실에 던지고 문을 닫았다. 이윽고 요란한 굉음과 함께 조애정의 비명이 발밑에서 울려 퍼졌다. 염낭거미가 새끼에게 잡아먹히는 것은 당연하다. 생존이 목적이 되는 모든 행위는 언제나 정당하다. 그러니 슬플 것도, 화가 날 것도, 미안할 것도 없었다.

"끔찍한 모녀군. 뒤처리는 어쩔 셈으로 그런 거야?"

팔짱을 낀 남 사장이 대문가에 서 있었다. 어디서부터 지켜보았는지 알 수 없었지만, 조애정을 구할 마음은 없어 보였다.

"무사히 싱가포르로 떠나려면 뒤처리는 아저씨 몫이겠죠. 소독, 병원성 폐기물 분리, 유품 정리, 그리고 소취와 살균. 아, 피톤치드는 생략해도 괜찮겠네요. 솔직히 그거, 별 효과 없다는 거 알잖아요."

곧 떠날 사람에게 정체를 숨길 이유가 없었다. 화해와 용서는 다시 만나지 않을 사람들에게 위선이었다.

"네가 어떻게 그런 것들을 알고 있지?"

남 사장이 뜨악한 표정으로 나를 바라보았다.

"나는 변태했어요. 이젠 박이경도 단아름다운도 아니에요. 나비 날개를 달고 밤하늘을 나는 기괴한 생물이 돼버렸어요. 아저씬 평생토록 이 순간을 곱씹게 될 거예요. 지독한 악몽으로 어제오늘 겪은 일들을 수없이 반복할 수도 있겠죠. 하지만 불평하지 않기로 해요. 생존도 우리에겐 과분한 기적이니까요."

어젯밤 노파의 목에 철사 올가미를 건 그 순간, 나의 오랜 변태는 완전히 끝이 났다. 햇볕을 받으면 날개가 타들어가는, 그리하여 달빛 아래서만 슬프도록 아름다운 날개를 펼칠 수 있는 괴물이 되어버린 것이다. 어디로 가든 나는 쉬지 않고 짝짓기를 하여 셀 수 없이 많은 알을 낳으리라 결심했다. 그것만이 원죄를 잊지 않은 채 영원히 살아남을 수 있는 방법이었다.

얼어붙은 듯 서 있는 남 사장 옆을 비껴 바깥마당으로 나갔다. 남 사장의 옆에 조애정이 타고 온 폭스바겐이 비뚜름하게 주차되어 있었다. 조수석엔 루이비통 캐리어가 들어 있었다. 운전석은 건강한 말에 올라탄 것처럼 적당한 탄성이 느껴졌다. 시동을 건 뒤 캐리어 입구를 내 쪽으로 돌려 지퍼를 열었다. 벽돌만큼씩 나뉜 오만 원권이 살구색 띠지로 단단하게 묶여 있었다. 나는 절반 정도를 조수석 바닥에 덜어내고 캐리어를 들어 운전석 밖으로 던졌다. 남 사장이 얼빠진 표정으로 내 일련의 행동을 물끄러미 바라보았다.

차창을 닫고 힘차게 액셀러레이터를 밟았다. 사이드미러로 주춤

주춤 걸어 나오는 남 사장이 서서히 멀어져갔다. 오솔길을 달리며 라디오를 켰다. 때마침 열두시 정각을 가리키는 아나운서의 목소리와 함께 정오뉴스가 시작되었다.

"오늘 새벽 여섯시 오십분경, 서울 서초경찰서에서 조사를 받던 살인 용의자 임씨가 화장실 창문으로 투신해 사망하는 사고가 발생했습니다. 임씨는 옛 애인과 잦은 마찰을 빚던 피해자 단 모 양을 살해 유기한 후, 피해자의 어머니까지 찾아가 보복하려 한 혐의로 조사를 받고 있었습니다."

조애정의 선글라스를 코에 걸쳤다. 쨍하던 사위가 서늘하게 식었다. 코걸이가 맞지 않아서인지 콧등이 시큰거렸다. 어딘가에서 다운의 흐느끼는 듯한 웃음소리가 들렸다. 뺨이 젖어들었다. 어디로 가야 할지 아직은 몰랐지만 어디든 갈 수 있어 괜찮았다.

작가의 말

『하품은 맛있다』를 시작할 무렵, 극심한 불면증에 시달렸습니다.

하루 두세 시간 정도만 잠을 잘 수 있었고, 나머지 시간은 한없이 무기력하게 보냈습니다. 멜라토닌을 구해 먹어보기도 하고, 지칠 때까지 산책을 하거나 베개로 써도 이상하지 않을 만큼 두꺼운 책을 밤새 읽기도 했습니다. 그러나 떠나간 잠은 좀처럼 돌아오지 않았습니다. 나의 일상은 잠자는 시간과 잠을 자려고 노력하는 시간으로 양분되었습니다.

그러던 어느 날부터인가, 선잠이 들면 기묘한 꿈을 반복해서 꾸게 되었습니다. 꿈속의 나는 매일 아침 낡은 버스를 개조해 만든 스낵바에 들러 가장 끝자리에 앉았습니다. 창밖으론 푸른 잔디밭과 낡은 방첨탑, 그를 에워싼 여러 개의 국기, 군락을 이룬 세콰이어와 붉은 데이지 따위가 보였습니다. 주문도 하지 않았는데 누군가 커피와 토스트 두 조각이 든 접시를 내려놓았습니다. 잔을 들어 커피를 한 모금 마시고, 때마침 스낵바 앞을 가로지르는 혼종 리트리버를 물끄러미 바라보았습니다. 참으로 이국적인 풍경이라고 생각한 순간, 나는 유리에 얼비친 나와 눈이 마주쳤습니다. 붉은 머리칼과 푸른 눈, 가느다란 콧대의 사십대 후반 백인 사내가 흠칫 놀란 표정으로 시선을 거두었습니다.

무척이나 흥미롭고, 한편으론 으스스했던 꿈은 내가 사내의 정체를 확인한 후부터 다시 꾸지 않게 되었습니다. 나는 꿈속의 사내 역시 나의 존재를 의식한 건 아닐까 의심했습니다. 그리고 사내 또한 매일 밤, 동아시아의 삼십대 소설가가 되어, 해독할 수 없는 문자를 하염없이 타이핑하는 악몽을 꾸지 않을까 상상하게 되었습니다.

나는 돌아오지 않는 잠을 포기하고 소설을 쓰기 시작했습니다. 그리고 어젯밤, 드디어 최종고를 송고하고 거의 2년 만에 가장 길고 깊은 잠을 잤습니다. 어쩌면 나의 불면증은 한동안 쓰고 읽기를 게을리했던 나 자신에 대한 체벌 같은 게 아니었을까 생각합니다. 다시 잠들기 위해 나는 내일 또 새 원고를 열 것입니다.

『하품은 맛있다』의 독자와 지원을 아끼지 않은 수림문화재단, 그리고 긴 시간 나를 인내해준 이오스와 늘 한결같은 트레모르, 이수지 편집자에게 특별한 감사와 사랑을 전합니다.

2013년 10월
강지영

하품은 맛있다

© 강지영, 2013

초판 1쇄 발행일 | 2013년 10월 30일
초판 2쇄 발행일 | 2019년 6월 26일

지은이 | 강지영
펴낸이 | 정은영
편 집 | 이수지
마케팅 | 이재욱 백민열 이혜원 하재희
제 작 | 홍동근

펴낸곳 | 네오북스
출판등록 | 2013년 4월 19일 제2013-000123호
주 소 | 04047 서울시 마포구 양화로6길 49
전 화 | 편집부 (02)324-2347, 경영지원부 (02)325-6047
팩 스 | 편집부 (02)324-2348, 경영지원부 (02)2648-1311
E-mail | neofiction@jamobook.com

ISBN 979-11-85327-03-7 (03810)

이 책의 판권은 지은이와 네오북스에 있습니다.
이 책 내용의 전부 또는 일부를 재사용하려면 반드시 양측의 서면 동의를 받아야 합니다.

이 도서의 국립중앙도서관 출판시도서목록(CIP)은 서지정보유통지원시스템 홈페이지
(http://seoji.nl.go.kr)와 국가자료공동목록시스템(http://www.nl.go.kr/kolisnet)에서
이용하실 수 있습니다.(CIP제어번호: CIP2013020418)